BESTSELLER

Pablo Rivero, licenciado en Comunicación audiovisual, ha interpretado a Toni Alcántara en la serie de TVE *Cuéntame cómo pasó*. Asimismo ha participado en películas como *De tu ventana a la mía* de Paula Ortiz, *Proyecto tiempo* de Isabel Coixet, *No me pidas que te bese porque te besaré* de Albert Espinosa o *La noche del hermano* de Santiago García de Leániz. En teatro ha participado en montajes como *La caída de los dioses*, dirigido por Tomaz Pandur, *Los hijos se han dormido*, dirigido por Daniel Veronese, *El sirviente*, dirigido por Mireia Gabilondo, y, más recientemente, en *La importancia de llamarse Ernesto*, los cuatro en el Teatro Español, o *Fausto*, también de Tomaz Pandur para el CDN, entre otros. Debutó como novelista con *No volveré a tener miedo*, que tuvo una gran acogida entre los lectores y la crítica y a la que siguieron *Penitencia*, *Las niñas que soñaban con ser vistas*, *La cría*, *Dulce hogar* y *El editor*, una novela corta para Fnac. *La matriarca* es su sexta novela. Su narrativa ha sido comparada a la de Pierre Lemaitre y en sus historias explora los territorios más oscuros de la conducta humana.

Para más información, puedes seguir al autor en su cuenta de Instagram:
@pabloriveroficial

Biblioteca

PABLO RIVERO

La cría

DEBOLS!LLO

Papel certificado por el Forest Stewardship Council®

Primera edición en esta colección: marzo de 2025

Printed in Spain – Impreso en España

ISBN: 978-84-663-7831-4
Depósito legal: B-711-2025

Compuesto por Miguel Ángel Pascual
Impreso en Black Print CPI Ibérica
Sant Andreu de la Barca (Barcelona)

P 3 7 8 3 1 4

A todos los menores que hayan sido víctimas de algún tipo de violencia y a todos los padres que luchan cada día para dar lo mejor a sus hijos

Azote de madre, ni rompe hueso ni saca sangre.

Al conejo y al villano, despedazarlo con la mano.

Cría:

Alimentación y cuidado que recibe un bebé o un animal recién nacido hasta que puede valerse por sí mismo.

Niño o animal mientras se está criando.

Las orejas del conejo eran largas y puntiagudas. Tenía los dientes enormes y unos ojos negros y rasgados que daban un aire diabólico a su mirada. La niña lo observaba tímidamente, con el ceño fruncido. Aquel peluche gigante, bajo el que debía de esconderse un actor que no conocían ni su madre ni ella, no parecía encajar con la historia que aquella le llevaba contando desde hacía unas semanas: «Cariño, tengo una sorpresa que no vas a olvidar nunca. Mamá te va a llevar a un sitio muy especial para que conozcas a Sweet Bunny, un conejo enorme de peluche que quiere ser tu amigo. Es muy bueno y le gustan las niñas bonitas como tú, seguro que además tiene muchas chucherías para darte, ¡ya lo verás!».

La niña tragó saliva al ver que Sweet Bunny permanecía parado delante de ella, con la cabeza inclinada, sin decir nada. Su vestido rosa y los tirabuzones perfectos hasta la cintura contrastaban con la actitud amenazante con la que el conejo la examinaba. Parecía que en cualquier momento podía lanzarse a su cuello y arrancarle la yugular de un mordisco. La niña se resguardó entre las piernas de su madre, que temblaron por un momento. Cuando las llevaron al camerino para conocerlo, nadie las avisó de que se trataba de un robot ni nada por el estilo, pero era tal la rigidez de la figura que costaba imaginarse que pudiera haber alguien debajo del disfraz. La madre trataba de mirar a través de las pupilas de plástico del muñeco, para intentar descubrir a la persona que se ocultaba detrás y de la que solo escuchaban una respiración fuerte y entrecortada.

—Nos estamos poniendo un poco nerviosas, ¿verdad, mi amor? Amigo Sweet Bunny, teníamos muchas ganas de conocerte, ¿no nos vas a decir nada? —dijo la madre amablemente.

Entonces el conejo estiró el brazo hacia la niña; en la mano tenía una galleta enorme en forma de zanahoria. Sus ojos seguían clavados en ella. Una voz femenina interrumpió el momento:

—Bueno, bueno, bueno. Pues parece que habéis hecho buenas migas.

La madre se giró. Apoyada en el quicio de la puerta se encontró a una mujer muy elegante y sonriente de unos setenta y pico años. Sweet Bunny se guardó la zanahoria y se puso de pie.

—Soy Elvira —le dijo al entrar en el camerino y estrecharle la mano.

—¡Ah! ¡Por fin nos conocemos!

—Y tú debes de ser la famosa Judith, nuestra nueva estrella.

La niña miró a la mujer sin saber a qué se refería. La madre asentía con la cabeza de manera eufórica mientras la agarraba de los hombros. Estaba tan nerviosa que no se dio cuenta de que le estaba clavando las uñas. Una sonrisa iluminó su rostro. Llevaba toda la vida queriendo formar parte del mundo del espectáculo y por fin iba a pisar un set de rodaje. Y lo mejor de todo: estaba segura de que sería «el primero de muchos», como le había recalcado Elvira cuando se puso en contacto con ella a través de su representante. Alguien llamó a la puerta, que se había quedado entreabierta.

—Elvira, ya está todo preparado para grabar —dijo la auxiliar de dirección que las había acompañado hasta el camerino.

—Bien, ha llegado el momento, ¿estás lista, cariño? —preguntó sonriente Elvira.

La niña seguía sin decir nada, perdida entre las miradas furtivas que lanzaba tanto al conejo, que seguía mirándola fijamente, como a aquella señora mayor, que, pese al tono afable con el que se dirigía hacia ella, le era del todo desconocida.

—Vamos, bebé —le dijo su madre mientras aflojaba las garras y la empujaba hacia la puerta.

Elvira avanzó mientras los miembros del equipo le abrían paso. La madre y la niña la seguían, contemplando el trasiego de gente que se cruzaba con ellas con material técnico o bien para comprobar que se dirigían al set de rodaje. La joven que las había llamado iba delante de Elvira abriendo *puertas. De pronto llegaron a una de gran tamaño. En uno de los laterales se podía apreciar una luz verde encendida similar a la de un semáforo. Cuando la auxiliar abrió la puerta, la niña abrió los ojos como platos. Delante de ellas apareció un decorado rodeado de enormes focos. La madre volvió a apretar los hombros de su hija, deslumbrada. Nunca había visto nada así: el set simulaba el rincón de un bosque, un pequeño claro rodeado de plantas. En el centro, el tronco de un árbol tumbado y alrededor centenares de hojas marrones que manchaban el césped artificial y serpentinas de colores. La estampa parecía sacada de* Alicia en el país de las maravillas, *era mágica. La emoción de la madre era tal que casi se le saltaron las lágrimas, sentía que estaba dentro de una película. La niña también miraba embelesada los pajaritos que colgaban de hilos transparentes y que parecían volar alrededor del lugar.*

Todo resultaba idílico hasta que de la pared de setos artificiales del fondo apareció el conejo. La madre se giró de forma instintiva; hubiese jurado que todo el tiempo, desde que salieron del camerino, había ido caminando detrás de ellas. El conejo se quedó parado frente a las cuatro, totalmente recto, con una mano escondida en la espalda. Sus ojos rasgados y penetrantes desafiaban la inocencia de la menor. Elvira dio un paso y al avanzar los tacones resonaron en el plató. El equipo se giró hacia ella de manera casi acompasada. La mujer se desplazó hacia un lado para dejar paso a la niña, que se quedó plantada en el centro del decorado, bloqueada ante tanta expectación. La madre, sin embargo, no cabía en sí de gozo. Entonces el conejo bajó la barbilla y mostró el brazo oculto, en el que llevaba la enorme galleta de zanahoria. Al ver que su hija no reaccionaba, la madre volvió a empujarla para que caminara. La niña dio un paso tímidamente y, antes de que su madre pudiera acompañarla, el brazo de Elvira se interpuso entre las dos. La criatura levantó la mirada tímidamente, sus ojos mostraban el mismo desconcierto que los de la madre.

—Las mamás tienen que esperar fuera, para que las niñas puedan jugar un ratito y divertirse —dijo Elvira, infantilizando su tono de voz y guiñando un ojo a la madre con complicidad.

Elvira agarró a la niña de la mano, la llevó hasta donde estaba el conejo y con un gesto le indicó que se sentara en un tronco. Esta obedeció sin dejar de mirar a su madre, que era incapaz de ver el miedo que tenía su hija porque estaba absolutamente cegada por el que iba a ser su debut artístico.

—Tenemos que salir —le indicó la joven auxiliar.

La madre se volvió hacia la puerta tras ver cómo Elvira se alejaba del set y el conejo se sentaba junto a su hija sin decir una sola palabra, ofreciéndole la zanahoria mientras le mostraba sus enormes dientes. Sin embargo, la niña no se fijó en el suculento anzuelo, estaba demasiado ocupada lanzando una mirada de auxilio hacia su madre, que desaparecía tras la puerta que acababan de cerrar.

1

Menuda suerte tuvo Marisol aquella mañana cuando, después de llevar a Blanca al pediatra, la niña había aceptado, sin chantajes ni pataletas, ir al supermercado en lugar de al parque. El hecho de que hubiera sido una revisión rutinaria, sin vacunas, también había ayudado. Estaba segura. La pediatra felicitó a la niña por haberse portado tan bien y como premio le regaló una piruleta «sin azúcar». Blanca la chuperreteaba sin parar, sentada en el asiento plegable del carro del supermercado. La verdad es que se lo estaba pasando pipa, no había cosa que más le gustara que ayudar a su madre y «sentirse una chica mayor». «¿*Eto* también?», le preguntaba cuando podía alcanzar algo colocado sobre las baldas, tirándolo directamente al interior del carro. Sol, que era como la llamaban todos sus conocidos, sabía que, cuando su hija la acompañaba, la compra se alargaba más de la cuenta, pero disfrutaba mucho contándole lo que era cada cosa e inventando historias que después le dieran juego para cuando no quisiera comer o le costara dormirse. Era maravilloso ver cómo su hija abría los ojos atenta. Se quedaba con todo, era una esponja, como típicamente se decía. Pero lo más increíble era que incluso meses después, cuando ella ya había olvidado alguna de esas historias, la niña volvía a contarlas, dejando a su madre asombrada.

Por eso, aunque estuviese cansada o tuviera mil cosas en la cabeza, ella se esforzaba en no perder ese hábito maravilloso de mantener activa la imaginación de Blanca y no ceder a las malditas pantallas. Los expertos consideran que no es aconsejable que los niños, desde edades muy tempranas, manejen móviles, iPad u otros dispositivos. Su hija tenía tres años recién cumplidos y deseaba mantenerla al margen de la tecnología el mayor tiempo posible. Su mejor amiga era profesora de primaria y se pasaba el día contándole lo desesperada que estaba porque, desde hacía unos años, cada vez era más difícil captar la atención de los niños. «Están tan acostumbrados a los estímulos constantes de las nuevas tecnologías que pierden la capacidad de prestar atención y poder leer de una manera comprensiva textos que vayan más allá de meros titulares».

—Vengaaa…, te has portado tan bien que puedes elegir una cosa, pero solo una —le dijo Sol a su hija cuando terminó de coger los productos que necesitaba.

La niña sonrió de oreja a oreja y eligió un huevo de chocolate. Sol se lo pasó para que lo cogiera, pero le matizó que se lo tomaría de postre cuando hubiese terminado de comer. Después de pagar, se dirigió con el carro hasta el aparcamiento.

Por el camino se paró un par de veces para comerse a besos a su niña, que tenía toda la boca pegajosa por la piruleta. Blanca sonreía emocionada sin soltar el huevo de chocolate. Cada día estaba más bonita. Tenía los ojos tan oscuros como su pelo negro azabache. Y aun siendo tan pequeña, llamaba la atención su carácter fuerte, pero sin dejar de lado la dulzura. Ya era una señorita y tenía a sus padres enamorados, para ellos era lo más importante del mundo. Estaba siendo una mañana perfecta hasta que le azotó un mal presentimiento cuando se abrieron las puertas del ascensor. El miedo se adueñó de Sol de manera irracional. El aparcamiento estaba en silencio, no había ni un alma. La luz era tenue, sobre todo en comparación con la luminosidad del supermercado. «Será eso, el contraste», pensó. Pero lo cierto es que tuvo una sensación tan extraña que mientras se acercaba al coche tuvo que darse la vuelta de golpe. No había nadie. El lugar era enorme y a esa hora siempre había poca afluencia de gente. Abrió el maletero y fue metiendo las bolsas más rápido de lo normal, intentando acelerar el proceso. Cuando terminó lo cerró de golpe y cogió a la niña en brazos. Blanca se abrazó al cuello de su madre apretándola con todas sus fuerzas, como siempre hacía.

—¡Que me vas a ahogar! —exclamó encantada de que su hija la espachurrara con tanto amor.

Dejó el carro en una fila que había al lado del ascensor y volvió al coche sin cruzarse con nadie. Entonces una pregunta atravesó su mente: ¿qué sería peor, estar solas en ese lugar, que en ese instante le parecía algo más propio de una pesadilla que de la realidad, o que de pronto hubiese allí alguien más? Quizá un hombre… Un desconocido con cara de loco, como en las películas. No quiso dar más vueltas al asunto y apretó el paso. El eco de sus tacones resonaba en el suelo. Cuando llegó de nuevo a su coche, abrió la puerta trasera y dejó a Blanca sobre la sillita colocada en el asiento. Odiaba ese momento, padecía de las lumbares y, por mucho que se empeñara, siempre se acababa liando con los cinturones y los enganches para que la niña quedara bien sujeta y viajara de forma segura. Aunque sabía que era irracional, no podía evitar sentir un miedo profundo que recorría todo su cuerpo. Quiso actuar lo más rápido posible, pero los nervios hacían que resultara muy torpe. Cuanto más fallaba, más nerviosa se ponía. No le gustaba estar dando la espalda a cualquiera de los peligros que la atormentaban por culpa de todos los sucesos que aparecían en los medios de comunicación y por todo lo que salía en las películas de terror que veía sin parar. En esa postura no podía estar más vulnerable, completamente «a huevo», como diría su marido.

Cuando estaba a punto de conseguirlo, escuchó unos pasos a su espalda. Se irguió rápidamente y antes de poder darse la vuelta vio algo en el cristal de la ventanilla que rompió todos sus esquemas: detrás de ella había una silueta enorme, una especie de peluche gigante. Le pareció que era un conejo blanco por sus enormes orejas puntiagudas. Solo tuvo tiempo de captar el brillo de los ojos negros y rasgados del animal clavados en su reflejo. Un escalofrío. Desconcierto. Terror. Su hija. No pudo girarse; antes de poder darse la vuelta sintió un profundo ardor en la cabeza. Un golpe seco que le hizo perder el conocimiento y desplomarse en el suelo.

2

Dos semanas antes

Candela se bajó del coche a toda prisa. Por precaución había aparcado dos calles más abajo de su destino. En menos de tres minutos estaría doblando la esquina de la calle donde estaba la puerta trasera de la vivienda: un pequeño callejón en donde se ubicaban los distintos contenedores de reciclaje y cubos de basura de las casas que daban a uno y otro lado. Por suerte, nadie pasaba por ahí salvo a última hora del día, cuando algún vecino rezagado salía a tirar la basura. Al doblar la esquina vio a Mateo, que estaba solo, tal y como habían acordado. A simple vista parecía el hijo adolescente de la casa, que fumaba porros a escondidas de sus padres donde sabía que no iban a descubrirlo. Tenía veintiséis años, pero parecía más pequeño. El pelo rubio y las pecas ayudaban, su energía también. Era un torbellino, le encantaba su trabajo, la acción. Se lo sabía todo y si no se encargaba de averiguarlo en menos de lo que canta un gallo. A Candela eso le fascinaba, le recordaba tanto a ella cuando empezó a trabajar... Le gustaba que tuviera las cosas claras, pero que, a la vez, conservara la ilusión, la inocencia del que aún no había recibido los palos que la vida daba, a veces, injustamente. Tenerlo siempre cerca le hacía sentir que de alguna manera podía evitárselos. Por eso lo protegía tanto, bastante más que a su hijo, como le había reprochado su marido cuando todavía vivían juntos. Su jefe y parte del equipo también eran conscientes de ello. Todos lo pensaban, pero ya nadie cuestionaba que impusiera a su lacayo en cada una de las investigaciones que llevaba desde que se incorporó de nuevo a su puesto de trabajo como teniente de la Guardia Civil. En aquel momento aún no se encontraba en condiciones de volver, ni siquiera lo estaba ahora, pero insistió mucho en que quería regresar. Al principio la noticia no fue bien recibida por sus superiores, pero ella pidió que la trasladaran a la zona en la que vivía: una pequeña y tranquila área rural cerca de El Escorial, a pocos kilómetros del embalse de Valmayor, en la que la mayoría de las veces no ocurría nada significativo. Estaba claro que no tendría ni la responsabilidad ni la presión que había aguantado anteriormente, cuando también ocupaba el rango de teniente, pero en la Unidad Central Operativa, la popularmente llamada UCO. Así el trabajo podía ser más llevadero, incluso para alguien en su situación, y, como ella había defendido con firmeza, sería la vía de escape que necesitaba para poder pasar página cuanto antes. Consciente de que estaba siendo vigilada en todo momento, Candela tuvo que esforzarse para que nadie intuyera ni un pequeño ápice de su latente debilidad.

Esto coincidió con que Mateo justo acababa de entrar en prácticas y, sin planearlo, se convirtió en su comodín. Sin embargo, el joven nunca habría imaginado el drama que escondían los ojos de Candela. Él la necesitaba, pero no menos que ella a él. «Aprende rápido. Dentro de poco se cabreará cuando le haga algún apunte, me ha salido rebelde», pensaba para sí cuando lo observaba atento a cualquier explicación y la rebatía en cuanto algo no le encajaba. Cuando los robos puntuales en viviendas y algún accidente que otro eran lo más emocionante en mucho tiempo, formar y proteger a aquel joven se convirtió en su verdadero reto, el motor que la ayudó a seguir hacia delante. Pero ahora era diferente, en sus manos estaba el que podría ser el caso con mayor repercusión mediática en años y tenía que actuar rápido, antes de que alguien se planteara apartarla de la investigación para dársela a la UCO o la prensa se enterara y jodiera todo el asunto.

—Menuda madriguera —dijo Candela al alcanzar a Mateo.

—¿No querías una entrada resguardada?, pues toma.

—Y tanto. Me ha costado encontrarlo, menudo laberinto de «casitas». Esta zona parece una maqueta —dijo Candela recorriendo la hilera de chalets pareados, enfrentados a uno y otro lado de la calle.

—Pijos apelotonados, menudo paraíso —respondió jocoso.

—Tampoco tan pijos, estas eran las típicas casas que se compraba la gente con pasta de Madrid para pasar parte del verano cuando empezaba el buen tiempo, pero ya están un poco pasadas. En muchas no vive nadie, están cerradas, como puedes ver. La verdad es que este pasillo está a huevo para llevarse a quien quieras. Apuesto a que, si alguien entrara por aquí, no lo veríamos desde ninguna de las ventanas —dijo mirando hacia las viviendas de ladrillo oscuro y con contraventanas de madera bastante machacadas por el tiempo.

—No, la casa está tan en alto que no hay ángulo para distinguir las puertas de aquí abajo. Me he fijado antes desde arriba. —Señaló el chalet que tenían prácticamente al lado—. Además, las habitaciones que dan aquí son las más pequeñas y, a no ser que seas familia numerosa, son las que se suelen usar para invitados o para guardar mierdas. Vamos, que, salvo cuando las ventilen, no hay riesgo de que las estén abriendo. He preguntado y tanto las casas de esta fila como las de enfrente son iguales, de la misma promoción.

—¿Y bien? —preguntó Candela.

—Ya está en marcha todo lo que pediste: tengo a los agentes de paisano peinando los alrededores. —Antes de que ella pudiera decirle nada, continuó con su explicación—: De dos en dos y sin llamar la atención, tranquila. Otro equipo está buscando en la casa; en principio parece que no han forzado nada. Yo he tomado declaración a la madre y he echado un vistazo por el salón donde estaba el niño y su habitación, principalmente…

—¿Y en la habitación de la madre habéis mirado? —interrumpió Candela.

—Muy por encima; de momento no hemos visto nada que nos llamara la atención. La madre está dentro con Paula. La hermana del niño viene de camino.

—¿Lo sabe?

—Sí, la madre la llamó antes de que llegáramos, pero la avisó de que no puede decir ni una palabra a nadie. Lo que no entiendo es por qué tanto secretismo, ¿no sería más fácil mandar más unidades y movilizar a la prensa para que todo el mundo colaborara?

—El niño puede aparecer en cualquier momento —respondió tajante Candela, aun siendo consciente de que difícilmente ocurriría.

—Jefa, es el niño más famoso de España, tiene más de un millón de seguidores en redes sociales. Habrá ingresado más dinero que tú en todo lo que llevas cotizado, ¿quién no vería un negocio llevándoselo?

—Antes quiero hablar con la madre.

—De verdad, ¿no viste lo que ocurrió con Madeleine McCann? Y eso que ella no era famosa como Lucas. Hay mucho depravado suelto, gente con dinero que compra niños, existe el tráfico de órganos, también los graban y luego cuelgan la pornografía en la Deep Web. Hay un buen mercado de películas *snuff* y cosas peores… Conozco esas páginas al dedillo, es flipante. El otro día me encontré una en la que…

—No quiero saberlo, gracias —interrumpió Candela antes de que se viniera arriba—, y te recuerdo que en el caso de Madeleine, por mucho rollo que digan, es muy probable que fueran los padres.

—¿Tú sabes lo que tiene que costar un vídeo del conejito con toda la gente que lo sigue? ¡Lo conoce todo dios!

Candela lo miró durante unos segundos. Sin decir nada, observándolo orgullosa. No podía rebatírselo, tenía toda la razón. Por mucha experiencia que tuviera en el campo de batalla, el mundo digital se le escapaba por completo y era consciente de que ese era el presente y, por supuesto, el futuro. Precisamente ese era otro de los motivos por los que Mateo entró en el departamento y por el que, después, tampoco podían prescindir de él: esa parte friki tan necesaria parecía una obsesión malsana, pero en realidad le otorgaba una habilidad pasmosa que lo hacía indispensable.

—¿Has terminado?

Mateo asintió, consciente del arrebato que acababa de tener; era obvio que su jefa estaba al tanto de todo aquello y más. Por eso no entendía la manera en la que estaba llevando la investigación.

—Te repito que estás adelantando acontecimientos. Deja de ver tanto Netflix, haz el favor. Todavía no sabemos qué ha ocurrido. Sí, el niño es un caramelito, algo que ya sabía antes de las veinte veces que lo has repetido, pero no solo para cualquier sádico pervertido, sino también para los medios, que pueden llegar a ser más carroñeros que aquellos. Hagamos el trabajo sin interferencias. Nada de periodistas, curiosos ni mediocres que quieran su momento de gloria dando pistas falsas o cebándose con la familia. No vamos a echar piedras sobre nuestro propio tejado, no podemos permitirnos perder el tiempo y arriesgarnos a que la desaparición se haga pública y nos pisen los talones, porque ya sabes lo que viene después: siempre que hay presión pública nos exigen un culpable cuanto antes, sea o no el verdadero autor, ya me entiendes. Me niego a que todo el esfuerzo que hagamos, al final, por las prisas, no sirva para nada. Pero, tranquilo, cuando los necesitemos, tiraremos de ellos, guardémonos ese as de momento. Ahora, antes de salir a buscar a algún multimillonario que se haya encaprichado de él, como sugieres, ¿me cuentas qué sabemos para descartar a su entorno cercano, que es donde normalmente se encuentran los responsables de este tipo de desapariciones?

Mateo la miró dándose por vencido. Candela pasó por su lado y, sin esperarlo, comenzó a andar hacia el chalet.

3

Había vuelto a dejarlo con la palabra en la boca, pero, antes de quedar como un panoli, Mateo dio media vuelta para seguirla al tiempo que recapitulaba la información que había recabado.

—@*LucasSweetBunny*, más de un millón de seguidores en Instagram. Es de los perfiles más seguidos de España. Aunque últimamente ha bajado mucho su actividad en redes. Su nombre real es Lucas Fernández Martín. Fernández es el apellido de la madre.

—¿El padre?

—Néstor Garmendia. No vive con ellos. La madre lo ha llamado al móvil, pero estaba apagado. Estamos intentando localizarlo. Trabaja en una agencia de modelos.

—¡Cómo no, no iba a ser un simple mortal! —Candela puso tanto énfasis que era imposible saber si conocía toda esa información o no—. Ya deberíamos haber dado con él. Sigue.

—Tres años —continuó Mateo—, ojos azules, pelo rojizo y rizado, pecas, no llega al metro de altura... Sin ninguna tara. —Candela lo miró frunciendo el ceño—. Ninguna enfermedad rara ni historias..., un niño normal, vamos.

—Si tener más de un millón de seguidores con tres años a costa de vivir expuesto las veinticuatro horas del día te parece normal...

—Bueno, aquí no estamos tan acostumbrados, pero en Estados Unidos la mayoría de los niños...

—Continúa —lo cortó; se ponía enferma solo con escuchar hablar del tema—, que te vienes arriba.

Mateo tenía preparada una fotografía del niño en su móvil.

—La foto de perfil del crío en Instagram. Te la enseño porque es la que nos ha proporcionado la madre.

Candela contempló la imagen. En ella aparecía Lucas muy sonriente disfrazado de conejito. Tenía la nariz pintada de rosa y en la cabeza llevaba puesta una diadema con dos orejas enormes del mismo peluche blanco que el disfraz, rematado con un pompón como cola. A la altura de la cara enseñaba una galleta con forma de zanahoria, que sujetaba con la mano, como si estuviera a punto de morderla. Había visto esa estampa millones de veces: en las revistas, en las vallas publicitarias, en los supermercados y en las paradas de autobús. La imagen de aquella criatura disfrazada se había difundido por todos los rincones de España, incluso los más recónditos, y mientras a la mayoría les enternecía a ella le daba lástima. Un niño no tenía que pasar por eso, no sin su propio consentimiento. No soportaba verlo así.

—Lo conoces, ¿no? —Mateo no podía evitar un deje de ironía.

—Y la llamada la hace la madre...

—Adriana Fernández. —Le hizo un gesto, como si tuviera que saber quién era. Ella por supuesto que lo sabía, pero no se inmutó, prefirió disimular—. Un intento de influencer, con años de trayectoria en las redes. Realmente es conocida por ser la madre del famoso conejito. El niño estaba viendo la tele en el salón con la cristalera abierta porque Adriana, que era quien estaba a su cargo, hacía deporte en el jardín y entraba y salía. Hubo un momento en que fue al baño y cuando salió Lucas ya había desaparecido...

—Así, sin más. —Sonrió irónica—. Mejor que me lo cuente ella, quiero escucharla.

Candela llegó hasta la valla exterior de alambre de la puerta trasera y se paró antes de entrar para seguir escuchando a Mateo.

—Nos ha contado que ha buscado por toda la casa y alrededores y que, al no encontrarlo, nos ha llamado inmediatamente, porque el niño es tan famoso que quizá «eso podría ser un reclamo». Eso nos ha dicho.

—Bien. Pues vamos a hablar con ella, no vaya a ser que no nos esté contando algo y el supuesto secuestrador viva dentro de estas cuatro paredes...

Candela se disponía a abrir la puerta cuando las palabras de Mateo la frenaron en seco.

—Hay algo más: aquí tienes la llamada que hizo al 062. Me la acaban de mandar a mi móvil, como me pediste.

—¿Rara?

—Júzgalo tú misma.

4

En cuanto comenzó el audio, Candela se trasladó de inmediato al momento que recogía la grabación. Siempre seguía el mismo ritual: se ponía los auriculares que llevaba en el bolsillo interno de su chaqueta y cerraba los ojos. Lo primero que escuchó fue el tono de la llamada.

—Guardia Civil, ¿qué problema tiene?

—Ah…, por favor, mi hijo…, se lo han llevado, no está.

—Señora, ¿dónde está ahora?

—En mi casa.

—¿Su hijo estaba con usted?

—Eeeh, eeeh. Sí, pero he ido al baño y ya no está. No lo encuentro por ningún sitio.

—¿Ha desaparecido cuando ha ido al baño?

—Eh…, sí…, sí.

—¿Hace cuánto que no está?

—Eeeh…, aaah…, veinte minutos, quizá un poco más…, pero, de verdad, tienen que ayudarme, estoy convencida de que alguien se lo ha llevado.

—¿Ha buscado bien?

—Sí, sí, y no está. Se lo han llevado *[repite entre gemidos, casi llorando]*.

—¿Hay alguien más con usted en la casa? ¿Podría estar el niño con esa persona?

—No, no. Estábamos solos. No hemos salido de aquí.

—¿Ha buscado fuera?

—Eh…, sí, sí. He mirado por la calle y en el jardín, pero se lo han tenido que llevar, créame. Alguien tenía que estar viéndonos, esperando…

Al escuchar esto, Candela tragó saliva y siguió escuchando con atención.

—Señora, es muy probable…

—No lo entiende, mi hijo es muy conocido, es el niño más famoso de España. Es un secuestro, querrán un rescate.

—De acuerdo, en unos minutos se personarán unos agentes en su vivienda. No se mueva de ahí, por favor.

—Gracias, gracias.

Al abrir los ojos, Candela se encontró con Mateo mirándola con expresión de «Te lo dije». Se quitó los auriculares y le devolvió el gesto a su compañero, que esperaba su diagnóstico. Intentaba ser cauta y no ir «a machete» como le pedía su cuerpo lleno de furia. Hacía años que convivía con esa emoción, desde que, de la noche a la mañana, su vida había cambiado para siempre.

—La verdad es que suena desesperada. Los silencios y los gemidos parecen de una persona devastada. O, mejor dicho, de cómo debería estar una persona en esa situación, no sé si me explico. —Mateo achinó los ojos interesado—. Empieza con un gemido, lo que se espera que haga una madre en esta situación. Sin embargo, lo normal es que ella esté activa: el niño acaba de desaparecer, no lleva días de intensa vigilia. Me atrevería a decir que los gemidos son para ganar tiempo, también titubea y tarda en responder porque necesita pensar lo que va a decir. Mateo, recuerda siempre esto: no se analiza el tono, sino las palabras, las palabras son suficientes. —Mateo afirmó con la cabeza. Candela continuó, consciente de la atención que había conseguido—: Lo segundo que dice es «Mi hijo, se lo han llevado», no «Mi hijo ha desaparecido». No tiene la energía de quien quiere encontrarlo inmediatamente porque da por sentado un secuestro y así nos señala solo una posibilidad, a modo de conclusión. Repite sin cesar que se lo han llevado, remarcando lo que tenemos que pensar, por dónde debemos ir.

—Como cuando dice que alguien tenía que estar viéndolos, esperando el instante adecuado. De alguna manera crea la figura de alguien oculto en la sombra, con intención de llevarse al niño. Alguien que obviamente no puede ser ella —intervino Mateo muy motivado.

—Justo. Alguien tenía que espiarlos, luego a su hijo se lo han llevado. Es un secuestro. Pero no hay ninguna nota y, de momento, tampoco petición de rescate. Una vez más, sirve para apartar el foco de ella misma. Habla de que no lo encuentra por ningún lado, como si llevara horas buscándolo.

La realidad no se corresponde con el margen de tiempo que ha pasado desde que desapareció el niño: ¡veinte minutos!

—Veinte minutos se pueden hacer eternos…

—Está mintiendo. Duda demasiado…, está pensando. Es como si no supiera dónde estaba el niño antes de que desapareciera.

—Ya, ¿desaparece y no sale a buscarlo? Además, como dices, nos da el escenario, lo que tenemos que pensar… ¡Alguien se lo ha llevado!

—Sí, sale, pero por los tiempos apenas lo busca. No pide ayuda a vecinos o a amigos. No llama a nadie.

—A su hija —Mateo interrumpió el razonamiento de Candela.

—Cierto, pero ¿cómo es posible que no lo sepan ya todos los vecinos? Alguien que piensa que su hijo se ha perdido lo busca, sale, lo llama, grita desesperada… Sin embargo, apenas se mueve y no pierde la compostura.

—Únicamente cuando hace el papelón en la llamada, o quizá es cierto y no está mintiendo. Esto es jodidamente extraño.

—Siempre lo es, si no, no tendría gracia. —Candela sonrió sin que Mateo se percatase—. Vamos a por ella.

5

Candela y Mateo entraron por la puerta trasera a la vivienda. Era de un hierro forjado muy fino con un pequeño candado. Frente a ella apareció el escenario que tanto Adriana como sus dos hijos mostraban en sus publicaciones y los constantes *house tours* que hacían en redes, en los que explicaban de qué marca era hasta el último cenicero, como si fuera de vital importancia para la humanidad. En lo alto del terreno estaba la vivienda rectangular de ladrillo oscuro, la cristalera doble del salón que daba al jardín, y que seguía abierta, y las dos ventanas de las habitaciones de arriba con las contraventanas de madera cerradas. Sin embargo, el paisaje inmediato nada tenía que ver con el idílico entorno del que Adriana presumía en redes. La parcela tenía una ligera pendiente y toda la zona de abajo, la más próxima a la entrada donde se encontraban ambos, estaba prácticamente abandonada, sin césped. Hierbajos y cardos de distintos tamaños se habían adueñado del poco verde que quedaba. Lo único que lo salvaba era una encina gigante que debía de llevar un siglo ahí. Llamaba la atención el columpio que colgaba de sus ramas, era simple, con dos cuerdas gruesas envueltas en flores blancas artificiales y una tabla de madera. Aparecía en muchas de las publicaciones en las redes sociales de Lucas, el niño desaparecido. La parte cercana al porche estaba más cuidada, pero al verla más de cerca parecía un cuadrado artificial en mitad de la nada. Era evidente que la madre había creado dos sets de trabajo: el de la encina con el columpio para su hijo y el del césped rodeado del falso jazmín que cubría toda la valla, desde donde ella solía hacer sus directos hablando y haciendo ejercicio.

Candela dio un par de pasos al frente cuando escuchó un ruido a su lado que procedía de un grupo de arbustos que había junto a la puerta. Un agente se puso de pie de golpe y ella no pudo evitar dar un pequeño brinco.

—Perdona, Candela —se disculpó el hombre—, estaba viendo si alguien ha dejado un rastro.

—Ahora estará el mío, no vayas a detenerme —bromeó ella—. ¿De momento has encontrado algo?

Antes de que el agente pudiera responder, algo en lo alto llamó la atención de Mateo.

—Candela —dijo muy bajito.

Mateo le hizo un leve gesto para que mirara al frente. Entonces la vio. Pegada a la cristalera estaba Adriana, vestida con ropa deportiva: mallas muy ceñidas, una camiseta térmica de manga larga y un chaleco. Aquella visión era tan explícita, tan evidente y representativa por sí sola, que parecía una caricatura: la mujer no dejaba de mirar el móvil a la vez que su dedo se movía más y más rápido por la pantalla. Candela subió lentamente hacia ella, sin quitarle la vista de encima. Desde abajo, y con esa ropa que marcaba toda su figura, la mujer parecía aún más esbelta, era como si sus largas piernas le permitieran tocar el cielo. «Está tísica», masculló para sí. Por fuerte que estuviera, el cuerpo de Adriana no tenía nada que ver con el suyo. Ella siempre había sido de hueso ancho, le gustaba el ejercicio y eso había tonificado sus músculos. Tenía una cintura estrecha, una cadera prominente y unos muslos fuertes. La verdad es que su cuerpo había llamado la atención de muchos seguidores, pero de los de verdad…, nada que ver con ninguna red social. Hombres y mujeres a los que les costaba apartar la mirada cuando Candela pasaba junto a ellos. Aún seguía teniendo una «cara guapa», como siempre le decía su madre desde que era niña cuando quería animarla, pero había dejado de prestarse atención. Después de dar a luz su imagen había pasado a un segundo plano. No lo decía en plan víctima, era un hecho. Algo elegido, cuestión de prioridades. Ella era feliz dedicando ese tiempo a estar con su hijo. Aunque su aspecto actual no fuera comparable al de entonces. No le importaba, al fin y al cabo, tampoco tenía a nadie en casa para que lo apreciara. Apenas se cuidaba, no se pintaba ni arreglaba. Siempre llevaba coleta y solo hacía el ejercicio necesario para su trabajo, o sea, lo justo según la misión que tuvieran. Eso, sumado a la edad y la depresión, había convertido su envidiada figura en un cuerpo del montón, propio de una mujer en sus circunstancias que acababa de pasar la barrera de los cuarenta. Había aprendido a convivir con la celulitis, la flacidez, los brazos más anchos y blandos y los muslos juntos. Después de lo que le había ocurrido lo de menos era eso, no tenía el menor interés en fustigarse frente al espejo. Mucho menos ahora que no tenía que estar deseable para él. Lo único bueno es que era consciente de la realidad: su familia se había ido a la mierda y ya no tenía que vivir con el miedo constante de ser abandonada. Su única prioridad era tratar de aprender a sobrevivir emocionalmente.

De pronto Adriana se percató de su presencia y levantó la mirada hacia ellos. Sus ojos estaban muy rojos, llenos de preocupación, estaba visiblemente cansada. Detrás de ella asomaba Paula, una compañera del cuerpo con la que Candela tenía una estrecha relación basada en el respeto mutuo. Debía de tener cinco años menos que ella, era muy masculina y no hacía el más mínimo esfuerzo en disimularlo. Eso le encantaba a Candela, que aplaudía que tuviera los ovarios tan bien puestos.

—No puedo dejar de hacerlo —dijo Adriana mostrando su móvil—, me da pavor encontrarme con la noticia en las redes, porque eso significaría que todo esto es real. Y aun así no puedo parar de mirar todo el tiempo.

Las palabras de Adriana, llenas de ternura, descolocaron por completo a Candela, que esperaba encontrarse con una mujer mucho más altiva. Habría parecido una madre normal y preocupada por su hijo si no fuera porque, en lugar de estar dando gritos en la calle para encontrarlo, lo buscaba virtualmente. Y eso era una muestra evidente de su enfermedad.

—No se justifique, ese tic por desgracia lo tiene casi todo el mundo —dijo Candela esforzándose por ocultar su sarcasmo. «Y usted es de las que lo fomenta compartiendo absurdeces cada segundo», pensó para sí misma mientras le ofrecía la mano—. Soy la teniente Rodríguez, estoy al mando de la investigación para encontrar a su hijo.

Los ojos de la mujer parecieron despertar de un profundo letargo y recorrieron el rostro de Candela a toda velocidad, de una manera intensa, casi incómoda.

—Su cara me es familiar —dijo confusa, manteniendo la mirada.

Candela se mantuvo firme, sin regalar la más mínima reacción.

—¿La conozco de algo?

—No que yo sepa. Debo de tener una cara muy común… Ya sabe, la de la poli cabrona que siempre pilla a los malos por muy listos que se crean.

La mujer la escuchó sin saber cómo reaccionar, hasta que, de pronto, pareció derrumbarse.

—Se lo han llevado —se lamentó.

La fragilidad de la mujer contrastaba con la extrema rigidez de Candela, que lanzó una mirada a Mateo: la madre volvía a imponer lo que le había sucedido al niño.

—Vayamos dentro, necesito que me cuente cómo ha ocurrido todo.

La mujer asintió y les hizo un gesto para que la acompañaran.

6

El ruido ensordecedor de una musiquita chirriante copó la atención de los agentes al entrar. La televisión seguía encendida y un par de adolescentes, sin camiseta y con el pelo peinado con un tupé, bailaban al ritmo de una melodía facilona. Candela observó todo, no deseaba que se le escapara nada. El salón estaba decorado con gusto: todos los muebles, cojines y cortinas eran del mismo color crudo. La madera del suelo también tenía el mismo tono «lavado» que daba a la estancia un aspecto nórdico. Las lámparas, las figuritas y otros detalles eran de un tono dorado; esto último daba un toque casual, aunque bastante estudiado, tal y como aparecía en las revistas de últimas tendencias. Sin embargo, en la habitación imperaba el desorden. Había muchas cosas tiradas por el suelo, en la mesa de centro había un par de platos con restos de comida, una cuchara con yogur reseco y servilletas de papel usadas y arrugadas; sobre una butaca reposaban revistas de moda abiertas… Eran muchos los detalles que reflejaban cierta dejadez. Junto al sofá había una mesa auxiliar con varios marcos de fotos. En uno aparecía Lucas con sus famosas orejas de conejo en la cabeza; en otro, un recorte de revista del anuncio del niño junto a Sweet Bunny, el conejo que era la imagen de la famosa marca de galletas. Recientemente habían apostado por sus propias chucherías, también en forma de zanahoria. En otra fotografía aparecía Adriana junto a un hombre muy atractivo y su hija Judith de pequeña.

—Estaba viendo la televisión cuando lo vi por última vez. Fui al baño y al salir ya no estaba. Mi niño había desaparecido —empezó a contar la mujer mientras bajaba el volumen con el mando a distancia.

—¿La cristalera del salón estaba abierta cuando entró al baño o la había cerrado? —preguntó Candela de manera rutinaria.

—No la cerré del todo. Llevaba toda la mañana así; como yo entraba y salía por mi directo…, y luego haciendo llamadas y demás… —Los tres escuchaban atentos.

—Sé que ya ha hablado con mi compañero —intervino Candela señalando a Mateo—; todos los detalles que nos ha dado sobre cómo iba vestido su hijo y demás son de gran valor. Pero necesito que haga un esfuerzo mayor y me cuente la sucesión de los hechos desde que se despertaron esta mañana hasta que Lucas desapareció. —Hizo un leve gesto a sus compañeros para que estuvieran atentos a cualquier contradicción en el relato, incluso lo más insignificante podía ser relevante para averiguar qué le había ocurrido al niño.

Los tres agentes miraron a la mujer, que, parada de espaldas al televisor, comenzó a hablar con cierto nerviosismo. Resultaba atropellada, como si llevaran varios días de búsqueda y no tan solo unas horas, como había apuntado Candela.

—Esta mañana… Lucas se levantó temprano, como siempre. Tiene el horario pillado de la guardería y no hay manera de que duerma más. Bajamos a desayunar. Mi hija Judith nos acompañó al cabo de un rato, porque había quedado para hacerse unas fotos con una amiga.

—¿Judith desayunó con ustedes y se marchó a continuación?

—No, no. Solo desayuna el conejito de la casa, nosotras estamos haciendo ayuno intermitente.

—Su hija tiene quince años, si no me equivoco.

Mateo miró extrañado a Candela, juraría que no le había hablado sobre la edad de la chica.

—Así es.

Candela arqueó las cejas ante la naturalidad con la que esa madre asumía que una menor tuviese que ayunar para estar a la altura de las expectativas generales.

—¿Recuerda a qué hora se fue aproximadamente?

—Debían de ser las nueve menos cinco o así, antes de las nueve seguro. No es raro que salga tan temprano. Aunque le parezca una locura, Judith va a hacerse fotos y solo saliendo a primera hora evita a los paseantes o a los deportistas que corren por la zona. Los fines de semana es imposible, está lleno de moscones.

—Su hija se fue y usted se quedó con Lucas, entiendo.

—Así es.

—Viendo la televisión.

—Sí..., sí.

—Sin embargo, creo que usted tenía un directo desde su cuenta oficial de Instagram poco después. A las nueve, para ser exactos. —Mateo sonrió para sus adentros, la jefa lo había vuelto a hacer: se había adelantado antes de que tuvieran tiempo de comprobar cada movimiento.

—Sí, claro, el directo. Por eso sé que a las nueve ya se había ido, porque se fue justo antes. Los sábados es temprano, en invierno lo hago dentro, pero cuando hace mejor, como hoy, aprovecho para hacerlo fuera, que siempre queda mejor. El fresquito me viene bien para activarme, la verdad. Lo hago con el lema: «Empezar el día con energía». —Candela mantuvo la mirada, esperando que continuara—. Normalmente Judith está en casa y vigila a Lucas el tiempo que dura... Él está entretenido con la tele, ni se entera. ¡Lo que disfruta viendo recopilatorios de tiktoks!, le encanta ver a los chavales bailar.

A Candela le hubiera gustado parar de golpe la entrevista para preguntarle cómo podía ser posible que dejara a un niño tan pequeño solo, pegado a la televisión, viendo semejantes gilipolleces. ¿No era suficiente que los adolescentes estuvieran cada vez más enganchados a esas bobadas como para que encima fueran los padres quienes se las metieran por los ojos desde tan pequeños, creando verdaderos adictos? Le hervía la sangre, pero como la buena profesional que era continuó con su labor.

—Y hoy ella no estaba.

—No, se acababa de ir.

—¿Cuánto dura el directo que hace?

—Una hora aproximadamente.

—¿Hoy ha durado lo mismo de siempre? —Candela se crecía con el poder del que sabe con certeza que está acorralando a un mentiroso.

—Sí, sí.

—Y, cuando terminó, el niño seguía frente al televisor.

—Sí. Después estuvimos jugando toda la mañana ahí fuera y luego vimos la tele hasta que fui al baño, como les he contado, y cuando regresé ya no estaba.

—¿No se separó de él en toda la mañana?

La firmeza con la que Candela había formulado la pregunta hizo que Adriana reculara inmediatamente.

—Bueno, estuve con Lucas casi todo el tiempo…, la tele estaba de fondo y, como ya les he dicho, en algún momento salí a hacerme unas fotos y me entretuve con un par de mails…

—Cuando eso ocurría, el niño miraba la tele…

—Así es, hasta que se lo llevaron —respondió la madre con la voz rota.

Mateo lanzó una mirada significativa hacia Paula para hacerla cómplice de las teorías a las que él y Candela habían llegado.

—Estoy segura de que alguien estaba pendiente y sabía que yo no estaba con él en ese instante —continuó—, y lo han secuestrado. No está por ningún lado. No hay ni rastro de él. Se ha esfumado.

—Pero no ha encontrado ninguna nota ni señal que indique que alguien hubiera entrado para llevárselo... —indagó Candela.

—No —respondió Adriana cabizbaja.

—Señora Fernández. —La mujer la miró sorprendida, como si no acostumbrara a que la llamaran así—. ¿Es la primera vez que su hijo desaparece?

Adriana tragó saliva y negó con la cabeza.

Conchi llevaba veinte años dando clase a los alumnos de bachillerato y esperaba poder seguir otros quince o veinte más ocupando la misma plaza sin tener que cambiar a otro centro. Le gustaba mucho el colegio en el que trabajaba y la manera en la que la dirección pautaba la forma de enseñar y tratar a los chavales. Ella ya era una experta en domarlos y conseguir disminuir la resistencia propia de la edad que muchos mostraban ante el aprendizaje para lograr que se interesaran por Historia de España, que era la materia que ella impartía con pasión. Sin embargo, su rutina iba a verse interrumpida cuando esa mañana, nada más pasar por secretaría, la llamaron para que entrara. Patricia, la profesora de infantil, acababa de avisar de que no podría ir porque tenía gastroenteritis, y ella tenía que cubrir su baja. Intentó rebatirlo reclamando el derecho de sus alumnos a no perder clase por *algo así, pero fue en balde; le dijeron que ya los juntarían con la clase de al lado o verían qué hacían con ellos, pero que no les preocupaba. Ella era la profesora con mayor antigüedad del centro y en la que confiaban para que se ocupara de los más pequeños. Cuando entró por la puerta de su clase eventual y se encontró con semejantes renacuajos, le recordó a sus primeros años de prácticas. Conchi no había podido tener hijos; su marido y ella lo intentaron durante años por activa y por pasiva, recurriendo incluso a todo tipo de técnicas de fertilidad, pero no pudo ser. Los primeros años de frustración y profunda tristeza fueron cediendo a la dedicación y pasión por su trabajo. Recién licenciada se entregó en cuerpo y alma a los más pequeños. Aunque después la edad de sus alumnos aumentó considerablemente por decisión propia: empezó a coger manía a los críos y trabajar con los más mayores no le costaba tanto. Se le hacía menos duro, era mucho más fácil centrarse en el proyecto de mujeres y hombres que tenía delante e intentar enriquecerlo que estar rodeada de niños tan pequeños, más cercanos al bebé que le hubiera gustado tener. Por eso, aquel día se propuso hacer su labor intentando no implicarse demasiado. Les puso canciones, les sacó todos los juguetes y los dejó a su libre albedrío salvo cuando se tiraban del pelo o se pegaban entre ellos.*

—Venga, nos vamos a poner en fila de uno en uno y salís ordenadamente detrás de mí para ir a comer, ¿de acuerdo? —les pidió cuando llegó la hora de la comida.

Los alumnos del colegio siempre iban al comedor en fila india con las manos en la espalda; era una costumbre que les enseñaban desde que entraban. Los niños obedecieron rápido y se fueron colocando poco a poco; no tuvo que insistir lo más mínimo, se notaba que estaban bien entrenados y conocían a la perfección lo que tenían que hacer. Conchi se puso delante de ellos y empezó la marcha para que la siguieran.

—Venga, bien juntitos...

Lucas estaba despistado jugando con un puzle y fue de los últimos en sumarse a la cola. Salía andando junto a sus compañeros cuando, de pronto, del baño que había al principio del pasillo donde estaba la clase, salió un hombre que tapó la boca del niño y lo agarró con firmeza. Tiró de él y lo metió en el baño tan rápidamente que los dos niños que iban detrás de Lucas no se percataron de nada y continuaron andando. El hombre soltó al niño, que miraba asustado a aquel desconocido que lo observaba de una manera extraña, sin decir una palabra. La barbilla de Lucas empezó a temblar y un puchero se dibujó en su cara. No podía ser más tierno. Antes de que rompiera a llorar, el hombre sacó un coche de juguete y se lo mostró.

—Tranquilo, Lucas, no tengas miedo. No tienes nada que temer.

El niño miró embelesado el coche. Era de color rojo, su favorito. El hombre estiró la mano para dárselo y después cerró la puerta para que nadie los descubriera.

Conchi, mientras, no se dio cuenta de nada de lo ocurrido. Una vez superada la prueba del comedor, en la que tuvieron que echarle una mano para que no se pusiesen perdidos, llegó el recreo. Habría matado por un cigarro, pero no estaba la cosa como para fumar, sus compañeras no lo veían bien y mucho menos la directora. Pero a Conchi le daba igual, era su único vicio y disfrutaba cada cigarro que se fumaba de lo lindo. Miró el reloj y vio que faltaban cinco minutos para volver al aula. Qué pereza le daba tener que lidiar con pataletas y chantajes cuando les dijera que se habían terminado los juegos; no tenía paciencia. No quería tenerla, se mantendría firme porque en el fondo sabía que se derretía con ellos. Se acercó a las casitas de plástico que había en la zona infantil.

—Niños, vamos a clase. Venga, todos en fila otra vez, no me hagáis ponerme seria que no os pongo más canciones, ¿eh?

Para su sorpresa, salvo los dos más pequeños de la clase, a los que tuvo que ir a buscar expresamente, el resto volvió a obedecer enseguida. Otra prueba superada.

—Vamos, en fila, mirad hacia delante, que os vais a caer.

El grupo de niños se puso en marcha, seguidos por la mirada de su profesora, que estaba muy satisfecha. Hasta que ocurrió lo peor que podía suceder. Los estaba contando según andaban cuando se dio cuenta de que no estaban todos. Lucas, el niño pelirrojo con cara de muñeco, faltaba.

—¡Niños! Un momento —exclamó.

Los pequeños dejaron de andar y la miraron desconcertados, sin saber qué hacer. Algunos, distraídos, se salieron de la fila. Conchi giró la cabeza rápidamente para buscar en la zona de juegos, se agachó y revisó cada rincón por si se había quedado despistado. Pero no lo encontró. Entonces su pulso se aceleró y empezó a dar vueltas hacia todos los lados para buscarlo.

—¡Lucas! —gritó—. ¡Lucaaas!

En el patio solo quedaban los niños a su cargo, que la estaban esperando. La valla con una de las puertas de acceso quedaba justo a su derecha. El crío no podía haber trepado, pero ¿y si se lo habían llevado? Fue corriendo y se asomó por si veía a alguien con el niño, pero nada. Volvió donde esperaba el resto y les indicó que la siguieran, ya sin ningún tacto. Tratando de que lo hicieran a la mayor velocidad posible. Caminaba intentando recordar en qué momento lo había dejado de ver, pero no era capaz de dar con él. Le daba vueltas y no tenía ninguna imagen del niño en el patio, tampoco comiendo, pero no podía asegurar que no hubiera ido al comedor. Era horrible, ¿en qué momento lo había perdido de vista?

—Vamos, vamos, vamos —les repetía, apretando los dientes. Recorrió el pasillo hasta la clase, sudando a mares. Cuando quedaban un par de metros, adelantó a los niños y abrió la puerta de golpe: Lucas estaba sentado en mitad de la clase. No se esperaba que abrieran tan de repente y empezó a llorar. Conchi lo miró y no pudo evitar reírse para liberar toda la tensión acumulada. ¿Había estado ahí todo el tiempo? ¿Tan despistada estaba? Le pareció muy raro. Se acercó al niño y sin poder evitarlo lo abrazó con fuerza; al hacerlo se fijó en que en la mano tenía un coche rojo que no había visto antes.

7

Adriana había hecho una pequeña pausa. Candela la analizaba tratando de entender por qué tenía que buscar tanto las palabras.

—Hace un par de años, cuando empezó la guardería, ocurrió algo. Su profesora faltó un día y otra se quedó con los niños. Por lo que me contó la sustituta, los niños habían estado jugando en clase. Lucas, tan feliz como el resto. Después fueron a comer y al acabar tocaba recreo. Por lo visto, cuando estaban en el patio, le llamó la atención que no estuviera Lucas, lo estuvo buscando y no lo encontró. Volvió a la clase con el resto de los niños muy nerviosa y al abrir la puerta allí estaba, sentado solo en mitad del aula. Ella me dijo que no me lo contaba para asustarme, pero me aconsejaba que tuviera cuidado con él, porque se le había escapado sin darse cuenta, y creía que tendría que estar muy pendiente de él «porque los niños tan pequeños en cualquier momento te la pueden organizar». Pero a mí me extrañó, porque mi hijo es muy tranquilo. Es muy activo, risueño, divertido, pero bastante miedoso. Demasiado, y eso le hace ser cauteloso. Lo que me acababa de contar no era propio de Lucas. Pero no fue hasta que, al darme la mochila, la maestra me dio también un coche rojo de juguete y, de una manera muy amable, me dijo que creía que a los niños no se les permitía llevar juguetes de casa. Aquel cochecito no era de Lucas. Si no era de la clase ni de sus compañeros, alguien tenía que habérselo dado. Me puse nerviosísima solo de pensar en quién habría estado con él y con qué intenciones. ¿Cuánto tiempo había faltado? ¿Qué le habría hecho?…

—¿El niño no les contó nada? ¿No le preguntó?

—Sí, sí, pero no soltó prenda. Apenas balbuceaba por esa época, fue imposible sacar nada en claro.

—¿Hubo más incidentes como ese? ¿Volvió a desaparecer?

—Que yo sepa, no. Vamos, no.

—Hasta ahora.

—Sí. Tienen que encontrarlo, por favor…

Candela hizo un gesto a Mateo para que siguiera él. Era su turno. Esperó atenta unos segundos para disfrutar viendo cómo su apadrinado se esforzaba cada vez más, tomándose su labor muy en serio.

—¿Estaban solos los tres?

Adriana levantó la cabeza, el cambio de voz la había pillado por sorpresa.

—Sí.

—¿No tiene alguna asistenta o alguien que venga a hacer la casa? —E hizo un gesto con la cabeza indicando el desorden de la habitación.

—No, hoy sábado no viene.

—Pero ¿tiene llave?

—Qué va, viene por las tardes para ayudarme con los niños cuando estamos en casa y a hacer las limpiezas gordas, del resto me ocupo yo.

Candela volvió a tomar el mando. Había conseguido que bajara la guardia y era momento de contraatacar.

—¿Cuándo se dio cuenta de que faltaba el niño?

—Al salir del baño, ya se lo he dicho.

—¿A qué hora fue eso, señora Fernández?

—¿Por qué me lo vuelve a preguntar de esa manera, como si yo fuera la sospechosa?

Paula y Mateo se pusieron en guardia a la espera de la respuesta de su jefa.

—Nadie ha dicho que lo sea. Como ya le he explicado, para descubrir qué ha podido ocurrirle a su hijo, necesito tener una cronología lo más precisa posible de los hechos. Es el procedimiento más habitual, ¿tiene algún problema en contestar a las preguntas? Puede llamar a su abogado si así lo desea.

Adriana mantuvo la respiración y, después de unos segundos, comenzó a hablar de nuevo.

—Sobre las once y veinte, quizá un poco antes. No lo sé. No lo vi al salir del baño y no le di importancia porque pensé que estaría en su habitación. Pero cuando lo llamé y vi que no respondía me preocupé. Lo he buscado por todos lados, dentro y fuera de la casa.

—La llamada que hizo al 062 fue a las doce, ¿qué hizo en todo ese rato? ¿No salió a buscarlo a la calle? —preguntó Mateo.

—Sí, claro. Busqué por todos lados, llamé a mi hija, pero el teléfono no daba señal y me imaginé que estaría con las fotos o algún vídeo. Luego salí con el coche y di varias vueltas por la urbanización y, al no encontrarlo, llamé a emergencias.

—Ha hecho bien en avisarnos rápidamente. Las primeras cuarenta y ocho horas son las más importantes; cuanto antes empecemos, mejor —le indicó Candela en su afán por dar una de cal y otra de arena.

—Mi hijo es famoso, es el niño más famoso de España, ¡¿sabe usted?! —exclamó Adriana perdiendo los papeles.

A Candela le hubiera gustado abofetearla en ese mismo momento y decirle: «Tienes lo que te mereces por haber expuesto a tu hijo en las redes sociales de manera desorbitada, con todos los peligros que conlleva. Eso no se le hace a un crío y menos a tu propio hijo». Pero, en lugar de eso, continuó con la misma templanza que había mostrado hasta ese momento.

—Señora, en la mayoría de los casos el culpable está en el entorno más cercano, familiares y amigos. —Candela miró hacia la foto en la que aparecía Adriana junto a su marido y Judith de pequeña y, tras una leve pausa, continuó—: Hábleme de su marido.

Adriana posó la miraba sobre la fotografía unos instantes. Al mirar de nuevo a Candela, sus ojos estaban empañados en lágrimas y parecían perderse más allá de los límites de la habitación.

Adriana estaba esperando en la sala que habían preparado mientras su hija trabajaba. Era una estancia muy cuidada, con un par de butacas de diseño, una nevera pequeña llena de bebidas y una mesa de centro con sándwiches y pinchos para picar. Llevaba ahí metida más de dos horas, estaba impaciente. Tenía ganas de morderse las uñas, pero se las había hecho de porcelana justo antes del viaje y pretendía que le duraran una temporada. También se había aclarado el pelo aprovechando que le habían pedido que diera unas mechas más rubias a Judith para la prueba. La peluquera la había mirado mal, pero a ella le daba exactamente igual: no podía correr el riesgo de perder su gran oportunidad. Elvira le había dejado muy claro que ese viaje a Bilbao, donde se encontraba la sede de la agencia de publicidad responsable de la campaña para la que la niña estaba haciendo las pruebas, era clave para el futuro de su hija. Mientras ella esperaba impaciente, los dueños de la famosa marca de galletas infantiles estaban reunidos junto con el equipo creativo de la agencia y su fundador, el señor Urdanegui, para valorar las aptitudes de Judith. Si todo salía bien, la niña sería la imagen de la campaña a nivel nacional y estaría hasta en la sopa.

Adriana cruzaba los dedos para que su hija estuviera especialmente inspirada aquella tarde y le dieran la buena noticia enseguida. Por si acaso, ella ya tenía preparada la cara de sorpresa, solo esperaba no ponerse demasiado nerviosa y que se le escapara alguna lagrimilla para encandilar también al señor Urdanegui. Aún no se creía que fuera a conocerlo en persona. Él era el gran mandamás de la publicidad, el que llevaba los planes de comunicación y de marca de las personalidades y empresas más importantes de España. Adriana había buscado fotografías del fundador de la agencia cientos de veces en internet. Su pelo blanco peinado hacia atrás y sus cejas largas y puntiagudas le daban un aspecto enigmático. Ojalá se fijara también en ella y pudiese empezar su carrera como modelo. Se moría por ponerse delante de una cámara y que la grabaran. Nada podría hacerla más feliz que ver su imagen por todos lados. Más ahora que, a los retoques que ya tenía, había que sumarles bótox en la frente y las patas de gallo, y ácido hialurónico en los labios. Estaba realmente sexy y «despejada», tal y como le había dicho la doctora después de aplicarle los tratamientos. Lo cierto era que se veía mejor; no resultaba fácil estar al lado de una niña como su hija, con ese pelo rubio y esa cara angelical sin una sola arruga. Le daba hasta rabia. Estaba mirándose en el espejo cuando la puerta se abrió de golpe, dándole un susto de muerte.

—Ya han terminado, puede acompañarme, por favor —dijo la joven que la había acompañado al llegar.

Recorrió un enorme pasillo plagado de distintas puertas, iluminado con unos tubos fluorescentes de luz blanca. Cuando llegaron a la última puerta, un chico la invitó a pasar. Al entrar vio lo que parecía una sala de reuniones con una enorme alfombra persa y unas veinte butacas negras de diseño colocadas formando un círculo. En una de las paredes había una pantalla enorme para proyectar imágenes. En el centro del círculo estaba Elvira con su hija Judith cogida de la mano. Las dos esperaban quietas; la mujer la recibió con su eterna sonrisa mientras que la niña estaba especialmente seria y con los ojos medio cerrados. Adriana miró hacia los lados, pero no había ni rastro del señor Urdanegui ni de ningún cliente y no pudo evitar poner un gesto de decepción.

—Se ha quedado dormida —le dijo Elvira.

Adriana quiso gritar «¡¿Cómo?!», pero en lugar de eso agarró a su hija y la zarandeó para espabilarla. No se podía creer que esa mocosa acabara arruinándolo todo. La niña trató de recomponerse al ver la expresión de rabia que invadía el rostro de su madre, quería pedirle perdón y explicarle que no había podido aguantar despierta, pero era incapaz de articular palabra. Su lengua pesaba demasiado, no podía moverla. Elvira continuó antes de que Adriana pudiera decir algo:

—Pero no te preocupes, que el cliente se ha quedado muy contento. Esta criatura lo ha hecho muy bien.

La mujer sonrió a la niña, pero esta permanecía inmóvil, no parecía percibir que hablaran de ella.

—El señor Urdanegui...

—Se ha tenido que marchar —se adelantó Elvira—, tenía que despedir al cliente, me ha pedido que te lo diga. Le hubiera gustado saludarte. —Adriana tuvo que respirar hondo para no llorar. Llevaba mucho tiempo esperando ese momento—. Ya podéis volver a casa, no vayáis a perder el avión. En cuanto tenga noticias, te llamo para contarte, ¡esto pinta muy bien!

Adriana sonrió a duras penas y agarró a la niña de la muñeca. Al darse la vuelta para salir con ella, se encontró de golpe con el enorme conejo de peluche de pie junto a la puerta. Tenía la cabeza inclinada y sus ojos enormes y rasgados parecían mirarlas fijamente.

—¡Uy!, no lo había visto —exclamó Adriana, recuperándose del susto.

Elvira soltó una risita a la que se sumó el chico que las esperaba al otro lado de la puerta para acompañarlas a la salida. Adriana no quitó el ojo al famoso conejo. Una vez más, habría jurado que no había nadie bajo el disfraz; parecía una estatua. Sin embargo, al pasar junto a él pudo escuchar una respiración intensa y entrecortada que se le quedó grabada. Un escalofrío recorrió su cuerpo; miró a su hija, que, pese a que seguía ajena a todo, se puso rígida como una tabla. Tanto que tuvo que darle un tirón en la muñeca para que reaccionara y anduviese más rápido. Al llegar al coche que les había puesto la agencia para recogerlas y llevarlas al aeropuerto, la niña continuaba adormilada y se mantenía en pie a duras penas. Tuvo que ayudarla a entrar; se sentó en el asiento de al lado y, mientras arrancaban, bajó la ventanilla de cristales tintados para decir adiós con la mano a Elvira, que las despedía con el mismo gesto. Después la subió de nuevo y comenzó a soltar en voz baja lo que llevaba rato quemándola por dentro.

—No vuelvas a hacerme esto, ¿me oyes? Ni adiós has sido capaz de decir…, ni un miserable «Gracias» a Elvira. La próxima vez que vengamos tienes que…

—No quiero volver —masculló Judith.

—Ni en broma digas eso.

—Por favor.

Una lágrima se deslizó por la mejilla de la niña, que seguía prácticamente inmóvil. La madre miró al frente, tratando de mantenerse fría en su propósito.

—Cariño, esta es la oportunidad de tu vida y no la vamos a dejar pasar, mentalízate.

La niña lloraba en silencio.

—¿Quieres que mamá se disguste? —Judith negó con la cabeza—. ¿Quieres verme triste?, es eso, ¿no?

—No —dijo muy bajito.

—No, pues ya está —replicó Adriana, quitándole de los ojos los restos de maquillaje, que se había corrido por las lágrimas—, ya verás como lo vas a pasar bien. Y como premio te voy a comprar un set de maquillaje y unos zapatos de tacón.

La niña sonrió levemente. No había nada que le gustara más en el mundo que ver a su madre contenta y sentir que estaba orgullosa de ella.

—Tienes que ser una estrella, la más famosa, acuérdate.

Tuvieron suerte y el avión salió sin retraso. Ya en casa, se sentaron a la mesa un poco más tarde de lo que solían hacerlo, pero al menos llegaron para comer todos juntos, como cualquier otro día. Adriana le contó a su marido lo maravilloso que era el hotel en el que las habían hospedado y cómo todos habían caído rendidos a los pies de la niña y, por supuesto, de ella. Le dijo, incluso, que el señor Urdanegui le había pedido que se presentara a alguna prueba porque veía mucho potencial en ella, pero que le había contestado que se lo iba a pensar, pues quería estar centrada en su hija y en la familia. Él escuchaba sin mediar palabra, atento al comportamiento extraño de su hija. Judith estaba mucho más despierta, pero jugaba cabizbaja con el pollo asado que habían comprado de camino, sin probar bocado.

—Judith, no hagas el tonto con la comida. Venga, come, que comes muy poco.

La niña, igual de hermética que durante el viaje, levantó la cabeza y miró a su madre.

—Mamá no me deja.

El padre lanzó una mirada a Adriana y esta le dio una explicación, sonriendo.

—¿Tú ves alguna niña gorda en la tele?

—Pero yo no soy gorda.

—Porque no comes.

—Cariño, tiene seis años...

—Elvira nos lo dejó bien clarito, a la marca no le gustan rellenas —lo interrumpió.

—Habrá un punto medio, digo yo.

—Bebé —dijo Adriana a su hija—, es un pequeño esfuerzo, pero merece la pena. Ahora no lo valoras, aunque seguro que en unos años me darás las gracias por conseguir que no pierdas la oportunidad de tu vida. ¡Y por no dejar que te conviertas en una gorda! Ya verás como siempre me lo vas a agradecer.

Entonces la niña se quedó pálida; los padres la miraron sin entender qué le pasaba. Judith miró por debajo de la mesa y gritó compungida:

—¡Mamá!

Adriana y su marido se agacharon rápidamente bajo la mesa y descubrieron un enorme charco de sangre que descendía por las pantorrillas de su hija. La madre se levantó corriendo para limpiarla con una servilleta mientras el padre daba un golpe fuerte a la mesa.

—¡Ya está bien!

Adriana, asustada, no tuvo más remedio que mirar los ojos llenos de ira de su marido para entender que los dos sabían cuál era el origen de aquella tragedia.

—Cariño —trató de calmarlo.

—Me voy, ahora mismo me planto allí para que me expliquen qué cojones están haciendo con mi hija.

Adriana limpiaba a la niña mientras intentaba que no perdieran los nervios.

—Pero no sabemos qué ha pasado…

—¿Qué ha pasado, cielo? Puedes contárselo a papá, vamos —dijo él cariñoso mientras se acercaba a su hija y le acariciaba el pelo.

—No me acuerdo —contestó ella entre lágrimas.

—Me voy —dijo el padre con contundencia.

—Vas a llegar muy tarde, no te van a recibir.

—¡¿Cómo que no?! Voy a exigirles que alguien me espere o llamo a la policía. Por mis cojones que Elvira o el Urdalleni ese...

—Urdanegui —corrigió Adriana.

—Como se diga; me van a dar una explicación. Les voy a cerrar el chiringuito. No saben con quién han ido a dar.

Judith sintió el amor de su padre cuando la besó en la cabeza antes de salir disparado hacia el garaje. Adriana lo vio marchar llena de impotencia. No podía hacer nada para frenarlo y eso le hacía odiarlo. No soportaba que siempre le estuviera poniendo «peros» a todo.

Por fin se metió en la cama, estaba agotada. El día se le estaba haciendo eterno: los nervios de la mañana durante el casting, la batalla para cargar literalmente con su hija durante el viaje de vuelta, el terrible incidente y la sombra de la duda de si su marido sería capaz de echar todo el trabajo por tierra con sus insoportables prontos. Después de que él se fuera, Adriana abrazó a su hija y le dio un buen baño. Al ir a secarla, la contempló desnuda. Había adelgazado, pero se preguntó si sería suficiente para encajar en los parámetros que buscaba la agencia para la campaña. Judith parecía un animalito frágil y desvalido. La metió en la cama y por suerte al minuto ya estaba completamente dormida. Ella, sin embargo, tardó más de dos horas en cerrar los ojos y bajar la guardia.

Entonces un ruido al otro lado de la puerta la hizo despertar de un brinco. Como una autómata, salió al pasillo *alarmada. Todo estaba en penumbra, solo veía la luz de la planta de abajo que solía dejar encendida por la noche para que desde fuera se supiese que había alguien en la casa. Se acercó medio dormida a la barandilla de las escaleras y sacó la cabeza con cuidado, como si pudiera caerle una guillotina a toda velocidad. Miró hacia arriba y hacia abajo y, aunque no vio nada, su inquietud no desapareció. Siguió avanzando hasta que al llegar a la habitación de Judith vio que la puerta estaba entreabierta. De pronto escuchó una respiración agitada, parecía un animal olisqueando algo con ansia. Adriana supo enseguida de quién se trataba. Se acercó a la puerta, le temblaban las piernas, y al asomarse por la ranura abierta vio a Sweet Bunny de rodillas en la cama de su hija. La respiración agitada se había transformado en un extraño gemido. El conejo estiró los brazos y agarró los tobillos de Judith, que yacía dormida. De un tirón la llevó hasta él. La niña no reaccionó, parecía un muñeco sin vida. Entonces el bicho inclinó la cabeza para contemplar el cuerpo de su víctima y abrió la boca al máximo, dejando al descubierto dos hileras de dientes afilados que Adriana nunca se hubiera imaginado que podría tener. En menos de lo que dura un pestañeo, el conejo se abalanzó sobre la niña y le clavó su afilada dentadura en la entrepierna. Adriana escuchó el crujir de sus dientes, la sangre salió disparada en todas direcciones. Judith abrió los ojos y gritó desesperadamente mientras su madre presenciaba el momento horrorizada y sin poder reaccionar. Hasta que Sweet Bunny levantó la cabeza y la giró de golpe para mirarla fijamente, con la sangre cayéndole a borbotones por la barbilla. Adriana gritó entonces más fuerte que su hija.*

Cuando abrió los ojos, todavía seguía gritando. Tardó unos segundos en darse cuenta de que acababa de despertar de una pesadilla. Aun así, se levantó corriendo de la cama para acercarse a la habitación de Judith. La puerta estaba cerrada, como ella siempre la dejaba. No tenía miedo de no escucharla si la llamaba de noche, su hija sabía abrirla perfectamente, y eso le permitía un poco más de libertad para hacer cosas sin tener que guardar un cuidado extremo ante el más mínimo ruido por si interrumpía el sueño de su pequeña. La abrió lentamente y, para su tranquilidad, se encontró a Judith tumbada en la cama, tapada hasta arriba con la colcha, durmiendo en calma. Volvió a cerrar la puerta y caminó de regreso a su habitación echando humo por la nariz. No soportaba a su marido por meterle esas ideas en la cabeza. Había conseguido crear un miedo absurdo que se había manifestado hasta en sueños. Eso no podía ser sano, la estaba manipulando. Cada día le sobraba más. Le pesaba. Necesitaba un hombre como el señor Urdanegui. Alguien elegante, misterioso y con poder. No le importaba su edad, él haría realidad todos sus sueños. Al día siguiente, cuando se enteró de lo que había ocurrido, supo que jamás se perdonaría que ese pensamiento hubiera rondado por su cabeza la última noche que vio a su marido con vida.

8

Adriana volvió en sí. Candela, Mateo y Paula la miraban expectantes.

—Mi marido murió hace muchos años. Además, él no es el padre de Lucas.

—Entonces háblenos del padre —dijo Candela.

—Es algo complicado… Digamos que no hay padre.

—¿No sabe quién es? —preguntó retóricamente.

—No me gusta hablar de mi vida privada…

—Señora, déjese de tonterías, ya le he dicho que las primeras horas son cruciales. Decida si quiere perder el tiempo y perjudicar a su hijo, o si va a colaborar para que lo encontremos cuanto antes.

—Ya le he dado todos los datos a su compañero. Lo demás se lo puedo resumir: él no quería ser padre, punto.

—Pero sabe que Lucas es su hijo…

—Por supuesto, y no le hizo ninguna gracia. Hasta que el niño se hizo famoso, claro. Entonces sí le importó.

—Luego ahora tiene relación con él. —Adriana asintió a regañadientes—. ¿Cada cuánto tiempo ve Lucas a su padre?

—Cada dos fines de semana, gracias a un juez machista..., ¡viva el patriarcado!

—¿Le tocaba a él este fin de semana?

—No, el fin de semana pasado.

—¿Pudo verlo?

—Sí, sí.

—¿Tuvieron alguna discusión o pelea significativa?

Adriana se quedó pensativa; Mateo estaba muy atento a cada palabra de la conversación.

—Me amenazó con llevárselo. Está negro porque él no cobra ni un duro de lo que factura el niño. Como no lo ha conseguido, quiere que vaya a vivir con él para quedárselo todo. Me dijo que o se lo llevaba o lograría que me prohibieran sacarlo en redes. Tiene gracia que me lo diga precisamente él, que es modelo y vive de todo esto.

Candela la miró incrédula y permaneció unos segundos preguntándose si en realidad aquel hombre tendría tanta falta de escrúpulos o se trataba de una jugada de la madre.

—¿Por qué no nos lo ha dicho antes? —intervino Mateo al ver que Candela no continuaba con las preguntas.

La mujer los miró con tristeza.

—Pensé que no lo decía en serio, que no lo haría literalmente, que solo era una amenaza.

—Me pongo con ello ahora mismo. —Mateo se puso en marcha.

—¡Espera! —intervino Candela—. Paula, ve tú, quiero…

—Pero ya había dado orden de que lo localizaran, estoy yo con ello —respondió Mateo, molesto.

—Te necesito aquí —zanjó Candela—. Paula, si todavía no han dado con él, preséntate en su casa, en la oficina de su representante, donde sea. Remueve cielo y tierra, pero encuéntralo. Necesitamos conocer su versión de los hechos.

Cuando Paula estaba a punto de salir por la puerta, Candela se acercó a ella y le susurró:

—Sé discreta, si te preguntan en el cuartel, no digas nada. Que me pregunten a mí si quieren saber algo. No quiero que nadie me cuestione, no nos lo podemos permitir. No me gustan los moscones, ya me entiendes.

Paula sabía que lo que le estaba pidiendo no era muy normal, ¿por qué tenía ella que encubrir a una superior como si estuviera haciendo algo ilegal en lugar de su trabajo? Aun así, el aprecio y la empatía que sentía hacia Candela por todo lo que había pasado ponía la balanza a su favor y no pensaba rebatirla. Su jefa estaba pasada de vueltas y no solo por los años de experiencia, sino por lo que le había tocado vivir. Era un terremoto, carecía de filtros. Admiraba que fuera capaz de seguir al pie del cañón como lo hacía ella. Era de lo más inspirador. Paula asintió y se fue decidida. Candela se quedó a solas con Mateo y Adriana. Desde donde estaban veían al agente al que habían saludado antes, que inspeccionaba la valla posterior de la casa. También podían controlar a los que se paseaban por el fondo de la planta en la que estaban, donde se encontraba la puerta principal de la vivienda, en busca de alguna huella o rastro en el sofá o en las cristaleras que daban al jardín.

—Señora Fernández…

—Adriana, prefiero Adriana —dijo la mujer levantando la vista de su móvil.

—Adriana —rectificó Candela—, ¿su hijo padece algún tipo de discapacidad o trastorno mental?

A Mateo le extrañó la pregunta, él mismo le había contado que Lucas no tenía ninguna tara, ¿adónde quería llegar?

—¿Cómo? —preguntó la madre aturdida, casi ofendida.

—Necesitamos saber si está siguiendo algún tratamiento médico o psiquiátrico cuya interrupción pueda acarrear riesgos especiales.

—No, mi niño no toma nada. Está sano como un roble.

—Me alegro —contestó Candela algo irónica—. ¿Y recuerda alguna circunstancia que hubiera podido provocar que el menor se marchara voluntariamente?

—Por favor, pero si es un crío —contestó ofendida.

—Si hay indicios de que su hijo fuera víctima potencial de un acto delictivo, o se encontrara con adultos que hubieran podido poner en peligro su bienestar, se nos debe informar con detalle —indicó Candela a modo informativo.

—No sé adónde quiere llegar, pero…

—Responda simplemente sí o no. Si piensa que el niño ha podido ser víctima de alguien de su entorno, además de su padre, diga sí. Si, por el contrario, cree que el niño no ha sufrido ninguna extorsión o abuso, diga no. Es muy sencillo.

—No. Que yo sepa… —respondió Adriana notablemente cabreada, desviando la mirada hacia otro lado.

Mateo se estaba dando cuenta de cómo su jefa intentaba acorralar a la madre cada vez más. Por ejemplo, al decir a Paula, antes de que fuera a buscar al padre, que quería conocer «su versión de los hechos» en vez de «necesitamos saber si tiene una coartada o dónde estaba exactamente cuando desapareció Lucas». Era evidente que esa mujer sacaba a Candela de sus casillas, no podían ser más opuestas. Sobre todo por su manera de entender la maternidad. Pero su jefa tenía que mantenerse parcial; no era bueno tener tantos prejuicios sobre la persona a la que, en teoría, debía ayudar. Una idea preconcebida desde el principio era un grave error que podía impedir tener la perspectiva necesaria para captar cualquier señal que ayudase a dar con el verdadero culpable. Ella misma se lo había enseñado. Nunca había que sacar conclusiones precipitadas, sino construir el caso de una forma u otra. Aunque también era cierto que la reacción de Adriana ante las preguntas que le estaban haciendo era un tanto desorbitada, pese a la situación extrema que le estaba tocando vivir. Se mantenía demasiado a la defensiva, como si ocultara algo. Entonces Candela hizo una leve pausa y con la mayor de las sonrisas preguntó:

—¿Y usted?

—¿Yo qué?

—¿Toma usted alguna medicación?

Adriana tragó saliva, no le gustaba en absoluto hablar sobre el tema. Le hacía sentirse débil y enferma.

—Alguna pastilla para dormir.

—¿Valium?

—No, tomo otra cosa, pero solo de vez en cuando, sobre todo si estoy hasta arriba de trabajo.

—De acuerdo, no se preocupe, es de lo más habitual —dijo Candela sonriendo amablemente. En ese momento un grito en la calle interrumpió la entrevista.

—¡Mamá!

Era Judith; el ruido de la llave en la cerradura les indicó que la chica estaba a punto de entrar en la casa. Adriana fue corriendo hacia ella. Mateo se quedó rezagado, dando un paso hacia el jardín.

—Voy a supervisar lo de fuera, ¿no? —preguntó.

Candela hizo oídos sordos. Aprovechó para sacar el móvil y dejar un audio a Paula: «Entérate de si la madre o el niño iban drogados a clase o si notaron algún tipo de maltrato. Busca historial médico de ella…, y ¿qué pasa con el padre? Quiero la dirección ya. Avísame cuando la tengas».

—¡Vamos! —le ordenó a Mateo para que la acompañara, ignorando su petición.

9

Cuando Candela y Mateo llegaron a la entrada de la casa por el pasillo que unía el salón con la cocina, justo donde estaba el recibidor con las escaleras de subida y bajada a toda la vivienda, vieron cómo Judith abrazaba a su madre. La joven de melena dorada era aún más delgada que Adriana, algo que Candela no se podía creer.

—¡Mamá! —exclamó la chica.

Adriana no se fundió en un fuerte abrazo con su hija, tan solo le acarició la mejilla y se separó de ella. Después, como un acto reflejo, volvió a deslizar el dedo por la pantalla del móvil. Candela, parada en el comienzo del pasillo que daba al recibidor, hizo un gesto al otro compañero para que continuara con su labor. Mateo seguía junto a ella.

—Mi niño, mi niño…, mi conejito… —repetía la madre en voz baja.

Un remolino de emociones se apoderó del estómago de Candela al ver a las dos mujeres de la familia juntas. Las lágrimas de Judith calaron en ella más de lo que esperaba.

—Ahí está la otra joyita de la familia —susurró Mateo—, la famosa Judith Fernández. Ciento cincuenta K en Instagram...

—¿K?

—K significa mil, tiene ciento cincuenta mil seguidores en Instagram. Influencer de tres al cuarto. Muy conocida en la zona, pero queda lejos de la Paula Gonu que desearía ser.

—Seguro que en su instituto es una eminencia —respondió mordaz Candela, que ya había echado un vistazo al perfil de aquella niña que, como tantas otras, había hecho de sí misma un producto sexualizado como reclamo para captar seguidores.

—Por lo menos se ha portado bien y no ha compartido nada en redes —replicó Mateo revisando los distintos perfiles de la chica.

—Habrá tenido que hacer un gran esfuerzo —respondió Candela, con la ironía de costumbre.

—Es un quiero y no puedo, canta a la legua.

—No la juzgues ni la culpes a ella, ¿qué va a hacer la pobre criatura si la han criado así?

—Entre las dos no reúnen ni un tercio de los seguidores que tiene Lucas. Prácticamente no tienen campañas ni colaboraciones pagadas. Son dos pretenciosas que viven de las rentas del niño.

—Salvo que haya algo que no sepamos —matizó ella.

—En principio a ninguna de las dos le interesa que él desaparezca —remarcó Mateo.

—A no ser que el niño ya no sea tan rentable; ¿te has fijado en cómo está todo? Aquí no ha limpiado nadie en semanas. Apuesto por que ha dejado de entrar una buena cantidad de dinero en esta casa y tenemos que averiguar el porqué.

Adriana seguía con la cabeza baja echando un vistazo al móvil, de espalda a los agentes, y tapando prácticamente a Judith. Aun así, Candela y Mateo la escuchaban respirar muy fuerte, emitiendo pequeños gemidos. De pronto dejó el teléfono y se giró, consciente de que ellos seguían en la casa. Al hacerlo, la teniente tuvo una visión que sacó lo peor de ella: la muchacha también tenía el móvil en la mano y apuntaba con él a su madre mientras esta emitía esos sonidos lastimeros. Antes de que pudiera enfocarlos, Candela le bajó el brazo de forma brusca.

—¡Deja de grabar! ¡Ya!

Adriana y Judith se quedaron blancas por el repentino ataque de Candela.

—No es un directo, tranquila, se queda en el carrete —respondió Judith, impactada por la presencia de los agentes.

—Cuídate mucho de publicar algo y más aún si son imágenes en las que salgamos nosotros, ¿entendido? —La joven asintió tímidamente. Adriana fue a intervenir, pero Candela continuó, impidiendo que lo hiciera—: Esto es confidencial. La vida de tu hermano está en juego, ¿lo entiendes? —dijo pegándose a ella.

Judith se apartó de inmediato, intimidada por la corta distancia desde la que aquella mujer la había amenazado. Los ojos de Candela y Mateo se abrieron de par en par al descubrir lo que traía con ella.

10

Detrás de Judith había una pequeña maleta de mano con ruedas, colocada en vertical.

—¿Qué es eso? —preguntó inmediatamente Candela.

—Una maleta —respondió Judith confusa mientras lanzaba una mirada suplicante a Mateo, como si él pudiera frenar el arrojo de su jefa.

—Eso ya lo veo, ¿qué llevas ahí? ¿Vienes de viaje?

—No —respondió la chica extrañada, como si le estuviera preguntando alguna marcianada.

—Ya le he explicado que Judith ha ido a hacerse unas fotos para futuras publicaciones —intervino Adriana, como si eso fuera lo más normal del mundo.

Sin embargo, Candela no podía entender que fuese necesario llevarse una maleta entera para hacerse unas fotografías.

—Llevo cambios de ropa, un par de bolsos y una bolsa de deporte con complementos.

Candela bajó la guardia, consciente de que tenía que controlarse si no quería parecer la paleta que sabía que ellas la consideraban. Tenía que ser mejor que esas dos absurdas.

—¿Podemos ponernos cómodos para hacerle unas preguntas? —dijo amablemente mirando a madre e hija.

Adriana se dio la vuelta para que la siguieran. La niña fue detrás de ella y, a continuación, Candela, pero antes esta hizo un gesto a Mateo para dejar claro que la maleta tenía que ser estudiada con detenimiento. Mateo captó el mensaje enseguida, asintió para que fuera consciente de que la había entendido y fue detrás de ella. Los cuatro volvían a encontrarse en el último lugar en el que se había visto a Lucas, el salón. La madre se sentó en el sofá, dejando vacío el hueco donde siempre veía la televisión el niño. Judith se sentó a su lado. Candela, en un sillón que había en paralelo a la adolescente y de frente al jardín, mientras que Mateo se quedó de pie, apoyado en el respaldo, observando el trasiego de sus compañeros por el pasillo y las escaleras.

—Judith, necesito que me cuentes todo lo que recuerdes de esta mañana —dijo Candela conciliadora y tratándola de tú para resultar más cercana.

—Esta mañana me levanté temprano porque tenía unas fotos para contenido en mis redes sociales. —Ante la mirada expectante de Candela, la chica amplió la explicación—. Básicamente hago mil fotos en una mañana con distintos cambios de look que luego me sirven para irlas subiendo en diferentes días durante un mes o más tiempo, según…

—¿A qué hora te levantaste? ¿Notaste algo extraño?

—Me desperté a las ocho; me puse la alarma porque había quedado pronto para evitar que hubiese mucha gente y me diesen el coñazo. Además, quería hacerme el pelo también… —Candela se fijó en los estudiados bucles que le cubrían los hombros, hechos con tenacillas—. Y que se me bajara la hinchazón de la cara, porque si no luego salgo horrible.

Candela arqueó las cejas: si con quince años tenía problemas de belleza al levantarse, no quería verla a su edad, cuando todo el volumen de su cara, que tanto la molestaba, se le hubiera caído y pareciera un perrito pachón, tal y como le pasaba a ella.

—No noté nada extraño —continuó—. Escuché que la tele estaba encendida en la cocina. Bajé y mi madre y mi hermano estaban desayunando. Mi madre tenía que arreglarse un poco para el directo que tenía y subió a su habitación. Yo me quedé con Lucas para que comiera algo porque estaba con la tele totalmente hipnotizado. Le dije a mi madre desde abajo que se diera prisa, que tenía que irme en nada, y ella me contestó que me fuera cuando quisiera.

Candela miró a Adriana, que asintió.

—Y te fuiste.

—No, qué va…

—Te quedaste desayunando con él…

—¡No! —No la dejó terminar—. Tengo que cuidarme… y más todavía si voy a hacerme fotos. Salir hinchada, ¡no, gracias!

Candela quiso darle el bofetón que tendría que haberle dado su madre hace años en lugar de animarla a continuar con esos hábitos. «Pobre criatura», volvió a pensar para frenar sus impulsos.

—Me quedé un rato con él porque estaba muy dormido, era incapaz de comer y me dio lástima.

Candela y Mateo hicieron un cruce de miradas. Algo no encajaba.

—¿Suele estar así de dormido Lucas cuando se despierta pronto o te pareció raro?

—Parecía más dormido de lo normal, ya le he dicho: como hipnotizado.

—Yo lo vi bien, como siempre —interrumpió Adriana.

—Mi madre bajó y yo subí para arreglarme y preparar las cosas —continuó Judith—. Cuando bajé para irme, Lucas estaba ahí —dijo señalando el hueco vacío en el sofá— viendo TikTok.

—¿Notaste algo raro en él, seguía igual de dormido?

—No, no sé…, estaba viendo la televisión como un zombi, pero siempre se queda así.

—No pensaste que se encontrara mal.

—A Lucas le cuesta espabilarse, no tiene mayor importancia. Le viene de familia, a mí también me pasa —volvió a interrumpir la madre.

—Si se hubiese encontrado mal, habría llorado, ¡menudas pataletas se pilla! —añadió Judith.

—¿Y no hubo nada que te llamara la atención? Alguna ventana abierta, algún ruido, alguien fuera de la casa…

La chica se quedó pensativa un momento.

—Sí, ahora que me acuerdo, cuando me asomé al jardín desde el ventanal para despedirme de mi madre, en la casa de

81

enfrente, la que está medio abandonada, a la que solo vienen en verano, me pareció ver a alguien.

Mateo miró a Candela, pero ella siguió preguntando sin inmutarse.

—¿Podrías decirnos dónde estaba exactamente? —le preguntó señalando al exterior mientras intentaba encajar la información que acababa de dar Judith.

La adolescente se levantó hasta el marco de la cristalera que seguía abierta y los demás la siguieron. Pasado el descuidado jardín en pendiente con la enorme encina y el columpio, justo al fondo, estaba la casa a la que se refería.

—Ahí, detrás de un arbusto —dijo señalando hacia la parcela—, me pareció ver a alguien, justo allí.

Candela y Mateo miraron hacia el jardín para localizar el arbusto indicado, pero era imposible adivinar a cuál se refería porque el terreno estaba todo lleno del mismo tipo de planta. Parecían adelfas, que llegaban hasta la parte más cercana a la vivienda.

—¿Podrías ser más concreta?

—En uno de los de arriba, de los que están pegados al porche —insistió Judith señalando con la mano.

—¿Pudiste verlo? ¿Era un hombre o un chaval, quizá?

—No lo sé, a esta distancia solo vi una silueta. Pero estoy segura de que había alguien porque en cuanto vio que lo descubría se agachó.

—¿Y pudiste ver qué estaba haciendo? ¿Podría ser un jardinero o personal de mantenimiento que estuviera realizando algún apaño?

—No, yo diría que no. La persona estaba medio agachada, pero no estaba haciendo nada, tenía el cuerpo oculto entre los arbustos y media cabeza fuera, mirando hacia aquí.

—¿Estás segura de eso? —insistió Candela.

Judith asintió, Adriana miró a Candela preocupada.

—Tienen que hacer algo —suplicó.

—Si viste a alguien escondido mirando hacia tu casa, ¿por qué no dijiste nada?

—Tenía prisa, había quedado y además pensé que sería algún fan de mi madre, algún pervertido que se estaba tocando al verla hacer ejercicio o algo así. No le di importancia.

—Cualquier fan puede hacer un seguimiento de su objeto de deseo y convertirse en un pervertido, como bien dices. El problema es que puede ser un pervertido peligroso. No de los que se tocan a escondidas, sino de los que te quieren tocar, de los que se creen con el derecho a poder hacerlo. Así que la próxima vez avisas a tu madre y nos llamas… —dijo Candela, que se apartó para llamar al equipo de criminalística.

Cualquiera hubiese titulado Profunda ansiedad *a la foto que acababa de subir Adriana a su perfil de Instagram. Llevaba más de media hora para dar con el encuadre perfecto y conseguir que un rayo de sol se colara atravesando el plano, exactamente entre la taza de té y el plato con la porción de tarta de zanahoria que había colocado de manera estudiada al lado del zumo détox de color verde que, por supuesto, no pensaba tocar. Cuando conseguía captar la luz que buscaba, se daba cuenta de que había cortado el plato y se veía feo, o justo aparecía el camarero por detrás. Eso sin contar cuando encima aparecía ella también, como era el caso, y tenía que tirar de filtros y mil retoques. Podía resultar desesperante, más de uno hubiera tirado la toalla, pero ella disfrutaba autoimponiéndose esa presión porque después, cuando veía su pequeña obra de arte subida a su muro, sentía que todo el esfuerzo había* merecido la pena. Al fin y al cabo, no era tan distinto del yoga que con tanto placer practicaba: se trataba de sufrir para después disfrutar. Lucas estaba dormido a su lado en el carro. Tenía que haberlo dejado en la guardería, pero quería hacerle unas fotos con una serie de productos de marca para bebés, para enviarlas a la agencia y ver si les encajaban con alguna colaboración, y tenía que aprovechar la luz buena de la mañana. Lucas tenía ya tres meses y o se ponía las pilas para amortizar bien esta etapa o en dos días perdería la oportunidad de anunciar algunas cosas que ya no tendría sentido que usara un niño mayor. Pagó la cuenta y, cuando se levantó para tirar del carrito, se fijó en un hombre de unos treinta años, bastante fuerte, vestido de chándal, que no le quitaba ojo. Ya lo había visto mientras sacaba a Lucas del coche antes de entrar en la cafetería, en la calle de enfrente. Le llamó la atención porque no dejaba de mirarla y había algo en la manera en que lo hacía que no le gustó nada. Recogió sus cosas y cogió el carro de Lucas. Al pasar por su lado de camino a la salida, consciente de que la seguía con los ojos, bajó la vista para no cruzar miradas. Al hacerlo percibió que se estaba tocando por debajo de la mesa a propósito, para que ella viera su erección. Adriana fue corriendo hacia el coche, colocó a Lucas en su silla y arrancó rápido. Estaba tan contenta de alejarse que ni los berridos de su hijo por haberlo despertado de golpe la molestaban. En cuanto lo volvió a poner en el carro, se durmió de nuevo, pero no le importó despertarlo a los pocos minutos para hacerle una foto rodeado de unas flores que había en una de las calles del centro del pueblo. «Hoy va a ser imposible», masculló al ver que el niño no callaba.

—Vamos, hijo, por favor. A ver si podemos hacer la maldita foto y nos vamos ya para casa. Venga, una y el resto las hacemos ahí —le dijo como si el bebé fuera capaz de entender sus palabras.

Finalmente consiguió hacer la foto y de vuelta al coche, en la acera de enfrente, vio al mismo hombre de la cafetería observándola, sentado en el asiento del conductor de un automóvil con la ventanilla bajada.

Adriana aceleró el paso y metió al niño corriendo en el coche. Cuando arrancó, se fijó en que él también lo hacía. Se puso muy nerviosa, quería acelerar para darle esquinazo, pero él continuaba detrás, pisándole los talones. Siguió conduciendo hasta llegar a la garita de seguridad de la urbanización en la que vivía. El guardia miraba hacia abajo, parecía estar leyendo algo. Adriana detuvo el coche lo más cerca que pudo de la garita, antes de entrar a la urbanización, y se bajó envalentonada. El hombre había parado apenas unos metros detrás de ella y estaba bajando la ventanilla mientras ella se dirigía hacia el coche.

—¿Se puede saber qué haces?

—Nada —dijo con una sonrisa.

—¿Por qué llevas toda la mañana siguiéndome?

—No te he seguido, simplemente sabía dónde ibas a estar.

Adriana lo miró interrogante, asustada.

—Cada mañana, después de dejar a los niños en el cole, te tomas una infusión en la cafetería que hay al lado. La que siempre etiquetas. Creo que tiene un significado claro.

—¿Perdón?

—Vamos, no te hagas la tonta. Subes una fotito en mallas marcando y poniendo morritos…

—¿Y?

—Pues eso, que me gustan mucho tus fotos —dijo mirando hacia su bragueta para que ella supiera a lo que se refería.

Adriana estaba muy violenta, miró hacia el guardia de seguridad, que había levantado la vista y parecía atento a lo que pasaba.

—No sé qué te has pensado, pero estás muy equivocado si te crees...

—No te hagas ahora la sorprendida. Sabes que se te marcan los pezones a saco y que nos la pones dura a todos...

En ese momento Adriana tuvo unas ganas enormes de darle un bofetón, pero no quería empeorar las cosas con ese animal. Se dio la vuelta y volvió al coche. El hombre arrancó y la siguió con la mirada.

—Venga, no te pongas así, vamos a tu casa y te meto una buena follada.

Adriana miraba al suelo llena de impotencia, esforzándose en no escuchar las barbaridades que le estaba diciendo.

—Una mamada aunque sea, va, y te dejo que lo grabes si te mola. Eso te gustaría, ¿a que sí?

Empezó a llorar como una niña, sin poder evitarlo. Al verla, el vigilante se asomó desde la puerta de la garita y exclamó:

—¿Está todo bien?

Pero antes de que Adriana pudiera responder, el desconocido la adelantó y ella lo vio alejarse con una sensación espantosa. No había ocurrido nada, pero se sentía igualmente violada y humillada. El simple hecho de que se creyera con el derecho de acosarla era denigrante y asqueroso. Como si por subir una fotografía tuviese derecho a hacer con ella lo que le diera la gana; era el colmo de los colmos.

Cuando esa tarde fue a buscar a Judith, la imagen de aquel hombre no se le iba de la cabeza. Se lo imaginaba espiándola, escondido tras cualquiera de las lunas de las decenas de coches que había aparcados donde otros padres esperaban igual que ella a que salieran sus hijos de clase. Al ver a Judith bajando las escaleras, Adriana giró la cabeza hacia los lados como si tuviera un tic incontrolable. Le daba pavor imaginar que su acosador pudiese tener su mirada obscena y repugnante puesta en su hija.

Pasó el resto del día escribiendo los textos que acompañarían a las fotos que había hecho y que envió a la marca con la que colaboraba y a las otras dos con las que pretendía establecer una relación transaccional. Por mucha experiencia que tuviera en la materia, seleccionar y editar las imágenes siempre resultaba de lo más tedioso. Después le enviaban el feedback y siempre había un pero: algo que recortar, mucha luz o poca, no se veía el logo o al texto le faltaba mencionar... Total, que se tiró la tarde entera hasta que le dieron el okey para publicar una de las fotografías. Dejó preparada la imagen y el texto aprobados, listos para subirlos a la hora específica que le habían exigido: la de máxima actividad entre los seguidores de su perfil, y fue a buscar a Lucas, al que había dejado en una hamaca de balanceo suave frente a la tele con dibujos animados.

—¡Judith, en cinco minutos a cenar, que me tienes que ayudar a poner la mesa! —exclamó para que su hija la escuchara desde su habitación, donde estaba encerrada.

De camino se metió en su Instagram para ver si alguien nuevo la seguía y quién le había dado nuevos likes en el poco tiempo que llevaba sin mirarlo. Se encontró con que tenía unos cuarenta «me gusta» de un mismo perfil sin foto. Lo pulsó para ver si venía alguna información en la descripción, pero lo único que ponía era «Usuario privado». No tenía seguidores y seguía a diez perfiles que ella no podía ver. Inmediatamente el miedo se apoderó de Adriana. La silueta del perfil en blanco no tenía rostro, pero ella sabía cómo miraba, conocía el tono de su voz y las palabras obscenas que salían por su boca. Ese cerdo no había tenido suficiente y volvía a la carga. Fue corriendo a la puerta de la entrada como una exhalación para asegurarse de que estuviera cerrada. Pero al posar la mano sobre el pomo esta se abrió. El miedo se transformó en pánico y la cerró corriendo, como si él estuviese al otro lado. Estiró la mano para coger las llaves del cenicero que había en la consola al lado de la puerta, donde siempre las dejaba, pero ahí no estaban. Se palpó los bolsillos de los pantalones y nada. Abrió el armario y buscó en los bolsillos del abrigo que se había puesto y tampoco. No lo entendía, ¿dónde había dejado las malditas llaves? Entonces tuvo una terrible intuición. Volvió a la puerta, puso el ojo en la mirilla y observó. Estaba tan oscuro que no diferenciaba nada. Estiró el brazo izquierdo y encendió la luz exterior de la entrada. No había nadie. Apartó la cara y abrió la puerta con prudencia. Sus temores se confirmaron cuando se encontró las llaves de la casa puestas en la cerradura, debían de estar ahí desde que volvió con su hija. Todo ese tiempo habían estado colocadas como si se tratara de una invitación a entrar. Las sucias palabras de aquel hombre resonaron en su cabeza una vez más. La garita tenía siempre la barrera abierta y los de seguridad no actuaban a no ser que los llamaras o vieran algo extraño cuando hacían las rondas. Si sabía dónde desayunaba, quizá también supiera dónde vivía. Adriana cerró corriendo y echó la llave a conciencia. Esa noche tuvo que dejar varias luces encendidas por toda la casa y aun así no pudo dormir.

11

Después de avisar a criminalística, Candela entró de nuevo en el salón con el corazón a mil por hora. Le ponía enferma la inconsciencia que demostraba Judith. Pero tenía que seguir con su cometido, así que intentó repasar mentalmente las pautas que se había hartado de repetir a Mateo cada vez que tenían que interrogar a un menor. Era muy importante evitar trasladar a la adolescente las incertidumbres que la desaparición conllevaba. Lo importante era mantener la calma para no desbordar a la menor con la ansiedad; desde luego, ella no lo había hecho. También ayudaba hacer preguntas claras y no aportar más información de la que en este caso Judith pudiera asumir. Debía tenerlo presente y no atacarla en exceso, por mucho que el perfil de la chica la irritara hasta extremos insospechados. Cuando notó que Adriana, Judith y Mateo volvían a entrar, ella continuó como si nada hubiera ocurrido.

—¿A qué hora tuvo lugar el suceso? —preguntó a la chica.

—No sé, sobre las nueve menos cuarto o así. Antes de irme.

—Entonces viste al pervertido, no dijiste nada ¿y te marchaste? —Judith asintió—. ¿Dónde estaba tu hermano cuando te fuiste?

—En el mismo sitio, ahí —respondió y volvió a señalar hacia el sofá que había frente al televisor.

—Y estaba bien, no notaste nada...

—No, no. Estaba normal viendo los tiktoks en la tele como siempre, ya se lo he dicho.

—¿Saliste por la entrada principal?

—Sí.

—¿Cerraste al salir? ¿Viste algo extraño? ¿Otro pervertido, quizá?

Mateo y la madre miraron a Candela. El tono que había utilizado rozaba la falta de respeto hacia una niña cuyo hermano pequeño acababa de desaparecer.

—No había nadie, todo normal. Cerré como siempre.

—¿Con llave?

La chica hizo una pausa.

—No estoy segura.

—Si no cerró con la llave, alguien podría haber entrado perfectamente cuando fui al baño, ¿verdad? ¡Vi hace poco un reportaje en el que las abrían con radiografías! —exclamó Adriana—. ¡Maldita sea, Judith!

—No estoy segura, quizá sí. No lo recuerdo, era temprano, estaba un poco dormida —se defendió.

La adolescente, que hacía unos segundos actuaba con la seguridad de una treintañera independiente, se había convertido en menos de un segundo en una niña pequeña. Era evidente que sentía una gran admiración por la madre. Cada palabra y cada gesto iban dirigidos a ella, y después siempre la miraba buscando su aprobación.

—Y te fuiste a las fotos —continuó Candela.

—Sí.

—Te las ha hecho alguien, supongo.

—Sí, una amiga.

—Necesitamos su nombre.

—Vir, una amiga de clase. Yo le digo cómo tiene que poner la cámara y las hace. A cambio le doy algún producto de los que nos regalan las marcas.

—Necesito nombre completo para que podamos comprobarlo, por favor —le pidió Candela a la vez que miraba a Mateo para que se encargara.

Él sacó su libreta para apuntar el nombre. Cada vez que lo hacía sentía que le caían veinte años encima, ¡con lo fácil que sería apuntarlo en las notas de su teléfono y después pasar en un segundo todo el material al ordenador!, pero su jefa había insistido en que daba una imagen extraña, incluso equívoca muchas veces, pues podía parecer que estuviera chateando o algo similar.

—Virginia Suárez —dijo Judith mirando a Mateo.

—Muy bien —continuó Candela—, y ¿dónde hicisteis las fotos? ¿Habías quedado con ella allí? Sigue contándonos, por favor.

—Las fotos solemos hacerlas en el embalse y alrededores.

93

Efectivamente, en muchas de sus publicaciones aparecía la playa del embalse de Valmayor con los picos de las Machotas, dos elevaciones montañosas, de fondo. Por espectacular y fotogénico que fuera aquel lugar de la cuenca del Guadarrama, para Candela tenía algo nostálgico y gris. La primera vez que lo visitó no pudo evitar acordarse de la pequeña cala en la que aparecía el cadáver de Laura Palmer en *Twin Peaks*. Quizá fuera por eso o también porque era el lugar al que siempre recurría demasiado tarde, cuando ya estaba asfixiada por todo y ni la belleza ni la paz del entorno podían ayudarla a respirar.

—Eso es un buen paseo.

—Tampoco tanto, a pie, unos veinte minutos si te das prisa y vas atajando. Hay que saberse el camino, eso sí. Bajé hasta que me encontré con Vir antes de llegar. Me estaba esperando para ir a comprar algo al súper que hay de camino, porque tampoco había desayunado y la muy gorda decía que se estaba mareando. No sé si lo conoce, pero tienen panadería y hacen zumos naturales muy ricos para llevar. Así que fuimos y compramos uno cada una y un bollo para ella. El mío era de fresa y kiwi, he subido una foto con él cuando íbamos hacia el embalse. Por si quieren comprobarlo —dijo mirando a Mateo, que apuntaba todo en la libreta.

Judith abrió su Instagram rápidamente y les enseñó la publicación. Aparecía con pose estudiada, con los brazos semicruzados apretándose los pechos y el cielo lleno de nubes de fondo. Con la mano derecha sujetaba el zumo, cuya pajita tenía metida en la boca con cierta intención provocadora. Una fotografía en la que salía muy «pornoboba», así nombraba Candela a la actitud tanto de hombres como de mujeres que, sobre todo en las redes sociales, fingen una actitud aniñada y despreocupada, pero que en realidad pretenden resultar sexis o «follables». Debajo de los comentarios aparecía cuándo había sido publicada: tres horas antes.

—Según Instagram, la fotografía fue subida sobre las diez de la mañana; acabas de decir que tardas unos veinte minutos al embalse y que pasasteis antes por el supermercado…

—¿Hola? Nunca subo fotos que acabo de hacer, me la hizo a la salida del supermercado, pero no se ve por el encuadre. Siempre espero a estar tranquila, con buena luz para retocarlas bien: nunca subas una foto al momento, hay que controlar los impulsos, porque luego, cuando llegas a casa y las miras bien, empiezas a ver cosas… Y yo me pongo mala.

Candela la escuchaba atónita.

—Entonces hicisteis la fotografía antes, pero no la subiste hasta un rato después.

—Sí, cuando llegamos a la orilla. Mientras preparábamos los cambios de ropa y demás.

—E hicisteis las fotos con los estilismos que llevabas en la maleta.

—Sí, claro.

—Mateo, dale a la señorita el mail al que tiene que mandar las fotografías. Por favor.

—Puedo mandarles solo algunas, ¿no? Están sin retocar y tampoco hemos podido hacer muchas. Dar con la imagen perfecta lleva su tiempo.

—Me imagino… Envía una muestra considerable, por favor, si es necesario a través de WeTransfer —respondió Candela con ironía.

Mateo apuntó el mail en una hoja de la libreta y se lo acercó a la chica, que lo aceptó con una sonrisa tímida.

—Entonces tu amiga y tú estabais haciendo las fotografías. ¿Y cuándo te enteras de que ha desaparecido tu hermano? ¿En ese momento?

—Sí, mientras hacíamos las fotos con el embalse de fondo.

—¿A qué hora aproximadamente?

—Puedo mirar la llamada, pero juraría que sobre las doce menos algo.

—¿A qué hora habías salido de casa?

—A las nueve menos cinco o así, lo recuerdo porque mi madre estaba a punto de empezar el directo.

—Y durante más de dos horas solo os dio tiempo a hacer unas cuantas fotos.

—Perdone, pero ¿está acusando a mi hija de algo? —saltó Adriana a la defensiva.

—Solo hago mi trabajo, necesito comprender bien todos los acontecimientos para hacer un mapa global de lo que ha podido ocurrir —respondió de manera práctica Candela, sin entrar al trapo.

—Entre que nos paramos a por los zumos, hicimos la foto, la retoqué y la subí…, decidimos los looks y dónde disparar, me cambio el pelo y el maquillaje… Sí, se va el tiempo. Esto es así, hay que ir viendo y corregir fallos para que las que queden sean perfectas —dijo tajante la chica.

—Captado. Y entonces te llama tu madre y te dice…

—Que no encuentra a Lucas, que estaba con él, pero que se lo habían llevado —dijo para rematar la frase.

—¿Eso te dijo?

Adriana asintió antes de que su hija contestara.

—Sí, estaba muy nerviosa y yo me puse aún más que ella. Recogimos todo y he vuelto lo antes que he podido.

Al decir la última frase, Judith se echó hacia delante y se cubrió la cara con las manos, dejando al descubierto la etiqueta de compra, prendida aún en la cazadora Burberry que llevaba puesta. La madre se dio cuenta y le dio un toque en la espalda.

—Cariño, ponte recta, anda, que luego te sale joroba.

La chica le hizo caso inmediatamente sin rechistar.

—¿Y si ha salido solo y lo ha atropellado alguien? —preguntó a Candela con lágrimas en los ojos—. Lo llevarían a un hospital, no lo enterrarían por ahí como a un perro, ¿verdad?

Tras las palabras de Judith, el silencio se adueñó de la habitación. Ninguno de ellos podía asegurar que ese escenario no fuera cierto. La chica se levantó de repente y salió llorando al jardín. Adriana fue tras ella. Era evidente que Judith estaba destrozada. Su versión apuntaba a que había salido solo de casa, sin que su madre se diera cuenta, quizá porque ella se hubiera dejado la puerta de la calle abierta, aunque no lo dijera; lo había atropellado un coche, lo más seguro que de forma accidental, y lo habían dejado por ahí tirado. Una vez más, alguien del círculo de Lucas les decía lo que había pasado con él. Candela miró hacia afuera y se preguntó si realmente alguna de las dos tenía razones para querer despistarlos o si sus sospechas eran infundadas. Tal vez solo tenía ganas de darles a ambas una buena lección.

12

Judith estaba de pie en el jardín, inclinada hacia delante. Su madre la sujetaba por la espalda y le daba instrucciones para que tomara aire y después lo expulsara lentamente por la boca. Antes de salir fuera con ellas, Candela se quedó de pie junto a Mateo.

—Quiero que hables con la chica, tenemos que averiguar si hay algo que no quiere decir delante de su madre. —Mateo escuchaba en silencio—. Y quiero que cuando termines le eches un ojo a esa maleta. Si ves algo, se lo das a los chicos para que lo examinen bien. Y que busquen también en el cuarto de Adriana, no me da buena espina.

Antes de que Mateo pudiera responder, Candela ya estaba saliendo de la estancia. Fuera, la chica obedecía las directrices de la madre, pero seguía respirando de manera exagerada, con gran dificultad. Cuando Candela y Mateo salieron a su encuentro, este último miró casualmente hacia la casa vecina y descubrió la silueta de un hombre en una de las ventanas.

—Jefa, tenemos público —dijo disimuladamente.

Candela se puso en guardia y miró hacia los lados hasta que se topó con un hombre de unos setenta años con el pelo blanco que la miraba con firmeza, sin apenas pestañear.

—Señora Fernández, es mejor que Judith pase dentro —dijo señalando hacia la ventana.

La mujer miró en la dirección que le había indicado y al ver al hombre exclamó:

—¡Maldita sea! Vamos.

Adriana empujó a su hija hacia el interior de la casa, pero Candela la detuvo.

—Espere, que la acompañe Mateo, necesito hablar con usted. Si te encuentras mal, llamamos a un médico del equipo —le indicó a la adolescente—. Ahora tócate la rodilla, como si te hubieras caído. Mateo, tú agárrala del hombro, ayúdala a entrar de manera cariñosa, que piense que puedes ser su novio, y no miréis hacia la ventana.

Mateo la miró sonrojado y Candela le hizo una señal con los ojos, recordándole lo que esperaba que hiciera. El chico se acercó a Judith y le rodeó el hombro con el brazo como le habían ordenado.

—Cariño, subid a tu cuarto y no llames ni digas nada a nadie. Es importante que no se corra la voz —dijo Adriana.

Mateo y Judith entraron a la vivienda mientras que las dos mujeres se quedaban frente a frente bajo la atenta mirada del vecino curioso. Su sola presencia le parecía de lo más siniestra, pero Candela prefería aguantar un rato más, aunque tuvieran que disimular, para no desaparecer los cuatro de golpe y evidenciar que ocultaban algo.

—Hábleme de él —le dijo a Adriana con una sonrisa enorme, como si estuvieran conversando de algo divertido, mientras se giraba de espaldas a la ventana.

Adriana iba a mirar hacia donde estaba el vecino, pero se controló en el último momento.

—Es muy pesado, siempre está pendiente de todo. Cuando vivía su mujer, Ana Belén, nos llevábamos muy bien. Ellos eran como otros abuelos para los niños. Tenían incluso llaves de la casa, éramos como una familia.

—¿Las sigue teniendo?

—No, qué va. Tuvimos varios encontronazos. Se quejó a la comunidad de que venían fans de Sweet Bunny a ver al niño.

—¿Aún lo hacen?

—No. Les tiraba cosas desde la ventana y dejaron de venir; en realidad, no eran más que cuatro críos aburridos. No sé si lo ha visto bien, pero da bastante miedo. Cuando murió su esposa, Alberto, o el señor Luján, como lo llama todo el mundo en la urbanización, empezó a obsesionarse con Judith. Tuve que darle un toque de atención, le pedí que me devolviera las llaves y avisé al presidente de la comunidad, lo informé de todo, también para que el resto de los vecinos estuvieran al tanto, por lo que pudiera pasar.

—¿Cambió la cerradura después de esto?

—Debería haberlo hecho, pero, entre una cosa y otra, al final no lo hice. Aunque tampoco tengo constancia de que haya entrado ni nada por el estilo.

«Que usted sepa», pensó Candela mientras estaba de espaldas y miraba hacia la ventana. A simple vista le pareció que el hombre ya no estaba. Sin embargo, al fijarse bien, vio que una silueta oscura asomaba por las cortinas.

—Vaya señalando el árbol, el columpio y lo que se le ocurra, como si me los estuviera enseñando. No deje de sonreír —le indicó Candela.

Adriana obedeció al momento.

—Dice que se obsesionó con la niña, ¿tuvo algún problema con su hija?

—La conoce desde pequeña, ella lo adoraba y lo iba a visitar a menudo, sobre todo cuando enviudó. Él le contaba sus batallitas, es un periodista retirado —especificó—. Por eso siempre mete las narices donde no lo llaman. Le compraba palmeras de chocolate. Tuve que pedirle que dejara de hacerlo o arruinaría todo el esfuerzo que la niña hacía durante la semana para mantenerse en su peso. Pero lo peor no fue eso, sino que un día Judith me contó que se comportaba de manera extraña con ella…, ya sabe… —Candela la miró sin comprender a qué se refería exactamente—. La tocaba, vamos.

—¿Esto ha sido recientemente?

—No, hace un par de años ya, Judith era más pequeña. Puse una denuncia, pero se quedó en nada, ya sabe cómo son estas cosas. A las víctimas se nos cuestiona tanto que al final parece que somos nosotras las culpables —dijo intencionadamente.

—¿Se acercó alguna vez a Lucas?

—Que yo sepa, no. Cuando sucedió eso cortamos toda relación, pero, ya lo ve, es como una presencia constante.

Nos vigila. —Después de una pausa, como cayendo en la cuenta, dijo—: ¿Cree que ha podido ser él?

—Eso tendremos que averiguarlo. Volvamos dentro, me gustaría ver la habitación de Lucas. Luego nos encargaremos del señor Luján —dijo Candela refiriéndose al anciano.

Adriana lanzó una mirada furtiva hacia la ventana de su vecino y entró en el salón seguida de Candela. Al hacerlo, el hombre salió de detrás de la cortina y se quedó en mitad de la ventana, parado por completo, mirando hacia el interior de la casa.

13

Cuando Candela entró en la habitación de Lucas un escalofrío recorrió todo su cuerpo. Aquel cuarto, que aparecía constantemente en las publicaciones del niño, parecía una enorme madriguera plagada de conejos de peluche blancos de todos los tamaños, muchos de ellos réplicas del famoso Sweet Bunny.

—Teníamos hasta uno del tamaño del original, de casi dos metros, pero imponía demasiado. Sobre todo de noche. Tuve que guardarlo —explicó Adriana al ver el gesto de Candela ante los peluches.

Las paredes estaban llenas de fotos enmarcadas de Lucas. Algunas eran posados de estudio, había un par de un catálogo que había hecho de bebé, pero en la mayoría aparecía vestido con su disfraz de conejito, como en el anuncio que protagonizaba junto al famoso conejo, imagen de la marca de galletas y golosinas en forma de zanahoria. En ellas Lucas posaba sonriente mostrando las galletas o a punto de dar un mordisco al dulce. Aunque la imagen que captaba todas las miradas era la que conocía todo el mundo: la fotografía oficial de la marca, que ocupaba toda la pared, en la que aparecía sentado en el tronco junto al conejo de dos metros. Candela no quería ni imaginarse la reacción de la gente cuando se enterara de que había desaparecido.

Prácticamente todos los muebles iban a juego. La cama, las cómodas, las estanterías, las cajitas de almacenaje para guardar los juguetes, una mesita pequeña con dos sillas... estaban fabricados con una misma madera clara con detalles en verde agua, como el nombre del niño que habían pintado en muchos de ellos. El conjunto parecía sacado de un catálogo. Al dar un par de pasos, Candela se fijó en que en una esquina a su izquierda había un pequeño set desde donde evidentemente hacían los vídeos y directos con Lucas: una mesa y una silla adaptadas a la altura del niño, un ordenador y un enorme aro de luz.

—Es importante que no recoja ni limpie la casa hasta que le digamos que puede hacerlo. No toque nada ni lave la ropa hasta que llegue el equipo de criminalística y tomen muestras para analizar —le explicó Candela a Adriana—. Podemos encontrar algo que nos obligue a regresar y es importante que esté todo intacto. Evite también que vengan familiares, amigos o conocidos que puedan manipular sin darse cuenta las pertenencias de su hijo. Y ni mucho menos deje entrar en su domicilio a personas ajenas a la familia, excepto a nuestros equipos, ¿entendido?

La madre asintió. Candela continuó dando vueltas al cuarto, fijándose en cada detalle.

—Cuando desaparece un niño —continuó—, siempre que no se haya perdido, solemos poner el foco en el entorno cercano, como ya le he dicho. Podría ser alguien conocido que los estuviera vigilando, tal y como usted sugiere. Que viviera obsesionado con él, que los conociese perfectamente y que supiera sus horarios y hábitos... ¿Se le ocurre alguien que tuviera razones para querer llevárselo o que quisiera hacerle daño a usted, aparte de su marido?

Adriana pareció pensar unos segundos, pero finalmente negó con la cabeza.

—Aunque lo habitual en estos casos es que el autor sea alguien que el niño conoce, el caso de su hijo es excepcional si tenemos en cuenta lo conocido que el niño es a nivel nacional.

—Es el niño más famoso de España. —Candela clavó su mirada en ella, no podía creer que volviera a repetirlo—. No es que lo diga yo. Ese fue el titular de la portada que hicimos para la revista *¡Hola!* las pasadas navidades —dijo Adriana orgullosa.

—Efectivamente. Su hijo tiene una gran sobreexposición en redes sociales y medios de comunicación en general. Hay millones de personas que creen conocerlo porque lo llevan viendo desde que era casi un bebé y podrían desearlo de una manera nada sana.

Candela evitó entrar en detalles escabrosos que abrieran nuevas teorías sobre lo que podrían haber hecho con el niño.

Aun así, Adriana había entendido a la perfección lo que insinuaba.

—Vamos a centrarnos en eso, ¿usted sabe qué es el *sharenting*?

—Me suena. Supongo que es algo de compartir en redes sociales...

—Verá, el *sharenting* es el término que se usa para definir el fenómeno cada vez mayor mediante el cual los padres publican fotos, audios, vídeos y demás imágenes de sus hijos en sus redes sociales sin ninguna consideración de seguridad y privacidad.

—¿Qué me está queriendo decir con ello?

—Pues que hacerlo tiene sus peligros, y no porque lo diga yo, lo afirman expertos en el tema de todo el mundo —le explicó Candela sin rodeos—. Uno de los mayores peligros es enviar demasiada información a través de los perfiles que se tengan en las redes sociales. Por ello se recomienda no aportar señas específicas del paradero de los niños, para que no sea tan fácil localizarlos, o hacer un seguimiento de los lugares por los que suele o piensa ir, así como no aportar ciertos datos que permitan su fácil identificación: colegio, lugares de recreo, casas de los familiares o amigos más cercanos, datos clínicos... Sabe que, si no se desactiva la geolocalización, todo aquello que subimos puede quedar ligado a un lugar, de manera que con solo «pinchar» la foto se puede averiguar dónde ha sido tomada, y, si la privacidad elegida es baja o nula, cualquier persona que «visite» un lugar en una red social podrá ver todas las fotos realizadas y conocer cierta información. —Candela se explicaba con autoridad; por suerte tenía a Mateo para contarle ese tipo de cosas que a ella de primeras le sonaban a chino—. Por esta razón y haciendo uso de los mismos medios, es extremadamente fácil localizar un domicilio o un lugar de veraneo, por ejemplo. Le digo todo esto para que tome nota, porque cualquiera que sepa un poquito de todo esto, y le aseguro que los hay y muchos, sabría sin problema dónde está ubicada esta casa y, por tanto, dónde se encontraba su hijo en el momento en que desapareció. —Adriana la miraba seria, encajando cada golpe—. Por eso es aconsejable intentar no dar información sobre las rutinas de los niños. ¿Ha compartido la localización de su vivienda?

—No sabría decirle, no conscientemente, pero esto es pequeño. Somos famosos, seguro que aquí lo sabe todo el mundo. Además, si es tan fácil averiguarlo... —respondió haciendo un esfuerzo para no apartar la mirada y mantenerse firme.

—¿Lucas hace alguna actividad extraescolar?

—Antes sí, pero llevábamos unos meses sin ir. No le hacía mucha gracia, prefiere estar en casa, y al ser tan pequeño me da cosa obligarlo.

—Cuando las realizaba, ¿lo compartía en las redes?

—Sí, cuando lo llevaba a natación hacíamos stories y subimos algún post. Pero, vamos, que no dije dónde era, podría ser cualquier piscina.

—¿Puedo ver la publicación, por favor?

—Tendría que buscarla.

—Hágalo.

Adriana sacó el móvil y empezó a deslizar el dedo por la pantalla para encontrar la foto en el muro de publicaciones del Instagram de su hijo.

—Aquí está —dijo mostrándole una fotografía que reunía más de cincuenta mil «me gusta».

Candela estudió rápidamente la imagen en la que aparecía el niño de cuerpo entero, en el borde de la piscina. Lucas llevaba un bañador con un flotador del que asomaba un pompón, también de plástico, que simulaba ser la cola de un conejo, y tenía unos manguitos de los que sobresalían las orejas. En el pie de foto había escrito: «Conejito al agua». Al fijarse en el fondo y en los laterales, vio que en las paredes había colgadas unas pancartas y unas bandas con un mismo logo.

—¿A qué corresponde ese logo? —preguntó, ampliando la imagen con los dedos.

—No me había fijado… Es el logo del colegio.

—¿El mismo al que va su hijo?

—Sí —respondió con la voz quebrada.

—¿Se da cuenta de lo fácil que es? —preguntó retóricamente Candela—. Cualquiera sabe dónde pasa su hijo la mayor parte del día. Otro de los avisos es que no se deben compartir fotografías de los menores desnudos o con poca ropa —dijo devolviéndole el móvil con la imagen del niño semidesnudo—. Aunque sea normal sacarles fotos en bañador en la playa o en la piscina, como se ha hecho toda la vida, no se deben compartir porque no podemos saber para qué las usarán otras personas. Tampoco debemos poner imágenes de nuestros hijos con los uniformes del colegio porque será más fácil identificar el centro al que acuden. Las fotografías en todo caso deben ser con ropa de calle y, por supuesto, nunca hay que facilitar números de matrícula, la dirección de su casa ni cualquier otro dato que pueda ser personal de su familia. Ya sé que todo esto es muy complicado hoy en día —añadió Candela al ver la cara de póquer con la que la miraba Adriana—. Por eso recuerde que, ante la menor duda, siempre es mejor prevenir que sobreexponerse.

—¿Me está diciendo que me lo he buscado? ¿Que soy la culpable de que se hayan llevado a mi hijo?

—En absoluto, por favor, no me malinterprete. Mi deber es hacerle ver la realidad y los peligros que conlleva su actividad en las redes sociales. Tiene que saberlo, porque quizá nunca se lo ha planteado. Es mi trabajo, siento si he sido brusca. No puedo imaginar el sufrimiento que siente en estos momentos —respondió Candela mirándola fijamente a los ojos—. A usted le gusta colgar imágenes de sus hijos en sus redes sociales, ¿se ha parado a pensar en quién las ve o para qué se pueden usar esas fotografías? —Adriana tragó saliva—. Porque saber quién las ve ya le digo yo que es imposible, sobre todo en su caso, en que todos los perfiles de la familia son públicos. Si fueran privados, ahora mismo sería de gran ayuda.

—Me hace gracia, me habla como si yo fuera la única persona que comparte fotos de sus hijos en redes sociales, ¡venga, hombre! ¿En qué mundo vive?

—Ya sé que, por supuesto, no es la única que lo hace. Es la tónica general, pero eso no la exime de saber que…

—Me va a perdonar, pero no le voy a consentir que me acuse de algo cuando mi hijo puede estar en manos de cualquier depravado. Vaya a buscarlo y déjeme en paz.

Candela no quiso perder la calma y esperó un momento para que la madre pudiera tomar aire después del arrebato.

—Señora Fernández, le recuerdo que soy la teniente al mando de la investigación de la desaparición de su hijo. Que yo esté aquí no significa que no tenga a mi equipo haciendo el trabajo pertinente para encontrarlo lo antes posible, así que haga el favor de no dudar de los procedimientos para los que hemos sido preparados. Le pido disculpas si la he ofendido, no era mi intención. Tengo el mismo interés que usted en recuperar a Lucas, créame. Ahora, por favor, dígame quién lleva las cuentas de su hijo, me refiero a los perfiles de sus redes sociales.

—Las llevo yo, las suyas y las mías. Todas, menos las de Judith.

—Su hijo no tiene acceso a ellas entonces…

—Bueno, sí. Para él es como el chupete para un bebé. Es muy listo, desde bien pequeño aprendió enseguida a desbloquearme el móvil para poner música y vídeos. Esta generación aprende muy rápido, ya me hubiera gustado a mí saber navegar…

—¿Tiene conocimiento de si alguien ha intentado comunicarse con Lucas a través de sus cuentas? ¿Que le hayan enviado mensajes privados o fuera de lugar? Es muy frecuente que este tipo de acosador utilice un perfil falso para obtener fotografías o material delicado del menor y que le pida reunirse con él en persona, sin que el niño pueda discernir que está siendo engañado. Después vienen los chantajes para obligarlo a hacer algo a cambio de no decir nada a su entorno. Le digo esto para que lo tenga en cuenta también con Judith. En principio no habría peligro, porque Lucas no sabe leer, pero podría ayudarnos a descubrir si alguien así se lo ha llevado.

—Estaré pendiente, pero ya le digo que no es el caso.

—De acuerdo. Piense, ¿no hay nadie que mandara mensajes insistentes o comentarios?

—Tiene más de un millón de seguidores, yo estoy superpendiente, no hago otra cosa, pero es imposible… —Conforme hablaba, Adriana fue bajando el tono de voz hasta quedarse muda.

Candela la miró extrañada. La mujer tenía el gesto desencajado. Sabía que no podía mentir en eso. Tenía que contarlo.

Lucas estaba durmiendo plácidamente en la cama de su habitación. Su madre había dejado la ventana un poco abierta porque estaban a mediados de julio y por la noche se agradecía que entrara un poco de aire fresco. Un ruido lo despertó del sueño profundo en el que se encontraba. Al abrir los ojos vio cómo la cortina se elevaba por la corriente. Parecía como si una presencia tratara de colarse en la habitación. El niño volvió a cubrirse con las sábanas que había apartado por el calor mientras dormía. Entonces escuchó un golpe fuerte en la planta de abajo. Su corazón latía a mil por hora, quería desaparecer bajo las sábanas y hundirse en el colchón. Sin embargo, un ruido mucho más familiar le hizo despertar de esa terrible pesadilla. Era el sonido que hacía Sweet Bunny cuando masticaba las zanahorias de galleta en los anuncios de televisión, lo escuchaba claramente. No tenía ninguna duda de que era él.

Lucas se levantó de la cama y avanzó por la habitación lentamente hasta salir al pasillo. Todo estaba a oscuras, salvo por la luz de la lámpara de mesa que su madre siempre dejaba encendida por la noche en el salón. Poco a poco cruzó el pasillo hasta llegar a las escaleras. Desde el inicio de estas no conseguía ver al enorme conejo, pero cada vez lo escuchaba mejor. Bajó un escalón con cuidado de no caerse y después otro y otro y otro. Al llegar al recibidor no había nadie. Se giró hacia el pasillo y la puerta de la cocina, pero nada. El sonido tan característico del animal había desaparecido por completo, no había ni un solo ruido, tan solo el leve silbido del viento. Entonces el crujir de la madera le hizo volverse de golpe. Arriba del todo, al final de la escalera, estaba el famoso conejo, de pie, con un brazo apoyado en la barandilla. Lucas sonrió al verlo. Sin embargo, su amigo seguía inmóvil en la misma posición, extremadamente rígido y con la cabeza inclinada hacia él. Sus ojos parecían más negros y profundos de lo habitual, como la ropa que llevaba; no estaba desnudo, como siempre, sino que iba vestido completamente de negro. El miedo se apoderó de Lucas cuando se dio cuenta de que el conejo bajaba uno a uno cada escalón, muy despacio, sin apartar la mirada de él. Cada vez más cerca. Hasta que se paró a menos de un palmo de su nariz. El niño se puso a temblar y el conejo estiró sus manos de peluche blanco y le sujetó la cabeza por las orejas. Abrió la boca y lamió su rostro de manera lasciva. Lucas estaba muerto de miedo, intentaba soltarse con todas sus fuerzas, pero no podía escapar. Lo único que hizo fue cerrar los ojos para que no se le metieran las babas. Sin embargo, al cabo de unos segundos volvió a abrirlos y, *como si de una ráfaga se tratara, vio cómo Sweet Bunny abría la boca al máximo y enseñaba sus enormes dientes afilados, y cómo engullía su cabeza a la velocidad del rayo. Al crujido del cráneo rompiéndose en mil pedazos se le sumó un hilo de pis que descendió por las piernas del niño... hasta que de golpe Lucas despertó de la pesadilla, empapado en su propia orina.*

Adriana entró a la habitación de su hijo al minuto de escucharlo llorar. Rodeado por los brazos de su madre, Lucas le contó lo que acababa de pasar y, pese a que su madre intentó dejarle claro que no se trataba más que de un sueño, estaba seguro de que era real. «El conejo taba en casa, mamá, me come la cabeza», repetía entre lágrimas. A la mañana siguiente, mientras sus hijos dormían, ella no dejaba de darle vueltas a lo que le había contado su hijo y a si habría sido una simple pesadilla o si tendría una explicación coherente relacionada con la actividad que desempeñaban para la agencia. El mero hecho de tener que pensar en todo ello ya era terrible, pero la ayudaba a confirmar que, por mucho que en un primer momento se hubiera visto obligada por las amenazas de su ex, había tomado la decisión correcta. Debía tenerlo muy presente la próxima vez que llamara Elvira o mandara una de sus cartas por correo. Maldita Elvira; con sus encantadoras sonrisas siempre conseguía engatusarla, pero tenía que lograr mantenerse firme. En ese momento, una notificación del móvil llamó su atención. Era uno de los cientos de mensajes privados que enviaban al Instagram de Lucas y que ella solía ignorar, pero esta vez el destino quiso que leyera la selección del texto que la aplicación hace cuando notifica que alguien ha escrito; ponía: «Tengo una oferta para ti...». Adriana vio que el usuario se llamaba Mimi.9.4.94. No obstante, la rareza en la elección del nick no fue lo que más la sorprendió, sino la fotografía del perfil, en la que aparecía la silueta de un hombre de pie, totalmente quieto, a contraluz. La imagen resultaba de lo más escalofriante. A su mente vino de inmediato la pesadilla que le había contado Lucas entre lágrimas la noche anterior. Tenía que ser una mera casualidad que aquella silueta siniestra irrumpiera en su vida de la misma manera que el conejo en la de su hijo, pero no pudo evitar estremecerse.

14

Adriana tuvo que abrir la ventana de la habitación de Lucas. Necesitaba aire. Más aún después de relatar a Candela el sueño que había tenido su hijo y el mensaje que recibió a la mañana siguiente. La teniente escuchaba atenta cada detalle.

—Me extrañó mucho que no se le viera la cara —continuó Adriana— y me pregunté cómo alguien que trabaja para marcas tan conocidas no tenía una buena foto de perfil, sonriendo, como las que se suben a LinkedIn.

—¿Usted le respondió?

—Sí. Me explicó que colaboraba con distintas plataformas de «famosos» en las que aparecen rostros populares de distintos ámbitos, en su mayoría de la cultura y el deporte, que, a cambio de una sustanciosa cantidad de dinero, te mandan vídeos con mensajes personalizados y felicitaciones. Insistió mucho en que realmente no suponía ningún esfuerzo para el niño. Lucas solo tendría que ponerse el disfraz de Sweet Bunny y enviar el mensaje cariñoso que le pidieran.

—¿Y es normal que se pongan en contacto directamente con el niño?

—Por temas laborales, no. En la descripción de su perfil, de hecho, especifico que para las «colaboraciones» escriban a mi Instagram.

—¿Le dijo que era su madre?

—Sí, por supuesto. En cuanto empezamos a hablar.

—¿Llegó a colaborar con esta persona?

—No, no, qué va. Fue todo muy repentino. Tenía que mandarme las condiciones, pero quería que fuera presencial y yo tenía mis dudas. Cada vez más, hacemos todo nosotros. Tanto los posts, las publicaciones en el muro, vaya, como los directos y demás. Nos envían el producto y lo subimos. No me gusta marear al niño.

—¿Le transmitió esas dudas?

—Sí, y me dijo que, si no quería llevar a Lucas, vendría él.

—¿Cómo?

—Lo que ha oído, dijo exactamente eso: «Si el niño no va a viajar, iré yo».

—¿Le dijo adónde tenía que llevarlo?

—No. Solo eso. No le respondí.

—¿Cuándo tuvo lugar esta conversación?

—Ayer —respondió de golpe; fue consciente de la gravedad del asunto.

15

Candela bajó las escaleras y se encontró, de espaldas a ella, a Mateo de cuclillas mientras inspeccionaba la maleta de Judith. Al escucharla, su ayudante cerró la cremallera y se puso de pie antes de girarse. En las manos llevaba puestos unos guantes de látex que se quitó y guardó en el bolsillo del pantalón.

—No hay nada más que ropa, ropa y más ropa… No entra ni un alfiler. ¡Ah!, de marca, por supuesto. Carísima. Lo que hay dentro de esa maleta cuesta más que todo lo que hay en mi apartamento, con él incluido.

—Las prendas tienen las etiquetas —afirmó Candela con sarcasmo.

—Incluida la cazadora que lleva puesta, yo también me he fijado. Es un clásico entre las aspirantes a influencer: se las apañan como pueden para conseguir dinero y se lo gastan en prendas de firma que, después de haberlas amortizado en fotos y vídeos para sus publicaciones, devuelven sin ningún reparo.

—¿Te ha contado algo más sobre su hermano o relacionado con la madre?

—No, estaba muy nerviosa. Totalmente convencida de que algo grave le tiene que haber pasado a Lucas. Me ha repetido veinte veces que seguro que la persona que estaba espiando en la casa de enfrente se lo ha llevado.

—Hablando de eso, tengo mierda buena de la que te gusta. Escucha bien porque te voy a dar carnaza para que te diviertas un ratito: la madre dice que hay un perfil que se ha puesto en contacto con Lucas vía mensajes directos a su Instagram…

—¿Pero pensaba que un niño de tres años lo iba a leer y a contestar?

—Con la de locos que hay, no me sorprendería. Adriana dice que contestó explicando que era la madre y que desde el perfil le habían ofrecido colaborar con varias plataformas en las que la gente pagaría por un saludo o una felicitación personalizados del famoso conejito. Ella se negó, porque le dijeron que a la firma del contrato de colaboración tenía que ir el niño, y ella no quería que viajara, y la persona detrás de ese perfil respondió que en ese caso vendría aquí. Esto fue anoche.

—Sí, el rollo ese está ahora en auge. Y crees que podría ser el mismo sujeto que los espiaba esta mañana…

—¿Por qué no?

—Pero el tipo ese…

—Apunta: Mimi9.4.94. Le he pedido que te mande los pantallazos de la conversación; si no te llegan, me lo dices.

—Okey —dijo Mateo mientras anotaba en su libreta.

—Te quiero con ello. Averigua quién maneja ese perfil y si tiene algo que ver con la desaparición de Lucas.

Mateo asintió, agradecido por la adrenalina que le producía su nueva misión.

—Por cierto, lo que decías antes de la relación madre-hija. He notado perfectamente lo que dices: Judith está fascinada con la madre, la idolatra, quiere complacerla todo el tiempo y me atrevería a decir que hasta la teme.

Una voz desde lo alto de la escalera les hizo dar un salto. Era Adriana, que los miraba erguida, agarrando la barandilla con una mano, tal y como hacía unos minutos le había descrito a Candela que estaba el conejo en el sueño de Lucas. Al ver a los dos agentes cuchicheando, les preguntó:

—¿Alguna novedad sobre mi hijo?

16

Los dos agentes, seguidos de Adriana, caminaron a paso rápido por el jardín del chalet hacia la puerta trasera de la parcela. Al pasar frente a la ventana del vecino, Candela lanzó una mirada disimulada para comprobar si todavía seguía pendiente. Sin embargo, parecía que el viejo curioso se había dado por vencido. Odiaba a los cotillas, tanto en el trabajo como en la vida. Siempre lo jodían todo. Normalmente la gente más frustrada, la que no estaba en paz consigo misma, era la que más se comparaba y la que más peligrosa podía llegar a ser. Ella misma lo había sufrido en sus propias carnes.

—Si recibe algún tipo de información del paradero de su hijo, lo primero que tiene que hacer es informarnos de inmediato —le explicó Candela a Adriana mientras le daba una tarjeta con su móvil—. No dé ningún paso por su cuenta.

Si se trata de un secuestro y se ponen en contacto con usted, por mucho que le insistan en que no nos avise, somos nosotros quienes tenemos que actuar. —Adriana asintió con la cabeza ante la mirada inquisidora de Candela—. Acuérdese de no dejar entrar en su domicilio a personas ajenas a la familia, a excepción de nuestro equipo de investigación.

—¿No debería pedir ayuda a través de las redes sociales para que se difundiera rápidamente la desaparición y se hicieran eco todos los medios?

—Señora, solicitar la colaboración ciudadana utilizando los medios de comunicación en ocasiones es una estrategia útil, pero no siempre. Hacerlo público puede dar ventaja al responsable o hacer que se sienta contra las cuerdas y actúe en consecuencia, movido por los nervios. Además, esa ayuda de la que habla también puede volverse en nuestra contra: hay mucho mierda por ahí que no tiene nada que hacer, al que le encanta llamar para dar pistas falsas, por aburrimiento o por maldad, porque si no no me lo explico. De momento creemos conveniente mantener en secreto la desaparición de su hijo. El caso es que no ha pasado tanto tiempo y no queremos correr ningún riesgo innecesario. No se preocupe, que si lo consideramos oportuno será la primera en saberlo. Tenemos a mucho personal trabajando de manera coordinada para dar con el paradero de su hijo. Entre todos lo conseguiremos. A partir de ahora usaremos esta puerta. —Y señaló el acceso trasero por el que habían entrado—. La avisaremos para que nos abra cuando sea necesario. Mientras tanto habrá una patrulla de paisano haciendo guardia por la zona.

—Gracias —dijo Adriana.

Los dos agentes salieron y escucharon cómo cerraban la puerta con candado. Entonces Candela dio unos pasos hacia la esquina con aplomo. Mateo la conocía mucho mejor de lo que ella creía y sabía que algo no iba bien. Observó cómo su jefa ponía los brazos en jarra y respiraba hondo sucesivas veces de manera intencionada.

—Yo también salgo revuelto, jefa. Por retrasada que parezca la mujer, da pena…, pobre niño…

—A mí ella no me da ninguna pena. Ese niño es un producto desde que nació, sus fotos son un catálogo y esas orejitas de conejito tan tiernas para algunos pueden ser un reclamo sexual. Ella lo estaba sexualizando. ¿Sabes la de pederastas que llevan pañales puestos cuando buscan placer?

—¿Me lo dices o me lo cuentas? Aun así, no puedes dejar de hacer algo porque haya tipos como esos. El problema está en los ojos que lo ven. Uno no tiene la culpa de que haya tanto enfermo.

—Tampoco puedes hacer como si no ocurrieran, porque ya ves luego lo que pasa.

—De todas maneras, parece que te alegras.

—No, no me alegro, pero los actos tienen consecuencias y ella ya es mayorcita para saberlo.

—Sí, está claro.

—Cuando me he quedado a solas con ella, le he preguntado que en qué trabajaba exactamente. ¿Y sabes lo que me ha respondido?: «Soy creadora de contenido». En un primer momento parecía ofendida porque yo no lo supiera, pero después tenías que haber visto lo orgullosa que estaba.

Casi vomito. Deberíamos hacerlo público. Ojalá lo hiciéramos y fuera un punto y aparte y así nunca más ningún niño tuviese que pasar por algo así. Que los dejen en paz. Tienen que crecer y jugar al margen de cámaras y esa sobreexposición enfermiza que los destruye… Es que no es normal… Estamos acabando con ellos. ¡Una madre no hace eso! Una madre tiene que proteger a su hijo. Siempre. O por lo menos intentarlo.

Candela frenó en seco. Tuvo que cerrar los ojos para no romper a llorar. Cada vez estaba más cabreada. Se sentía sobrepasada por la situación. Mateo la miraba en silencio, consciente de su estado. Odiaba notar el peso de la mirada de su compañero sobre los hombros una vez que se le pasaba el calentón. Sin quererlo, ella misma era su única enemiga, la que se exponía totalmente al menor cambio. Sacó de su cazadora una petaca llena de una conocida bebida energizante y dio el trago que su cuerpo le pedía. Sabía que el recipiente en el que la guardaba podía dar a entender que estaba bebiendo alcohol, pero no le importaba. Le gustaba esa imagen dura de sí misma. Así les daba motivos para que hablasen de ella, ¿no lo iban a hacer igualmente? Pues ya de perdidos al río.

—No me mires así, no tengo ningún problema, no soy un cliché andante como «esa» —dijo señalando hacia la casa de Adriana—, bebo lo que quiero, porque me gusta y me viene bien. Como quien se fuma un cigarro de vez en cuando, solo cuando le apetece —añadió, a sabiendas de lo que vendría a continuación.

Sin embargo, Mateo la escuchó sin decir nada. No merecía la pena perder tiempo intentando darle consejos que no necesitaba. Lo que acababa de decirle era cierto. Mateo no pensaba que fuese alcohólica, ni mucho menos, pero intuía que esos arranques eran propios de una persona que luchaba por aplacar al monstruo que habitaba en su interior y no quería estar cerca cuando ya no pudiese contenerlo.

17

Vamos a centrarnos, va —dijo Candela mientras guardaba la petaca de nuevo en el bolsillo de su cazadora como si la miniconversación que acababan de mantener nunca se hubiera producido—. Recopilemos: ¿quién podría tener interés en llevarse al «conejito»?

—La madre. Entre otras cosas hemos visto que la llamada a urgencias es bastante sospechosa —respondió rápidamente Mateo, levantando y bajando las cejas de forma intencionada.

—Paula está investigando también si el niño fue al colegio alguna vez dormido o sedado, con algún golpe, o si han notado en el centro algo extraño en su comportamiento. Importante: hay que averiguar si por algún motivo Lucas ya no es rentable. O que los contras superen a los pros en este sentido.

—¿Un seguro de vida?

—Por ejemplo. Porque no hay duda de que hay algo que no nos está contando; en esa casa no han limpiado en un mes por lo menos, te lo digo yo. La persona que espiaba justo antes de que desapareciera…

—Que a su vez podría ser Mimi.9.4.94… —interrumpió Mateo—, como le escribió a través del mensaje: si no le llevaba al niño, vendría a por él.

—Te encargas tú de saber si se trata de algún fan o quién coño es. Encuéntralo como sea —ordenó Candela.

—Por supuesto.

—Siguiente.

—El padre. Se lo ha llevado, tal y como amenazó con hacer. Casi siempre son los padres.

—Lo sé. Más en casos de padres separados, la maldita violencia vicaria. No sé qué cojones estará haciendo Paula, pero ya tendría que haber llamado. Estoy esperando a que me dé la dirección, quiero hablar con él. Si es otro sátrapa como la madre, quiero verle la cara para hacer que se le quiten las ganas de explotar a ningún niño en toda su vida. La chica, Judith…, comprueba bien su coartada, si no te llegan las fotografías en cinco minutos, insistes. La amenazas con llevarla al calabozo si no coopera o con requisarle el teléfono, eso seguro que no falla —bromeó—, y habla con la amiga con la que había quedado.

—Hecho.

En ese momento un leve chasquido los interrumpió. En la casa de al lado alguien asomado a la puerta les hacía señales para que se acercaran. Candela y Mateo dieron un par de pasos para ver de quién se trataba. El hombre que los había vigilado antes desde la ventana que daba al patio estaba sacando la mano derecha y los invitaba a acercarse aún más con el dedo índice. Candela se fijó en que le faltaba el dedo anular de la misma mano, de la cual sobresalían además abundantes venas, pero, sobre todo, observó el ojo saltón inyectado en sangre y los mechones de pelo blanco que asomaban a través de la ranura.

—Joder —soltó Mateo sin poder controlarse ante la imagen, propia de una película de terror.

—Y el vecino… —sentenció Candela.

18

Pese a la distancia, Candela notó cómo aquel hombre, que parecía fuera de sus cabales, clavaba la vista en ella. El ojo que asomaba por la puerta la miraba fijamente y eso provocó que su corazón se acelerara aún más de lo que ya estaba. En ese momento su móvil empezó a sonar y le proporcionó la coartada perfecta para desaparecer cuanto antes del foco de aquel viejo depredador. Era Paula, sabía dónde estaba el padre de Lucas, pero antes de que pudiera explicarlo en detalle Candela la interrumpió:

—Mándame la dirección, voy yo a hablar con él. Te llamo de camino. —Y después de colgar le dijo a Mateo—: Habla tú con él. Voy a ver al padre, no estoy para perder el tiempo con cotillas de chichinabo.

—Adriana ha dicho que estaba encabronado porque venían muchos fans a ver al niño. Quizá pensaba que, si se deshacía de él, dejarían de aparecer… —insinuó Mateo en un susurro mientras miraba hacia la ranura de la puerta por la que el vecino seguía asomando medio rostro.

—Luego Adriana a mí me ha reconocido que eran cuatro críos aburridos a los que ahuyentó y que no habían vuelto a acercarse. Aun así, entérate de dónde estaba cuando desapareció Lucas, y, ya de paso, que te cuente su versión sobre qué pasó con la cría para llevarse tan mal con Adriana. Dale a entender que lo tenemos vigilado nosotros a él y no al contrario. Que sepa que somos los que mandamos, que se cague encima si hace falta. —Mateo asintió—. Y, por supuesto, que no se entere de qué va el asunto. No sueltes prenda, era periodista, no sabemos si aún hará sus pinitos. Que no te líe.

—Por supuesto —contestó Mateo con el tonillo irónico que utilizaba para remarcar los momentos en los que ella ordenaba más que mandaba.

—No me hagas arrepentirme de haber apostado por ti. Que no tenga que mandarte a arreglar el wifi del cuartel, ¿eh? —le soltó ella cariñosa, siguiéndole el juego.

Los dos se regalaron una sonrisa. Hacían buen equipo. No solo eran compañeros, ambos se consideraban familia. Mateo era hijo de padres separados. Desde pequeño lo habían tenido en palmitas, siempre era el primero de la clase en tener el último aparatito que hubiera salido en el mercado: la mejor consola, los últimos videojuegos, ordenadores y todas las novedades en tecnología. Lo había tenido todo menos el afecto de sus padres. Estos suplían toda la atención que nunca le dieron comprándole cualquier cosa que se le antojara. Pero él no les guardaba rencor, gracias a ello se había convertido en un verdadero crack en su campo, sabía navegar y rastrear por cualquier rincón de internet, incluida la Deep Web. Y gracias a ello tenía la suerte de haber hecho de su gran pasión su profesión. Sin embargo, cuando conoció a Candela tuvo una conexión especial con ella. No solo porque aquella mujer de la que todo el cuerpo hablaba no dejaba de esforzarse cada día para que él aprendiera a pasos agigantados, sino porque, además, había algo relativo al dolor que ella desprendía con lo que se identificaba plenamente. Una especie de predestinación a la soledad. Candela desapareció por la esquina de la calle justo donde había aparcado el coche. Mateo se giró y vio que el hombre seguía asomado, aunque había dejado de hacer el gesto con la mano para que se acercaran. Aun así, él se aproximó a la puerta por la que el hombre estaba sacando la mitad del rostro.

—Hola —lo saludó con prudencia.

El hombre lo observaba con descaro y después de unos segundos le dijo:

—Ha ocurrido algo, ¿verdad? Algo grave.

La pregunta pilló por sorpresa a Mateo, pero reaccionó con rapidez.

—Se equivoca…

—Lo sabía —continuó—. En esa casa ocurren cosas, cosas muy feas. La manera en la que se está criando a esos niños escapa de todo sentido común. Es propio de otro planeta, de una pandilla de lunáticos…

«Habló míster Cordura», pensó Mateo mientras intentaba calmar las aguas.

—Señor…

—Alberto, llámeme Alberto.

—Alberto. La señora Fernández piensa que alguien ha intentado entrar en su vivienda y simplemente hemos venido a comprobar que todo está bien. Por favor, no informe de esto a nadie.

El hombre, que seguía semioculto detrás de la puerta, lo miró incrédulo.

—¿Podría hablarme de la relación que tiene con la familia, por favor? —Y al ver que no respondía, añadió—: Es decir, con la señora Fernández y sus dos hijos, Lucas y Judith.

—Esta mañana…

Un pitido en el pecho del hombre interrumpió sus palabras. Mateo pensó que era un ataque de asma. Sin embargo, Alberto parecía estar acostumbrado a lo que le estaba pasando en esos momentos. Aunque pareciera que sus pulmones buscaran desesperadamente aire, seguía en la misma posición, casi sin inmutarse. Al final abrió la boca lo máximo que pudo y después de repetir el gesto tres veces continuó como si nada:

—Esa chica…

—¿Qué ha ocurrido con Judith? ¿Vio usted algo?

—Esa mocosa es igual que su madre…

—¿Qué quiere decir?

—Si quiere saberlo, dígale a su compañera que venga. Si me lo pregunta ella, se lo diré.

El hombre cerró la puerta en las narices de Mateo.

19

Nada más subir a su coche Candela se miró en el espejo retrovisor y confirmó que no tenía muy buen aspecto. Aunque no le extrañó en absoluto, estaba acostumbrada a encontrarse con el fantasma de lo que fue algún día. Era lo bueno de estar sola, que no tenía que enfrentarse cada mañana a la mirada lastimera de su marido si la veía con esas pintas. Se removió el pelo con la mano y bajó la ventanilla para ventilar un poco el coche. Después buscó el mensaje de Paula en el teléfono. En él había escrito: «Mainpictures, S. L.» y una dirección. La metió rápidamente en el navegador y arrancó el coche. Antes de empezar a dar vueltas a la cabeza sobre cómo se estaban desarrollando los acontecimientos, llamó a Paula.

—¿Qué tienes? —preguntó en cuanto contestó.

—Empiezo por el padre: como sabes, es modelo, pero por lo visto también hace sus pinitos como actor. Está grabando un papelito en una película, la dirección que te he pasado es donde están rodando hoy.

—¿Hoy, sábado?

—Sí, por lo visto es muy habitual que en el cine se ruede los sábados.

—¿Y lleva toda la mañana trabajando ahí?

—Ese es el asunto. He contactado con él por medio de su representante y me ha asegurado que sí. Así que he conseguido hablar con la producción de la película y me han dicho que lo han recogido en su casa a eso de las once y media.

—Esto pinta bien. ¿Has podido hablar con algún profesor del niño? ¿Algo anormal?

—Al ser fin de semana no era fácil, pero he conseguido localizar a la directora de educación infantil. No tiene constancia de que Lucas haya sufrido algún tipo de maltrato, tampoco les ha llamado la atención que fuera dormido o cansado al colegio. Sin embargo, me ha contado que el niño llevaba meses haciéndose pis en clase y que no conseguía dormir la siesta cuando siempre había sido de los más dormilones. Lo notaban un poco «bajuno». No te preocupes, le he explicado que estábamos elaborando un estudio sobre cómo afecta a los menores la exposición en redes. Ha entendido que era un tema confidencial y que, aparte de colaborar, tenía que mantener el secreto.

—Es interesante saber que posiblemente el niño andaba revuelto por algún motivo —agradeció Candela.

—¿No hay ninguna novedad?

—No, siguen peinando la zona discretamente y estarán ahora los de criminalística tomando muestras. Mateo está detrás de alguien que se puso en contacto con el niño a través de los mensajes directos a su perfil de Instagram. Judith, la hermana, nos ha dicho que esta mañana le pareció ver a alguien escondido en el jardín de la casa de enfrente observándolos. Creo que podría ser la misma persona.

—Joder. Bueno, nosotros estamos intentando conseguir las grabaciones de las cámaras de seguridad que hay por la zona. Quizá demos con quien espiaba.

—Me parece que va a ser un trabajo perdido. Esta mañana estuve mirando si había cámaras, y en su calle, así como en toda la urbanización, no hay, salvo alguna desperdigada instalada por los propietarios. Son casas antiguas y hay poca obra nueva…, esa gente tiene dinero, pero vive tranquila. Nunca pasa nada, ya lo sabes.

—Lo sé, yo también me he fijado en que hay poca cosa. Tenemos que mirar las del acceso principal y las de las inmediaciones: salidas, avenidas principales, cruces y accesos al campo y al embalse.

—Cuando lo tengáis dad prioridad a estudiar bien si aparece el coche de la madre. Tienes la matrícula, ¿verdad?

—Claro.

—Bien. Mientras tanto, quiero que hables con Quique y le pidas que busquen en el coche de Adriana, sobre todo en el maletero. Ya sabes, que analicen cualquier resto de sangre y demás muestras. Si ves que terminas antes con lo de las cámaras, encárgate tú. ¡Ah! —exclamó antes de colgar—. Bien jugado lo de la profesora.

Paula sonrió animada, siempre venía bien escuchar algún piropo, aunque estuviera escondido entre la ráfaga de demandas que le había disparado en menos de un minuto.

Candela colgó y se quedó mirando a la carretera. El aire frío le golpeaba de forma violenta la cara. La adrenalina corría por sus venas, hacía tiempo que no se sentía tan viva, tan poderosa. El vértigo se apoderó de ella, como si tuviera que desactivar contra reloj una bomba que en cualquier momento podría explotarle en la cara. Al parar en un semáforo en rojo, agarró su móvil y empezó a ver las fotos del perfil de Lucas en Instagram: la sonrisa perpetua, como las orejas de conejo de peluche que lo acompañaban en cada una de las publicaciones. Pero eran su tez blanca, plagada de pecas, sus ojos enormes y azules y su pelo pelirrojo los que realmente llamaban la atención. Parecía un muñeco de porcelana. Sin embargo, al verlo posar casi siempre con galletas y gominolas en forma de zanahoria, Candela no pudo evitar preocuparse por él al pensar en la crueldad de los niños. En dos días su vida podría dar un giro y pasar de ser el niño más famoso de España al más vapuleado de la clase por llamarlo «zanahorio», por ejemplo. La envidia podía llegar a acabar con él. Al verlo así, tan pequeño e inocente, le vino una lluvia de recuerdos. El claxon de un coche la devolvió a la realidad; el semáforo estaba en verde. Dejó el teléfono y siguió conduciendo.

20

El lugar donde se grababa la película en la que trabajaba el padre de Lucas era de lo más decepcionante. No había nada que recordase al glamour de los grandes estudios americanos donde se rodaban las grandes superproducciones. El plató se encontraba en un polígono industrial a apenas media hora de la casa de Adriana Fernández. Aun así, a Candela le pareció el culo del mundo. El recinto era similar al de las pequeñas fábricas y almacenes que lo rodeaban. Todos ellos copados por enormes camiones aparcados hasta en los sitios donde nunca pensarías que pudieran hacerlo. En el acceso a la nave de la productora había una garita con un vigilante de seguridad. Candela le dijo amablemente que necesitaba hablar con el señor Néstor Garmendia, sabía que se encontraba en esos momentos en el rodaje. Como sucedía siempre, tuvo que enseñar su tarjeta de identidad profesional para que el hombre dejara de mirarla de arriba abajo y colaborara. Hizo una llamada, sin apartar la vista de ella, pero nadie contestó.

—Lo siento, pero la persona que tiene que aprobar que usted pueda entrar no contesta —le dijo.

—Estamos en medio de una investigación muy importante para la que es crucial que hablemos con el señor Garmendia. Como profesional que es, señor… Jaraba —dijo tras mirar el apellido del hombre en la identificación que llevaba prendida en el pecho—, sabrá que las primeras cuarenta y ocho horas son cruciales. No creo que sea usted quien quiera obstaculizar nuestro trabajo, con lo que eso pudiera conllevar después, ¿verdad?

El hombre negó con la cabeza y a continuación le señaló la puerta de acceso a la nave principal, donde estaban el set y los camerinos.

—Ahí verá a alguien de dirección con un pinganillo y un walkie a quien puede preguntar. Ellos saben todo sobre el rodaje y podrán indicarle dónde está.

Candela avanzó siguiendo sus instrucciones. Mientras iba de camino, sonó una notificación en su móvil: había llegado un mail de Mateo. En el asunto ponía «Sesión de fotos Judith». Al abrir la puerta metálica de la nave, se encontró de frente con un pequeño pasillo que hacía esquina con una zona que no alcanzaba a ver, a la derecha había otro pasillo lleno de puertas y a la izquierda vio al chico con el walkie y el pinganillo que había mencionado el guardia de seguridad. El auxiliar de dirección, que más o menos era de la edad de Mateo, estaba parado delante de otra puerta metálica con una luz roja encendida justo encima. Antes de que pudiera avanzar, él le hizo un gesto con la mano para que se mantuviera en el sitio mientras se acercaba a ella.

—Están grabando —le dijo en voz baja, señalando hacia la puerta con el piloto rojo encendido.

—Tengo que hablar con Néstor Garmendia —contestó ella en el mismo tono.

Se quedó pensativo durante unos segundos hasta que pareció entender a quién se refería.

—Está abajo, en plató. Estaban ensayando, pero ya han hecho una primera toma, así que con suerte no le quedará mucho. Después hay un corte para la comida —dijo amablemente—, puede esperarlo mientras en la zona de camerinos.

Candela sonrió. Si no le quedaba mucho, no iba a rebatirlo. Podía aprovechar el rato para ver las fotografías que había mandado Judith a Mateo. El chico la adelantó y se dio la vuelta para que lo acompañara, giró la esquina del pequeño pasillo y fue a dar con una pequeña sala de estar, con un par de sofás y un plasma en el que se exhibían imágenes de otros proyectos de la productora, entre los que estaba la única serie española de la que no se había perdido ni un solo capítulo: *Killing neighbours*. Durante años, su protagonista, Fran, el vecino perfecto que después resultaba ser un frío asesino en serie, había poblado sus fantasías.

—Está aquí —le dijo el joven mientras señalaba la imagen del actor—, pero guarde el secreto. —Y le guiñó un ojo—. Póngase cómoda, Néstor tiene que pasar por aquí para ir a su camerino, así que en cuanto corten lo verá.

El chico miró entonces hacia el extremo opuesto, del que salía otro pasillo mucho más profundo, lleno de puertas. Aunque le pareciera increíble dadas las circunstancias, Candela se había puesto nerviosa al saber que Jon Márquez, el actor que interpretaba al famoso asesino en serie, estaba en el mismo edificio en el que se encontraba ella. Se sentó en el sillón y sacó el móvil para quitarse de la cabeza la idea de bajar al set con la excusa de ver al padre y ya de paso a su ídolo. Abrió el mail de Mateo y se descargó la carpeta adjunta con la sesión de fotos de esa mañana. En ellas Judith posaba en todo tipo de posturas, a cada cual más forzada, y se había cambiado más veces de ropa que Candela en el último año. Todo ropa cara, tal y como había afirmado Mateo. No hubiese sabido decir a qué marca pertenecía cada trapito, pero reconocía muchos de los logos y estampados que para ella no eran más que una señal de inseguridad. Nunca había entendido esa necesidad de llevar todo de firma y que se reconociera a la legua. Cuanto más grande apareciera la marca, mejor, como si de alguna manera la ropa fuera una carta de presentación, no solo para que te veas bien, sino para que todo el mundo sepa la pasta que tienes y que te puedes permitir derrocharla así.

Era un poco tarde para eso, pero le hubiera gustado estudiar Psicología para poder hacer un estudio sobre todo lo que hay detrás del consumismo tan terrible que se ha adueñado de nuestras vidas. Para así poder analizar cómo llevar o no algo caro puede determinar la manera de relacionarte e influir también en las relaciones sociales. O la forma tan diferente en la que uno puede ser tratado si cumple o no con los requisitos capitalistas impuestos a nivel mundial.

De fondo, en las fotografías, se veía el embalse de Valmayor, lo cual confirmaba la localización que les había dicho Judith. Se apreciaban el agua grisácea y el puente por donde cruzaban los coches. Candela pasó rápido las imágenes hasta que encontró otras en las que la cámara enfocaba hacia los árboles que rodeaban la pequeña orilla. También examinó unas, tomadas con un plano cenital, en las que la chica aparecía sentada en una de las piedras grandes que Candela conocía bien. Se le hizo un nudo en la garganta. Levantó la vista y en el plasma volvió a aparecer un plano de Jon en la piel de Fran, su oscuro personaje, donde llevaba el pelo mojado hacia atrás y las mejillas y la frente llenas de salpicaduras de sangre. Candela se giró hacia el pasillo donde el chico había dejado caer que se encontraban los camerinos, se levantó y avanzó con prudencia mientras lanzaba miradas furtivas hacia atrás para vigilar que no la viera nadie. En la primera puerta, bajo el número uno, como no podía ser de otra manera, ponía: JON MÁRQUEZ. Candela tuvo la tentación de girar el pomo de la puerta, pero siguió andando en busca del de Néstor Garmendia, que no era ni el segundo, ni el tercero, ni el cuarto, ni el quinto, sino el sexto... Estaba prácticamente al fondo. Cuando llegó a él, volvió a mirar hacia atrás mientras abría la puerta y, cuando se giró de nuevo, Candela se encontró de golpe con un hombre parado frente a ella.

21

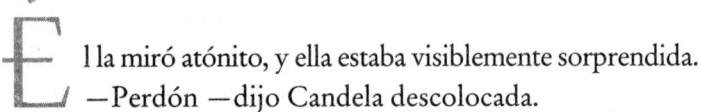l la miró atónito, y ella estaba visiblemente sorprendida.

—Perdón —dijo Candela descolocada.

—¿Necesitas algo? Néstor está grabando, yo soy Julio, su representante. También el de Jon —se presentó orgulloso.

—Sí, me han dicho que lo esperara y…

—¿Usted es…? —dijo interrumpiendo.

—Soy la teniente Candela Rodríguez.

La expresión del representante se transformó en un instante, al igual que el tono que utilizó, mucho más duro que la primera vez que se había dirigido a ella.

—Mire, he hablado hace un rato con una compañera suya. Néstor tiene rodaje todo el día, ya se lo he dicho.

—Precisamente me acaban de decir que está a punto de terminar la secuencia, seguro que no le importará que hable con él un momento —le dijo con contundencia.

—No sabe lo que me ha costado que le dieran esta oportunidad; si no llego a tener a Jon de protagonista, hubiera sido imposible. Si un actor que no es nadie retrasa un rodaje no lo vuelven a llamar en la vida, imagínese si encima llega tarde porque ha venido a hablar con él la Guardia Civil en su primer día de grabación.

—Julio, me ha dicho, ¿verdad? —El hombre asintió—. Bien, Julio, ahora mismo se desconoce el paradero de Lucas, el hijo de su representado. Ha desaparecido esta mañana de su casa. En estos casos los responsables son casi siempre el padre o la madre. Así que comprenderá que es muy urgente que hable con Néstor para saber qué estaba haciendo en el momento en que desapareció su hijo o por si pudiera proporcionarnos alguna pista.

El rostro del representante cambió al instante, consciente de la seriedad del asunto.

—Llevamos aquí desde las doce aproximadamente, lo recogieron a las once y media.

—El niño desapareció antes, por eso es importante que hable con él —repitió Candela un poco irritada por tener que repetirlo.

—Antes estaba también conmigo.

—¿Dónde? ¿En su casa?

—Le digo que estaba conmigo, no tengo problema en contárselo, pero me molesta la manera en la que pregunta, como si insinuara que le estoy mintiendo.

—¿Han dormido juntos? ¿Es eso lo que no quiere contarme?

—Es lo que me faltaba ya, que me falte al respeto.

No pienso decir nada más y mi representado tampoco sin presencia de un abogado.

—Usted es mayorcito y libre para decidir actuar como quiera, pero solo le digo que antes o después voy a poder hablar con ustedes. La diferencia es que el tiempo que perdamos va en contra de hallar a Lucas sano y salvo, a no ser que ustedes sean los responsables y por eso necesiten un abogado. —El representante tragó saliva—. De hecho, creo que sí, lo vamos a llamar, pero para que hable con ustedes en el cuartel, que es donde me voy a llevar a su «amiguito» —dijo Candela dándose la vuelta para salir.

—De acuerdo —respondió Julio desesperado—, pero déjeme hablar antes con el chico de dirección para decirle que se trata de un tema familiar importante y así estén avisados para amortiguar el golpe.

—Vaya —contestó Candela—, pero no tendrá problema. Me acaba de decir que cortarían en breve para comer. Esto es confidencial; si algo de lo que le he contado saliera a la luz, la investigación podría verse afectada negativamente. Ya me entiende, ¿verdad? —lo amenazó.

—Por supuesto —respondió.

El representante salió del camerino y recorrió el pasillo. Candela fue detrás de él, satisfecha de que su provocación hubiera surtido efecto, y cerró la puerta. Su móvil empezó a sonar; era Mateo quien llamaba mientras conducía hacia su apartamento.

—Jefa, he hablado con el chiflado ese. No me da buen *feeling*. Está grillado, parece sacado de una peli de miedo.

—Al grano.

—Ha dicho cosas inconexas, como que sabía que había ocurrido algo esta mañana, que en esa casa sucedían cosas terribles, que si la niña era igual que la madre…

—¡No le habrás dicho nada!

—No, no. Él estaba convencido, por eso me da mala espina. Sabe algo, pero…

—Pero ¿qué? —lo interrumpió.

—Me ha dicho que solo está dispuesto a contártelo a ti.

—¡¿Qué?! —exclamó Candela con la sensación de que le acababan de echar un jarro de agua fría—. Claro que sí, cuando su majestad desee. Estoy hasta los cojones de tocahuevos que te marean disfrutando de la superioridad que les da saber que, aunque quisieras pasar de ellos, tienes que bajarte los pantalones porque estamos contra la espada y la pared. Así que me parece que va a tener que esperar.

—¿Y si es uno de esos casos en los que el autor merodea por la escena del crimen y se implica mucho ayudando en el día a día de la búsqueda y la investigación? Si era periodista, debe tener mano… Anda que no hay chiflados morbosos que disfrutan de eso, tú misma me has hablado de ello. Quizá estaba pendiente y entró cuando la madre fue al baño, o lo llamó e hizo que el niño saliera. Supongo que estos habrán mirado si hay algún hueco en la valla que separa el jardín de las dos viviendas por el que pudiera haber entrado…

—Si hizo una copia de las llaves en su día, no lo necesitaría —añadió Candela, mientras pensaba si realmente ese vecino quería contar algo importante y había pedido hablar con ella porque sabía que estaba por encima de Mateo o si le estaba echando un pulso…—. Hablo con el padre y vuelvo para allá. Ponte con el de los mensajes de Instagram, va.

—Hay algo más: la madre ha salido después muy alterada para lo entera que estaba esta mañana.

—No es entereza, es el bótox, que no la deja —dijo mordaz.

—Me ha dicho que te había llamado pero comunicabas. No encuentra el disfraz del conejito. Las orejas y todo el rollo. Alguien se lo ha llevado.

El telefonillo de la casa de Adriana Fernández sonaba una media de seis o siete veces al día. La mitad de ellas era el repartidor de Amazon, que traía alguno de los caprichos que se daba constantemente; la otra mitad era para entregar algún paquete de alguna de las marcas con las que colaboraba. Principalmente ropa y todo tipo de productos y utensilios para niños de la edad de Lucas. Adriana había compartido el embarazo y el parto en su Instagram y, una vez que nació el bebé, además de mostrarlo en su muro, le había creado un perfil propio. En un primer momento pocas marcas se interesaron por ella. Las colaboraciones eran escasas y consistían en enviarle sus productos a cambio de que los anunciara, los etiquetara y mencionara sus muchas ventajas o cualidades. La mayoría de sus contactos procedían de cuando Judith era más pequeña y hacía algún anuncio suelto porque llamaba más la atención. Sin embargo, pese al empeño de Adriana, la niña ya no lograba captar el interés que ella reclamaba: si no era muy mayor es que era demasiado pequeña o querían alguien más delgado o todo lo contrario. Lo que más le jodía era que la mayoría de las veces le acababan dando el trabajo a cualquier niña normal y corriente a la que ella no le encontraba ninguna gracia. «Menuda cutre», pensaba cuando después veía a la elegida. Judith estaba entregada a la causa, pero Adriana no podía evitar sentir cierto rechazo hacia ella porque pensaba que no era lo suficientemente buena. Pero al nacer Lucas todo cambió, una nueva puerta se abrió. Cuando se quedó embarazada de él, era el boom de las cuentas donde las mujeres compartían sus experiencias como madres, desde el embarazo hasta la cría de sus bebés. Adriana siguió la moda a rajatabla y se creó un nuevo perfil. Aquello fue como una rutina que, más que obligación, se convirtió en ritual, disciplina y necesidad. Podía olvidarse de una toma del biberón del niño, de una visita al pediatra o de bañarlo, pero jamás de subir sus, como mínimo, tres posts diarios, con sus pertinentes horas establecidas de publicación, en los que hablaba de la crianza del niño con cada una de sus rutinas de una manera mucho más edulcorada de lo que estaba viviendo en realidad. Lucas tenía la cara de un ángel, con unos encantadores mofletes, enormes ojos transparentes, pelo anaranjado y una piel blanca que en poco tiempo se poblaría de pecas. Era un bebé de lo más fotogénico. Lo que comúnmente se denomina «un muñeco». Hasta cuando lloraba desesperado porque Adriana estaba liada retocando alguna foto y no podía atenderlo enseguida, estaba de anuncio. Poco a poco, distintos *anunciantes y proveedores empezaron a contactar con ellos para mandarles cosas para el niño a cambio de que los promocionaran. No le pagaban, pero ella siempre accedía porque era una manera de poner en marcha la máquina y de que una cosa llamara a la otra: si una marca veía que otra se anunciaba en su perfil, habría más posibilidades de que quisiera anunciarse también, y no tenía por qué saber que la primera no había pagado por ello. El objetivo era ir haciendo el escaparate perfecto. Pero todo eso cambió un día con una simple llamada al telefonillo. Adriana bajó corriendo para contestar. Al escuchar que preguntaban por su hijo y no por ella, le pareció muy extraño, pero decidió abrir igualmente. Cuando estaba a punto de bajar la manija, escuchó a Lucas balbucear. Miró hacia arriba y lo vio gateando a la vez que intentaba sacar la cabeza entre los barrotes de la barandilla de la escalera. Adriana subió corriendo para cogerlo, no era la primera vez que el bebé salía de su cuarto y se lo encontraba al borde de las escaleras. En ese momento sonó otra vez el timbre de la puerta; agarró en brazos al niño y bajó los peldaños rápidamente. Al abrir se encontró de frente con Sweet Bunny, el conejo enorme con el que Judith había hecho los interminables castings para ser la imagen de la conocida marca años atrás. Nada más ver la cara inclinada hacia abajo con los enormes ojos negros y rasgados, que parecían mirarlos fijamente, y los dientes gigantes que asomaban por la boca, Lucas empezó a llorar. Aunque más que un llanto parecía un berrido, fruto del más absoluto pánico. Adriana se recompuso del susto que también ella se había dado y quiso calmarlo, pero se había quedado petrificada. Se acordó de todas las historias que le contaban cuando era pequeña sobre el hombre del saco que iba a ir a buscarla a su casa para llevársela. Tuvo la sensación de que por fin había dado con ella. Un repartidor se asomó por detrás del muñeco gigante con un paquete en las manos que ofreció a Adriana.*

—¿Quiere que lo meta dentro? —preguntó mirando al conejo.

—Sí, por favor —contestó ella después de dudar un momento, aún aturdida, mientras daba toquecitos en la espalda de Lucas para tranquilizarlo y que dejara de llorar.

El hombre agarró el muñeco y lo llevó a la casa.

—Déjelo ahí mismo —dijo Adriana en cuanto el repartidor cruzó el marco de la puerta.

El muchacho obedeció y, después de desearle un buen día, Adriana cerró la puerta. La mujer, que agarró el paquete como pudo, puso al niño en el suelo. Lucas lloraba desconsoladamente, pero su madre había dejado de escucharlo, no oía más que el latir de su corazón a mil por hora. Abrió el paquete y sacó un disfraz de conejo de peluche blanco con una cola redonda en forma de pompón y una diadema con unas orejitas del mismo material. Junto a ello vio una nota doblada. Adriana la desplegó temblorosa y leyó lo que venía manuscrito: «Querida, con esto nuestro conejito va a estar de lo más comestible. Elvira». Al acabar soltó la nota sin querer. Su cuerpo no reaccionaba porque sabía lo que significaba aquel regalo: Lucas iba a ser la imagen de Sweet Bunny y, por lo tanto, se convertiría en el niño más famoso de España. Eso cambiaría sus vidas para siempre, les brindaría tantas oportunidades que el sueño de Adriana por fin se haría rea-

lidad. Se agachó para consolar al niño y recoger la nota. Lucas dejó de llorar al sentir que su madre le acariciaba la mejilla. Adriana volvió a mirar desde ahí abajo al conejo, que, desde ese ángulo, parecía todavía más alto y amenazador. Esta vez sí sabía que era imposible que hubiera alguien dentro de él, pero aun así no pudo remediar acercarse gateando para comprobar si escuchaba el sonido de una respiración. Al llegar junto a él, la mujer se incorporó poco a poco sin dejar de mirar aquellos ojos oscuros y penetrantes, temiendo que en cualquier instante pudiera abalanzarse sobre ella y agarrarla por el cuello hasta que las órbitas de sus ojos estuvieran a punto de salir disparadas y asfixiarla. Siguió subiendo lentamente, sin dejar de mirar los ojos del muñeco ni las enormes manos al ritmo del latido de su corazón, que golpeaba cada vez a mayor velocidad. Percibió su respiración y su contundente olor a sexo. Cuando estaba a la altura del pecho del muñeco, se imaginó que abría su enorme boca llena de dientes afilados y se lanzaba a su yugular. Intentó apartar ese pensamiento de su mente para mantener la calma, pero justo en ese instante Lucas empezó a llorar de nuevo y el inesperado llanto hizo que a Adriana casi se le parara el corazón.

22

El sonido de los pasos de alguien caminando por el pasillo hizo que Candela levantara la vista de su móvil una vez colgó a Mateo. Frente a ella apareció Néstor Garmendia vestido con una americana y debajo de ella una camisa desabrochada. Candela pensó que probablemente era el tío más guapo que había visto en persona, aunque la manera de vestir y la arrogancia con la que andaba hacían que perdiera todos los puntos de golpe. El gesto de Néstor era serio. Detrás de él iban Julio y el chico que antes la había ayudado, quien, después de hacer un gesto al representante, volvió a desaparecer doblando la esquina del pasillo.

—¿Qué ha ocurrido? —preguntó alarmado el padre de Lucas nada más acercarse a ella.

Por la manera en la que hizo la pregunta, Candela dedujo que sabía que era algo importante, pero no de qué se trataba. La mirada de Julio, que estaba detrás de él, se lo confirmó.

—Señor Garmendia, ¿podemos hablar un momento en su camerino, por favor? A solas —dijo mirando a Julio, que le devolvió una mirada suplicante. Candela entendió que tendría que ser lo más rápida posible, pero sin dejar de hacer bien su trabajo.

El padre del niño asintió con la cabeza y adelantó a Candela en dirección a su camerino, dando por sentado que ella lo seguiría. Antes de hacerlo, la teniente miró al representante con un gesto amable para que estuviera tranquilo y no interfiriera en la conversación. Recorrió de nuevo el pasillo y entró detrás de Néstor, cerrando la puerta a su paso. El hombre la miraba expectante, se notaba que estaba muy preocupado.

—Su exmujer, Adriana, nos ha llamado esta mañana…

—No es mi exmujer, nunca hemos estado casados.

—Cierto. La madre de su hijo nos ha llamado porque Lucas ha desaparecido.

—¿Cómo?

—Estaba con su madre en casa, tenían la puerta del salón abierta, ella fue al baño y cuando regresó el niño ya no estaba. Ella insiste en que alguien se lo ha llevado.

Néstor palideció de golpe.

—No puede ser, ¿han buscado bien? ¡Lucas! Mi Lucas… —exclamó terriblemente afectado.

—También nos ha contado que no tienen muy buena relación y que usted la había amenazado con llevarse al niño para gestionar sus cuentas en redes sociales y beneficiarse de lo que factura a través de ellas —continuó diciendo Candela.

—¡Qué hija de puta! ¿Para beneficiarme? ¿Han comprobado si ha sido ella y que todo esto no sea alguna artimaña de las suyas para jugármela? Escuche, lo único que quiero es que deje de subir fotos del niño a todas horas. Por supuesto que no quiero hacerlo yo y menos beneficiarme de ello. Ya gano dinero con mi trabajo, con mi profesión, y nunca he tenido problemas económicos, más bien al contrario. No necesito explotar a mis hijos para vivir en una nube construida a base de inventar cuentos de hadas de catálogo. —Con aquella afirmación Néstor se había ganado el respeto de Candela—. He leído mucho sobre el tema, ¿sabe? Los menores de edad están protegidos por la ley y exponerlos en exceso en las redes puede traerles problemas. No sabemos quién ve esas imágenes ni para qué se pueden usar. —Candela asintió, dándole la razón. Estaba claro que era un tema que lo asqueaba, igual que a ella; lo aprovecharía para ganarse su confianza—. O hasta qué punto ponemos en peligro la vida de unos niños que no han pedido ser expuestos. Ya le digo que el mío no, desde luego —sentenció de forma dramática. Después de unos segundos, un poco más calmado, continuó—: está tan obcecada en tener fama y ganar dinero que no piensa en cómo todas esas fotos vestido de conejo repercutirán después en su adolescencia, incluso cuando sea más mayor. Todos los motes que le pondrán… Si cuando yo era pequeño un apodo o una coña en tu pequeño círculo te perseguía de por vida, no me quiero imaginar lo que será ahora que lo ve todo dios en las redes sociales. Cada vez que la escucho llamarlo «mi conejito», me pongo malo. Ser el niño más famoso de España gracias a esas ridículas fotos disfrazado puede joderle el futuro, por no hablar de su infancia. Los jóvenes de ahora, activos en redes sociales, tienen que convivir con una «reputación digital» que los condiciona por completo. No solo sienten la presión de la gente de su entorno, sino la de los cientos, miles y hasta millones de desconocidos que los siguen y juzgan a través de una pantalla. Se convierten en esclavos del qué dirán, se lo digo yo, que sé de lo que hablo por mi profesión. Su imagen se puede ver dañada no solo por cómo se muestran ellos mismos en sus propias redes, sino por cómo lo hacen sus padres y el entorno que los rodea. A la larga esto los perjudicará en todos los ámbitos: el social, el educativo e incluso en su futuro laboral. Los niños tan pequeños no deben ser expuestos, y cuando van cumpliendo años y tienen edad suficiente hay que darles a elegir si quieren que se suba una foto o no, están en su derecho. Así por lo menos estarán conformes con la imagen que mucha gente, que en su mayoría ni conocen, tendrá de ellos. Yo no quiero que mi hijo siga apareciendo en todos lados hasta que tenga la capacidad de decidir si quiere hacerlo o no. Por eso, como verá, me he informado mucho sobre el tema y no pienso ceder ni lo más mínimo.

Cuando terminó de hablar, Candela estaba sorprendida por que alguien tan guapo pudiera tener un discurso tan inteligente. Le había roto todos los prejuicios. Quería aplaudirlo, ojalá hubiera más padres que pensaran así. Pero notó, al escuchar las últimas palabras, que se le había formado un nudo en el estómago y tuvo que esforzarse para no ir al baño a vomitar. De pronto no se encontraba bien, tenía ganas de echarse a llorar. No había nada que le doliera más que el sufrimiento de un niño indefenso ante la amenaza inminente de una realidad que, de alguna manera, estamos aceptando todos.

—¿Está segura de que no lo ha preparado ella para joderme por haberle capado el negocio? Igual lo ha escondido para luego acusarme de que me lo he llevado o algo parecido. Usted no la conoce, es capaz de cualquier cosa.

—Eso no lo sabemos, pero esté seguro de que, si ha sido así, lo averiguaremos. Señor Garmendia, ¿qué ha hecho esta mañana?

—He estado trabajando.

—¿Y antes de que lo recogieran?

—He ido a desayunar con Julio, mi representante. Queríamos hablar de posibles proyectos y celebrar que venía a rodar. De todas maneras, siempre me acompaña en mi primer día. ¿Cree que han podido hacer daño a Lucas? ¿Han pedido algún rescate? —Néstor estaba visiblemente conmocionado.

—De momento nadie se ha puesto en contacto con la madre, aunque no descartamos que lo haga próximamente. Señor Garmendia, no debemos adelantar acontecimientos, ahora lo principal es recopilar información del entorno. En este instante hay un equipo muy extenso de personas cualificadas que trabajan para intentar dar con su hijo lo antes posible. Vamos por buen camino.

El modelo la miró a los ojos intentando averiguar si estaba siendo sincera con él o si simplemente trataba de consolarlo, aunque supiese que las posibilidades de encontrar al niño con vida podían ser bastante nulas.

—Y, por cierto, yo no quiero quitárselo, sino ella a mí. ¿Sabe que Adriana no me dijo que Lucas era hijo mío? Tuve que enterarme por amigos comunes y mover cielo y tierra para que hubiera una prueba de paternidad, que, por supuesto, fue positiva y me dio la razón. No satisfecha con esto, después quiso quitarme la custodia. Pretendía que no tuviera ningún tipo de derecho a decidir sobre las actividades de mi hijo. Pero, como no se llevaba el gato al agua, se inventó que Lucas se rascaba sus partes constantemente y decía que eso tan malo se lo había hecho «papá». Cada vez que lo pienso... —Sus ojos se llenaron de lágrimas—. Era mentira, lo examinaron y no tenía nada. El pobre repetía lo que ella lo obligaba a decir, era evidente. Lo había entrenado, como siempre ha hecho. Diga lo que diga, no confíe en ella, por favor.

Por desgracia no era la primera vez que Candela escuchaba una historia parecida. Cada vez eran más los casos de mujeres que, asesoradas por sus abogados, utilizaban temas similares para conseguir la custodia de sus hijos o un acuerdo de separación que solo las favoreciera a ellas. Algo que a Candela le daba mucha rabia, sobre todo cuando se conseguía demostrar que mentían. Hacían un flaco favor a toda esa gran mayoría de mujeres que sí padecían esas injustas calamidades y necesitaban ayuda de verdad.

—Tengo entendido que no perdió la custodia.

—No, por fortuna pude demostrar que todo era falso y me dieron permiso para ver a Lucas. Hasta ahora...

—¿Y nunca ha visto a su hijo sin el consentimiento de Adriana?

El hombre se quedó en silencio, la sombra de la duda planeó por su mirada. Los años de experiencia le decían a Candela que claramente se estaba debatiendo entre si contarlo o no. Por fin se decidió.

—Cuando me enteré de que tenía un hijo, quise conocerlo, como es normal. Ella se oponía; de hecho, hasta me amenazó. Yo en ese momento no quería entrar en una guerra, lo único que deseaba era conocerlo. Mirarlo a los ojos y decirle que yo era su padre y que, aunque no hubiera estado junto a él, a partir de ese momento no iba a abandonarlo. Nunca más lo dejaría solo. Averigüé que lo llevaba a la guardería del colegio donde iba Judith. Así que muchos días me plantaba con el coche para verlo salir cuando su madre iba a recogerlo. Yo lo miraba desde una distancia prudente, luchando por controlar mis ansias de salir del coche y abrazarlo. Igual suena extraño, pero no me había planteado en serio ser padre hasta que lo vi y descubrí parte de mí en él; experimenté una especie de amor irracional. Siempre se habla del apego de las madres a sus crías, pero a un padre tampoco se lo debe privar de ver a su hijo.

Las palabras de Néstor la estaban emocionando, pero una vez más no mostró ni el más mínimo ápice de fragilidad.

—A no ser que sea un monstruo… —respondió Candela.

—No es mi caso, se lo aseguro.

—Pues los hay, ya lo sabe. Y muchos.

—El único error que cometí fue fiarme de ella… y colarme en el colegio para estar un rato con él. No me mire así…, le explico. Un día entré; estaban haciendo obras en el polideportivo y había tanto trajín de tíos yendo y viniendo que nadie me lo impidió.

—¿Nadie lo vio ni le preguntó nada?

—No, tuve suerte. La puerta grande del patio estaba abierta para meter el material de la obra. Los obreros estaban a lo suyo y yo entré directo al centro por una de las puertas traseras, lo conozco bien de cuando Adriana me liaba para que fuera a recoger a Judith cuando ella no podía. Avancé hasta la zona donde están las aulas de los más pequeños y esperé en el baño que hay justo enfrente, al comienzo del pasillo. Dejé una pequeña ranura abierta desde donde podía ver la puerta de la clase. Cuando por fin salió la profesora, me puse muy nervioso. Estaba pendiente de cada niño que asomaba por la puerta y se colocaba en fila india. La suerte se puso de mi lado: Lucas era uno de los últimos en salir. Está mal que yo lo diga, pero cuando ves a mi hijo ya no te puedes fijar en nada más. Salí rápidamente, pero con mucho cuidado, y lo agarré tapándole la boca durante unos segundos para que no gritara. Cada vez que pienso en ese momento, me arrepiento. Es el mejor ejemplo que puedo poner de todo lo malo que Adriana es capaz de sacar de mí. Lo hice tan rápido que los dos niños que estaban detrás de él ni se enteraron. Siguieron andando embobados… Una vez solos, para que no llorara le regalé un coche rojo. Después me presenté y le prometí que pasaría muchísimo más tiempo con él. Nuestro primer encuentro no duró más de diez minutos, pero para mí fue un antes y un después. Le indiqué el camino de vuelta a la clase y me aseguré de que entrara. Cerré la puerta y me marché; supuse que, en cuanto la profesora llegara al comedor y viera que no estaba, volvería a por él.

—Se equivoca. Adriana me ha contado la misma historia, pero sin saber que era usted quien se lo había llevado. Por lo visto ese día la profesora era una suplente que no los tenía controlados y se dio cuenta en mitad del patio, al terminar de comer. Cuando fue Adriana a buscarlo, le dijo que el niño se había escapado, que debían tener cuidado con él, que era un verdadero peligro… Pero ella sabía que era imposible que hubiera hecho algo así, Lucas siempre ha sido muy miedoso, según dice.

—Ya le he dicho que me arrepiento de las formas, pero no de haberlo hecho. No tuve más remedio. No sé si usted es madre, pero estoy seguro de que, si lo es, habría hecho lo mismo.

Candela recibió las palabras como una puñalada en el pecho. No era la primera vez que oía un comentario semejante. Siempre aparecía de una u otra forma; al fin y al cabo, era habitual que una mujer de su edad tuviera hijos. Y aunque se repitiera una y otra vez que estaba más que preparada para escucharlo, era inevitable que se llevara el golpe cada vez que se lo mencionaban.

—¿Cuándo fue la última vez que pasaron tiempo juntos? —preguntó con la frialdad a la que recurría como defensa.

—El fin de semana pasado.

—¿El niño estaba bien? ¿Notó algo anormal?

—Últimamente estaba rarillo, más bajo. Un poco más apagado.

Candela se puso en guardia al escuchar prácticamente las mismas palabras que había utilizado la directora del colegio de Lucas para describir su comportamiento en las últimas semanas.

—¿Sabe el motivo?

—No exactamente, pero fue a raíz del proceso legal que empecé para impedir que su madre siguiera exponiéndolo de manera despiadada en redes. Adriana se volvió loca cuando recibió el burofax de mi abogado y me llamó fuera de sus cabales. Desde ese momento, la actividad «profesional de mi hijo» ha sido prácticamente interrumpida, como habrá podido comprobar. Ya casi no suben nada, sabe que lo estamos mirando todo con lupa, y creo que se ha acabado todo el circo de Sweet Bunny… Supongo que su madre, al verse destronada, estaría fuera de sí y eso afectaría al niño. Pero no me arrepiento, no podía consentirlo. Además, la ley me da la razón: cuando uno de los dos progenitores decide que no se suban fotos, puede pedirlo y denunciar si se hace.

—Esto fue…

—Hace un par de meses —dijo y, después de permanecer un instante en silencio, añadió—: Lo que más me jode es que ella ni siquiera quería tenerlo.

—¿A qué se refiere?

—No quería volver a ser madre, estaba hasta el gorro de Judith… La tenía todo el día con los vecinos. Pasaba de ella…

Candela dejó que transcurrieran unos segundos y, con todo el tacto que pudo, preguntó:

—¿Sabe si su hijo tenía un seguro de vida?

El padre captó lo que implicaba la pregunta y sus ojos se llenaron de lágrimas al instante.

—Que yo sepa, no.

Candela lo miró a los ojos; pese a su belleza desorbitada y los prejuicios que había tenido hacia él, debidos a su profesión, le parecía que aquel hombre era sincero y se preocupaba de una manera sana por su hijo.

—¿Puede darme el nombre del lugar donde han desayunado, por favor?

—Sí, claro, es una cafetería que se llama La Ida. Nos sentamos a la mesa que está pegada a la cristalera, la camarera me conoce muy bien. —Hizo un gesto que daba a entender que se refería a de una manera personal más que profesional—. He pagado con tarjeta, le puedo mostrar el detalle en la aplicación del banco. De hecho, mire también esto.

Néstor sacó su móvil y le enseñó una fotografía tomada en modo selfi en la que aparecía junto al representante sentados a una mesa con un delicioso *brunch* que esperaba ser devorado. Los dos sonreían alegres. Después de dejársela ver a Candela, clicó en la información de la instantánea y le mostró la hora y la fecha: efectivamente, era una imagen de las nueve y media de esa misma mañana. Candela le sonrió con amabilidad.

Después de despedirse de Néstor y Julio, y de pedirles que estuvieran localizables en todo momento, Candela se dirigió a su coche. Mientras recorría la parcela del polígono hasta donde había aparcado, se reafirmó en que no podía estar más de acuerdo en lo que había dicho el padre de Lucas. Vivimos en un mundo en el que todo se encasilla y todo se sabe. Estamos determinando y condenando con ello a nuestros hijos. Les robamos su identidad, creándola a nuestro antojo con una selección de imágenes y vídeos que decidimos mostrar cuando nos da la gana. Había podido palpar su dolor, no podía empatizar más con todo el sufrimiento de ese padre. Lo único que esperaba era poder ayudarlo, ojalá todo saliera bien y sirviera para que esa mujer dejara de explotar a su hijo. Cuando estaba a punto de abrir la puerta de su automóvil y llamar a Mateo para actualizar la información y contarle que el padre tenía una coartada perfecta, le vino una idea a la cabeza. Abrió de nuevo el mail con las fotografías de Judith en el embalse e imitó lo que acababa de hacer el padre del niño con sus fotografías del desayuno. Dio a la información de la primera imagen y repitió la operación sucesivamente con las siguientes. Para su sorpresa, comprobó que ninguna había sido tomada esa misma mañana, sino varios días atrás. Judith estaba mintiendo…

23

Mateo se sentó frente al *set up* de trabajo, compuesto por dos monitores y un teclado, que tenía montado en su casa: un pequeño estudio ubicado en un bloque lleno de estudiantes, en su mayoría del Real Centro Universitario María Cristina de El Escorial. La casa no era gran cosa, un cuadrado de pequeñas dimensiones en el que había una cocina abierta al salón con una mesita, un sofá cama en el que dormía y un televisor. Lo único que estaba separado era un baño minúsculo. El punto bueno, aparte de que estaba pegado al monasterio de El Escorial, era que todo estaba nuevo, pues cuando lo alquiló lo acababan de reformar. Otro plus era que estaba rodeado de gente de más o menos su edad, lo cual le permitía seguir en el ambiente de jaleo y fiesta constante que había tenido que abandonar pronto para estudiar y aprobar las oposiciones y volcarse después en el trabajo que tanto disfrutaba. El cuerpo y la mente ya no le daban para salir a todas horas. Sin embargo, le gustaba estar a todo y tenía una buena relación con la mayoría de los vecinos de su planta y también con los amigos de estos; algunos vivían en otros pisos del edificio. Por eso, si no le tocaba guardia o investigar algo importante, como ahora, le gustaba unirse a las reuniones que hacían sus vecinos, antes o después de venir de fiesta, y participar en los debates sobre el tema que se terciara. A ritmo de buena música, copazo y caladas de porro, discutían principalmente sobre el último escándalo de Twitter, cualquier chorrada de los youtubers de turno y demás rarezas de las redes. Le encantaba explayarse con ellos, consciente de que era un verdadero experto y no había detalle que se le escapara. Sin embargo, por friki que se considerara, siempre terminaba descubriendo algo que desconocía, y eso era impagable.

Había bajado las persianas de la ventana que daba al patio interior, como en todas las viviendas, ya que el edificio era una antigua corrala. Siempre se concentraba más por la noche, con las luces apagadas. Le gustaba esa sensación de perder la noción del tiempo. Pero, sobre todo, lo hacía para que ninguno de sus amigos viera que estaba en casa y le pillara por banda para contarle alguna batallita. Antes de sentarse en su pequeño oasis, rodeado de pósteres de películas de terror y figuritas de los famosos asesinos en serie que las protagonizaban frente a sus dos monitores, con los que le era posible trabajar en paralelo, había calentado tres trozos de pizza de la familiar que había pedido la noche anterior. Había aprendido un buen truco en uno de sus improvisados *afters:* si recalentaba la pizza en el microondas junto con un vaso de agua, esto hacía que estuviera más que pasable un día después. Por lo menos no se quedaba blanda como una goma. Dio un bocado y, sin dejar de mirar las pantallas, comprobó que no estaba nada mal.

Enseguida, toda su atención estaba puesta en dar con el dueño de la cuenta Mimi9.4.94. Con ese nombre se esperaba cualquier cosa, como que detrás se escondiera desde una millonaria pija y caprichosa hasta un pederasta con sobrepeso que usaba chupetes para masturbarse, o un sicario encargado de secuestrar al valioso niño para «alimentar» una red de tráfico de órganos organizada por gente poderosa que los necesitaban para sus propios hijos. En un primer barrido comprobó que con ese nombre no había más que un usuario registrado en Instagram. Ni rastro en Facebook, Twitter ni TikTok. La cuenta era privada, luego no podía acceder a sus datos ni ver quién o a quién seguía, pero la foto de perfil era, por sí sola, un buen aperitivo que le había despertado un hambre voraz: una silueta negra de un hombre erguido que resultaba de lo más espeluznante. No había nada que le pusiera más que el cosquilleo que le provocaba en el estómago aquello que le daba miedo. En la descripción ponía: «Community manager, publicity, art». Mateo se preguntó si se trataba de un *flipao* o si realmente tenía contactos fuera de España y por eso utilizaba el idioma sajón. Después introdujo *@LucasSweetBunny* en Instagram y fue directo a pinchar en su muro, justo en la última publicación en que aparecía el niño con su disfraz de conejito.

El retrato tenía más de doscientos mil likes y miles de comentarios. La mayoría de ellos eran corazones de todos los colores, la carita del emoticono amarillo con dos corazones en los ojos, cabezas de conejitos, zanahorias y palabras de amor e incluso de admiración. Conforme iba deslizando el dedo, Mateo comprobó que los seguidores que interactuaban en su mayoría eran mujeres y chicas que tenían fotos de ellas mismas embarazadas o caras de niños, sus hijos probablemente, como foto de perfil. Aunque también había chavales y hombres. Hacia la mitad del recorrido, la silueta del desconocido que acechaba llamó su atención. Era increíble como una sola imagen, que en realidad no era más que una sombra, podía acabar de un golpe seco con lo empalagoso de los mensajes anteriores. El misterioso usuario había escrito: «Mira MD». Adriana le había mandado el resto de los mensajes en pantallazos y ya los había releído varias veces. Buscó el post anterior donde el niño saliese también disfrazado y, después de un rato de estar atento, comprobó que no había constancia del tal Mimi9.4.94. Ni había escrito ni dado a like. Tampoco en las dos publicaciones que lo precedían. La última foto había sido publicada hacía tiempo, por lo que no podía afirmar que el contacto con Lucas fuera reciente ni si vigilaba sus posts desde mucho antes, ya fuera desde el mismo perfil o desde otro. En cualquier caso, siempre de manera anónima. Lástima que tampoco pudiera ver cuándo había comenzado a seguirlo para aclararlo.

Llegado a este punto solo le quedaba una opción: bucear en su querida Deep Web, el paraíso para el delincuente que sueña con que nadie pueda encontrarlo. Gracias a los dominios y a una dirección IP anónima, era prácticamente imposible dar con ellos. Estaba convencido de que, si las intenciones de esa persona eran tan oscuras como sugería la imagen que lo representaba, tenía que estar entre los millones de personas de todo el mundo que buscaban u ofrecían truculencias de todo tipo en lugares como las Red Rooms, o habitaciones rojas, a cambio de bitcoins, el tipo de criptomoneda más utilizada. Entre lo más común se anunciaban sobre todo drogas, pero también blanqueo de dinero, tarjetas de crédito y documentación de identidad falsa, activismo político, explotación sexual, porno, armas, sicarios, trata de seres humanos, hackers profesionales… También se podían localizar webs con contenidos racistas, xenófobos, mutilaciones, violaciones, asesinatos y pornografía infantil. No tenía tiempo que perder, así que rastreó en todas las entradas en las que se mencionara algo relacionado con menores: pederastia, secuestros, venta de órganos y similares. El panorama era aterrador; la oferta, ilimitada, pero no le pareció encontrar nada que pudiera asociar a Lucas o a la cuenta que se había puesto en contacto con su madre a través de los mensajes directos de Instagram. Siguió buceando entre lo que para muchos, incluida Candela, era un océano de perversión capaz de quitar el sueño a cualquiera. Sin embargo, él estaba más que acostumbrado a lidiar con todas esas atrocidades, de las que, por suerte, muchas eran falsas. Abundaban los anzuelos para timar a la gente; una vez abonado el dinero que se exigía por el servicio contratado, gracias al anonimato del vendedor, era imposible exigir una reclamación si no se recibía lo pactado. Era casi un acto de fe, aunque, en la mayoría de los casos, las personas que pagaban esas cantidades de dinero podían asumir el riesgo.

El tema era duro, pero Mateo encontraba cierto placer en descubrir nuevos ámbitos y secretos dentro de ese mundo cibernético paralelo que tan poca gente conocía y que le permitía adquirir cierto control para navegar dentro de algo tan complejo como era la Deep Web. Cada dificultad que encontraba suponía un nuevo reto, y eso lo mantenía vivo, tanto que en ocasiones su dedicación llegaba hasta límites cercanos a la obsesión. Tenía tal enganche que después, en su día a día, le era imposible desconectar y no darle vueltas a cualquier acontecimiento normal para sacar la parte más escabrosa. Era capaz de pasarse noches enteras sin dormir hasta llegar al quid de la cuestión. Candela se cachondeaba y le aconsejaba que se lo tomara con más calma, pero también sabía que eso era lo que lo diferenciaba del resto de sus compañeros.

De pronto, la suerte vino a verlo cuando, al revisar los usuarios que contaban con los contenidos más visitados, encontró un vídeo *snuff* del asesinato de una adolescente llamada Laura García Hernández…, y quien lo anunciaba era el mismísimo Mimi9.4.94.

24

Junto a la descripción del vídeo había un clip de diez segundos que tenía como portada la imagen de una chica tumbada bocabajo en un césped lleno de barro y que miraba con cara de pánico algo que estaba fuera del plano. Mateo dio al play; los primeros segundos no mostraban nada diferente de la imagen congelada que ya había visto. Sin embargo, el sonido era terrorífico. La chica intentaba gritar, pero solo emitía sonidos guturales. Mateo pensó que quizá estaba sedada, porque permanecía en la misma posición sin moverse, solo sus ojos reflejaban el miedo que estaba pasando. Por encima de estos ruidos se escuchaba como el gruñido de un animal salvaje y después ladridos llenos de rabia a todo volumen. Enseguida apareció en pantalla lo que Mateo interpretó como la fuente de sus miedos: un hombre desnudo y a cuatro patas que caminaba hacia ella por el barro. Llevaba puesta una máscara hecha con la cabeza real de un dóberman. La sangre chorreaba por todo su cuerpo dejando un reguero a su paso. Quien estuviera bajo aquel escabroso disfraz había decapitado al animal y le había arrancado la piel para después colocársela sobre la cara como si fuera una mascarilla hidratante. Era realmente asqueroso. Justo cuando estaba a punto de alcanzar a la chica, el clip llegó a su fin.

Así que a eso se dedicaba el tal Mimi; su dulce nombre ahora resultaba mucho más irónico. Antes de entrar en el perfil, guiado por el morbo, escribió el nombre de la chica en el buscador para saber si había información sobre ella y se conocía su paradero. Enseguida la pantalla se llenó de noticias con el rostro de la adolescente. Era una joven realmente guapa: cara redonda, tez blanca y unos enormes y rasgados ojos verdes. Ordenó las entradas por orden de subida y pinchó sobre una de las últimas. Era una noticia correspondiente a uno de los principales periódicos nacionales. En ella se recordaba «el que sin duda fue el crimen más turbio de los últimos años». Según contaban, Laura García Hernández apareció descuartizada en el garaje de un centro comercial donde había quedado días atrás. Le habían arrancado los brazos y las piernas a mordiscos y los habían dejado tirados junto al cuerpo. El rostro también presentaba mordeduras en las mejillas, pero lo peor fue cuando se descubrió que todo había sido obra de un ser humano. Esto lo convirtió en un caso controvertido. Su hermano Jaime siempre mantuvo que se trataba de canibalismo, pero la policía tardó más de dos semanas en confirmarlo. Según el hermano de la víctima, fue gracias a la presión mediática que había impulsado él. La batalla en los medios se prolongó, pues no se conseguía dar con el asesino. Jaime repetía que tenía que haber un asunto muy gordo detrás para que se esforzaran tanto en que no se supiera la verdad sobre lo que le había ocurrido a su hermana. Llegó incluso a hablar de altas esferas, gente importante con el poder suficiente como para frenar la investigación. El hermano de la víctima había estado volcado día y noche en que saliera a la luz aquello que se obstinaban en preservar, en esconder a la opinión pública.

Un mes más tarde detuvieron al que el ministro del Interior y la Policía Nacional consideraron culpable: un hombre de cincuenta años con antecedentes por pederastia que había acudido al centro comercial la misma tarde que Laura. Jaime siempre mantuvo que ella había ido a reunirse con una misteriosa cita y la policía tenía claro que era ese hombre. De hecho, la grabación de una cámara de seguridad mostraba al pederasta acercándose a la niña en la primera planta del centro. Además, cuando estaba acorralado, a punto de ser detenido, se había pegado un tiro en la cabeza. Parecía que no había dudas. No hicieron falta más pruebas; la opinión pública se quedó más tranquila, pero Jaime siguió manteniendo que el crimen estaba relacionado con las escabrosas actividades que llevaba a cabo una agencia de publicidad de renombre junto con sus clientes destacados, la gente más poderosa del país. Para desarrollar esta teoría contó con la ayuda de una mujer cuyo marido era empleado de esta y que había muerto en extrañas circunstancias. Todo ello quedó reflejado en numerosos artículos publicados en páginas web temáticas.

A Mateo estaba a punto de estallarle la cabeza: la gente más poderosa e influyente de España metida en una trama de asesinatos de adolescentes mediante rituales y grabaciones *snuff*. La historia parecía sacada de los peores crímenes de nuestro país ocurridos en los años noventa. Volvió la vista al otro monitor, fascinado por lo que acababa de leer. ¿Qué clase de agencia haría algo así y qué relación tenía Mimi con todo ello? Era obvio que debía de estar metido en el ajo. ¿Sería él quien se ocultaba bajo la máscara del animal y quien había arrancado a mordiscos las extremidades de la adolescente, o habría sido otra persona? En cualquier caso, estaba bastante claro que, como afirmaba Jaime, el culpable no era el pederasta que se había suicidado —a no ser que hubiera actuado después del hombre con la máscara de perro que salía en el vídeo—, sino alguien que probablemente seguía en libertad y que, por la cantidad de vídeos que anunciaba, no había dejado de matar. Había una larga lista en la que se ofertaban grabaciones de violaciones y asesinatos de otras muchas adolescentes, era acojonante. El tipo que pretendía ver a Lucas era quien comercializaba el vídeo de aquella pava tan famosa en su momento y de todas las demás víctimas. Quizá podía ser también el autor. Era la hostia, estaba de suerte. Ante él se abría todo un mar de posibilidades. Solo por esos momentos su trabajo merecía la pena. La gran pregunta ahora era si, años después, el culpable estaba interesado en Lucas para darle un destino similar al de la pobre Laura.

25

Desde que la teniente de la Guardia Civil encargada de llevar la investigación de su hijo y su ayudante se fueron, Adriana no había dejado de dar vueltas, encerrada en la habitación de Lucas. Se sentía un animal enjaulado. La ansiedad y el miedo invadían todo su cuerpo. La incertidumbre era el peor enemigo que había tenido y ahora volvía a estar más presente que nunca. No podía más, se dejó caer sobre la cama de su hijo y cerró los ojos. Intentaba tranquilizarse, pero los pasos de los agentes yendo y viniendo de un lado a otro la sobresaltaban constantemente. Sentía cada movimiento, cada ruido o golpe que daban a algún mueble como una agresión. Le violentaba mucho cómo todas esas personas extrañas rebuscaban entre sus cosas sin respetar su intimidad. Su móvil sonó por quinta vez en la última media hora. En la pantalla aparecía el nombre de Néstor, el padre de su hijo.

Una vez más, tocó en el lateral del teléfono para quitar el volumen y esperó a que se cansara de llamarla. Sin embargo, a los pocos segundos llegó una notificación que indicaba que le había dejado un mensaje en el contestador. Se pegó el teléfono a la oreja y marcó para escucharlo: «Sé lo que has hecho. Me estás castigando. Se trata de eso, ¿no? Pues te voy avisando de que no pienso ceder, pero no por mí, sino por Lucas. Por favor, no hagas el tonto. Déjalo aparte de todo esto… Por favor. Solo te…».

Adriana colgó y se quedó mirando al frente, hierática. Allí estaba el ordenador desde el que grababa muchos de los vídeos y directos de Lucas. La webcam apagada enfocaba directamente hacia la cama donde estaba sentada. En su mente, la luz roja se encendió de la misma manera que la noche en que probó a Lucas su disfraz de Sweet Bunny por primera vez.

Elvira había enviado un repartidor con el traje como sorpresa y después le pidió que se lo probara para mandarle una foto. Adriana esperó a después del baño, le secó el pelo a conciencia para que le quedara perfecto y fue a la habitación de Lucas, donde había dejado el disfraz sobre la cama. Frotó bien al niño con la toalla y se la quitó para vestirlo. Lucas era muy obediente y aguantó de pie muy quieto pese al frío que tenía. Cuando Adriana le estaba poniendo el mono de peluche, se dio cuenta de que el piloto rojo de la cámara del portátil, que solía estar en la mesa del cuarto de Lucas, estaba encendido. ¿Alguien los estaba viendo? Imaginó a Elvira observando al otro lado, junto a Zeus y Ángel, sus hombres de confianza. Retiró la mirada sin saber qué hacer.

El niño estaba tiritando. No era el momento de echar piedras sobre su propio tejado, aún no se lo podía permitir. Entonces le quitó el mono y le dio la vuelta para que mirara hacia la cámara. Muy lentamente cogió la toalla del suelo y con mucha suavidad volvió a recorrer con ella el cuerpo desnudo del niño. Mientras mantuvieran las distancias, no había nada que temer. Después lo vistió con el disfraz. Sacó el móvil y lo retrató con él. Era, sin duda, el conejito más bonito que había visto nunca, con sus enormes ojos azules y sus mofletes rosados. Parecía un peluche.

Al visualizar aquel momento, Adriana se levantó de golpe de la cama. Sus oídos se taponaron, porque tenía un presentimiento tan fuerte que ya no sentía a los agentes por toda la casa. Se dirigió al armario de su hijo y abrió los cajones uno por uno, removiendo todo, cada vez más desesperada. No podía ser, el disfraz de conejito de Lucas no estaba. También se lo habían llevado…

26

Mateo seguía frente a los monitores dando al play de cada uno de los vídeos que anunciaba Mimi. Como fanático del cine gore no era fácil de impresionar, pero el abanico de barbaridades que habían hecho a esas adolescentes lo tenía pegado a la silla. Una notificación de WhatsApp le hizo mirar el móvil. Uno de sus amigos más cercanos, que era casi más friki que él, le escribía: «Flipa con lo del virus este que dicen que hay en China. Parece una de zombis, qué acojone, bro», seguido de un vídeo. Mateo lo abrió y en él aparecía un hombre chino esperando en una parada de autobús; de golpe se levantaba y empezaba a tener espasmos hasta que segundos después caía fulminado. Su amigo seguía escribiendo: «La peña cae como chinches». En ese momento, el nombre de su jefa ocupó toda la pantalla del teléfono: Candela lo estaba llamando.

—Jefa, me has leído la mente —dijo nada más cogerlo—. Iba a llamarte ahora, pero me he quedado *agilipollao* con lo de China.

—¿Qué de China?

—El virus ese que mata a la peña. Por lo visto han tenido que cerrar un mercado porque se comían murciélagos y no sé qué más y mucha gente la está palmando.

—Mateo, ya te lo digo en serio, deja de ver Netflix o fumar mierdas. Mira, mejor deja las dos cosas. —Aquel buen humor solo podía significar que tenía algo bueno—. Primero yo —continuó Candela—. El padre está limpio, su coartada está contrastada: estaba con su representante desayunando. He llamado al restaurante y los recuerdan, es un cliente habitual. También se folla a la camarera. Por tener tiene hasta un selfi con su representante aproximadamente a la hora en la que debió de desaparecer Lucas. Me ha confirmado además nuestra sospecha de que Adriana *superstar* es una bicha y no nos ha contado la verdad. Es él quien la ha denunciado a ella por sobreexponer al niño en redes. Por otra parte, ella le ocultó que Lucas era su hijo y, cuando él se enteró, lo denunció por abusos para que no lo dejaran acercarse. Néstor probó que todo era falso y contraatacó poniéndola a ella en el ojo del huracán al denunciarla por explotar la imagen del niño para ganar dinero. Por eso estos meses de sequía. Ahí tienes el motivo por el que prácticamente ya no ha subido fotos de Lucas, porque sabía que, si llegaban a juicio, podría ir en su contra. Y si no hay fotos, no hay anunciantes; y si no hay anunciantes, se acabó el chollo, básicamente.

—Y si no hay chollo...

—¿El niño podría ser una carga? —dijo Candela haciendo dudar a su compañero.

—Por eso ya no va la asistenta, no es que no la necesiten, es que deben de ir bastante pillados de pasta.

—Pero no solo tengo eso. Adivina: de tal palo, tal astilla. La hijita también miente: las fotos que ha enviado no son de hoy.

Mateo se sorprendió.

—¿Seguro? La verdad es que las miré por encima y no me llamaron la atención.

—La fecha es de otro día, de hace un mes. ¿Has averiguado algo sobre la amiga con la que dice que se fue a hacer las fotos, has podido dar con ella?

—No, qué va. No me ha dado tiempo, estaba con lo del tal Mimi —dijo con tonillo triunfador.

—¡¿Qué tienes?! —preguntó Candela muy intrigada.

—Resumiendo: solo existe un perfil con ese nombre en Instagram, pero es privado, luego no he descubierto más de lo que ya sabíamos. Así que he tenido que jugar un ratito en la Deep Web —continuó sin cambiar de tono—, y he dado con alguien que con el mismo nick, o sea, Mimi9.4.94, incluida la fecha, ofrece películas *snuff*. Sabes lo que es, ¿verdad? —preguntó a su jefa.

—Sí, he visto *Tesis* mil veces, ¡sigue!

—Bueno, pues en ellas matan a menores, en algunos casos después de haberlos violado. En su mayoría chicas… Entre los vídeos había uno de una adolescente que descuartizaron hace años en La Vaguada; el principal sospechoso se voló los sesos cuando estaban a punto de detenerlo. En el anuncio hay un clip en el que se ve a la adolescente tirada en el suelo y cómo un tío a cuatro patas, con la cabeza de un perro puesta como si fuera una máscara, va hacia ella como una bestia.

—¿Se ve cómo la descuartiza?

—No tenía el pastizal que piden para poder verlo, pero me juego el puesto a que sí. Espera, que aún hay más: en las webs y foros que he consultado relacionaban el crimen con una red de asesinatos de adolescentes cometidos por una agencia de publicidad y sus clientes vip, ¡fliparías con la lista de nombres que hay! La peña con más poder del país… Suena muy loco todo, pero ¿y si hubiera cambiado el *target* de edad y la demanda ahora fuera de niños mucho más pequeños, como el conejito? Si algún cliente que se lo pueda permitir le hubiera hecho el encargo, eso puede explicar que espiara desde la casa de enfrente, como ha dicho Judith. Después de lo que acabo de ver, no me extrañaría nada que alguien así se hubiera encaprichado de Lucas y pagara una millonada por tenerlo…, y, por tanto, que Mimi estuviera detrás de la desaparición de Lucas.

—Sí, es muy probable que fuera la persona que los espiaba esta mañana.

—Tiene toda la pinta.

—Quizá también esté compinchado con Adriana —remató Candela intencionadamente.

—¿Tú crees? A ver si vas a ser tú la que ves Netflix, solo que a escondidas —bromeó.

—Voy para la casa, quiero hablar otra vez con la madre y con la hija. Tú estate muy pendiente por si localizas algún vídeo del niño, esperemos que no, y sigue buscando quién se oculta bajo ese seudónimo, pero quiero que lo hagas desde la casa de Lucas para tenerte cerca por si necesito tirar de ti.

—¡Hostia! —exclamó Mateo interrumpiéndola después de abrir la notificación que acababa de recibir en el móvil.

—¿Qué?

—Hostia —repitió—. Jefa…, no te lo vas a creer.

27

Candela abrió el enlace que le acababa de mandar Mateo por WhatsApp mientras conducía hacia la casa de Lucas. En cuanto vio de qué se trataba, paró el coche en seco a un lado de la carretera y analizó la fotografía intentando mantener la calma. A la maravillosa Judith no se le había ocurrido otra cosa que subir al muro de su perfil de Instagram un retrato de su hermano Lucas disfrazado de Sweet Bunny. Su majestad debía de creer que las advertencias de que se mantuviera la máxima discreción sobre el asunto no iban con ella, o quizá era tan sumamente idiota que no lo había pensado. En cualquier caso, había desobedecido una orden y puesto en peligro la investigación y, por lo tanto, a su hermano. La imagen no tenía ningún texto que la acompañara, por lo menos no había escrito nada sobre lo mucho que lo echaba de menos, que rezaba para que volviera pronto o alguna cagada similar. No como su madre, que era especialista en subir «cartas de amor» edulcoradas en cada foto que compartía de su dulce «conejito». Una de ellas había enfadado mucho a Candela; el texto lo había escrito junto a una foto similar a la que acababa de subir Judith —estaba segura de que ambas sabían perfectamente que cuando aparecía el niño solo tenían más likes—. Lo buscó de nuevo para volverlo a leer en el coche. En la fotografía, Lucas sonreía a cámara con el disfraz de conejo y la galleta con forma de zanahoria en la mano. Debajo, la orgullosa madre había escrito: «No es tu mejor foto por el arañazo y el granito en la cara», y es que, aunque el texto estaba redactado como si fuera un mensaje dirigido a su hijo de tres años, que, obviamente, no sabía leer, en realidad no era más que una declaración pública en la que parecía justificar que el niño no saliera lo bastante guapo, como si quisiera decir: «Es más guapo en persona». Aunque mucho no debía de importarle que el niño se viera bien o mal, porque, si hubiese tenido la más mínima duda, habría guardado la foto en vez de mostrársela a sus miles de seguidores. Lo único que importaba ahí era que ella pudiera proclamar a los cuatro vientos cuánto lo quería, y ya de paso llamar un poco la atención y que la siguiera más gente. La pena es que en vez de decírselo al niño y jugar con él, lo más seguro era que después de subirla hubiese estado pendiente de los comentarios y los likes que generaba ese texto. ¿De verdad necesitaba hacer eso?, se preguntaba Candela horrorizada. ¿O no era más que otra manera de seguir aparentando una felicidad casi imposible o de continuar la carrera del «Yo más» que suele empezar en los colegios? Lo peor de todo era que ese mensaje lo habría leído y lo leería todo el mundo muchísimo antes que la persona a la que iba dirigido; quizá, con un poco de suerte, cuando pudiera hacerlo ya estaría hasta los huevos de todo aquello y ni lo miraría.

Ojalá ocurriera así y no pasara como con Judith, que no podía estar más obsesionada, la pobre. Era una verdadera enferma. Subiendo la maldita foto había demostrado que era incapaz de vivir al margen de las redes sociales y de la atención que estaba acostumbrada a obtener a través de ellas. Obsesionada como su madre con aparentar, con agradar y con el qué dirán.

Pero, conforme siguió leyendo el mensaje de la madre, Candela se dio cuenta de que en el fondo aquel texto no hablaba sobre Lucas como podría parecer a simple vista. El niño, una vez más, solo era un reclamo. Adriana hablaba de ella misma, de lo bien que le hacía sentir, de la felicidad que le brindaba, de lo realizada que se sentía al ser madre de un niño así. Candela no podía evitar preguntarse si todos esos padres que hacían lo mismo que Adriana abrirían cuentas a sus hijos y compartirían tantas fotos si estos no fueran niños tan «ideales» como decían en sus comentarios, tan monos o no encajaran en los cánones sociales de la perfección. ¿Qué pasaba con el resto de los mortales, los que no nacían con la pegatina de «ganadores»? ¿Es que los demás niños no tenían derecho a una vida corriente sin ser señalados constantemente?

Candela estaba tan cabreada que le hubiera gustado lanzarles el móvil a la cara. Se alegraba de haber parado un segundo en el camino para desahogarse pensando en ello antes de calentarse y soltarlo delante de Mateo. Sabía que sería una pérdida de tiempo. Lo que la ponía también enferma era parte del mundo de su apadrinado, pese a que él demostrara tener muchísima más cabeza. Era injusto compararlo con ellos, pero Mateo pertenecía a una generación que había crecido en paralelo al desarrollo de internet y las redes sociales. Lo habían mamado ya desde pequeños y eso hacía que no tuviera los prejuicios que ella sí tenía. Si en ese momento él hubiera estado ahí y hubiesen hablado del tema, Mateo habría defendido la libertad de cada uno a expresar el amor por sus hijos de la manera que eligiera. Diría que no somos nadie para censurar nada y mucho menos el comportamiento de otra persona. Candela podía entender parte de ese razonamiento, pero estaba segura de que los contras predominaban sobre los pros, y era algo que no solo pensaba ella: había miles de psicólogos y profesionales de todo el mundo que estaban hartos de avisar sobre las consecuencias que ese tipo de comportamiento acarrearía en los niños, que no tenían culpa de nada. De cómo todo esto puede afectar a una sociedad cada vez más dependiente e insegura.

No podía perder más tiempo. Guardó el móvil en el bolsillo y arrancó el coche. Hizo gran parte del recorrido en silencio, sumida en sus pensamientos. No había manera de escapar de ese profundo malestar, provocado en gran parte por la impotencia de saber que cada vez era más difícil proteger a los más indefensos, los niños. Se daba cuenta de cómo ese gran mundo alternativo que inventamos en las redes va tomando más y más terreno hasta devorarnos y hacer que el mundo real en el que vivimos sea cada vez más insignificante, pierda importancia. Y cómo cada vez es mayor el rastro de cadáveres de los que no se suben al carro de esa nueva realidad.

Aunque la mirada de Candela estaba puesta en la carretera, seguía tan concentrada que, por un instante, había dejado de enfocar y prestar atención. Entonces una silueta borrosa entró en su campo de visión. Tardó un segundo en saber de qué se trataba: un conejito había salido dando botes del campo y se había quedado en mitad de la carretera, quieto, mirando hacia ella, probablemente alertado por el sonido de los neumáticos que se acercaban hacia él. Candela conducía rápido, pero aun así tuvo tiempo de fijarse en la expresión de terror del animal, que pareció darse cuenta del fatal desenlace. Antes de avanzar más, hipnotizada por la profundidad de la mirada del animal, Candela vio algo que la hizo estremecerse. Por un instante, el rostro que la miraba no era el del conejo, sino el de Lucas. El niño, disfrazado, estaba sentado como en la imagen del famoso anuncio y sus ojos enormes azul cristalino la miraban llenos de terror. Entonces escuchó el golpe seco contra las ruedas. Candela cerró los ojos y frenó de golpe sin apartarse de la carretera. Su cuerpo estaba rígido, no encontraba el coraje necesario para girarse y ver los restos del animal, pero una fuerte arcada la hizo salir del coche y vomitar todo lo que tenía en el estómago en mitad de la nada. Cuando pudo volver a incorporarse, sacó un clínex usado del bolsillo de su pantalón vaquero y se limpió la boca. A tan solo unos metros de ella yacía el cuerpo del conejo aplastado; Candela no pudo evitar mirarlo. Las tripas del animal habían quedado al descubierto y la sangre se deslizaba por la carretera. Pero lo peor de todo fue que, al verlo bien, se dio cuenta de que tan solo era una cría. En ese momento supo que lo que acababa de ocurrir no podía ser más que un claro presagio de lo que aún estaba por llegar.

28

Candela tuvo que hacer un gran esfuerzo para no echarse a llorar y mandarlo todo a la mierda. Por suerte, conocía esa montaña rusa de sentimientos que iban desde la máxima euforia hasta el mayor grado de derrotismo posible, así que simplemente se dejó estar. Quieta y en silencio. Se tomó unos minutos, lo justo para recomponerse, eliminar los malos pensamientos y que no afectaran a la investigación. Lo más urgente en esos momentos era parar los pies a esa niñata para que no lo jodiera todo. Volvió a sacar el móvil y llamó a Adriana mientras se ponía otra vez en marcha.

—Soy la teniente Rodríguez —dijo antes de que la mujer pudiera contestar—. ¿Qué parte de que no digan nada a nadie sobre Lucas no han entendido? Quiero que vaya ahora mismo donde esté su hija y le arranque el teléfono para que no suba ninguna foto más, ¿cree que será capaz?

—En primer lugar, no me hable en ese tono, y en segundo lugar, Judith solo ha compartido un retrato de Lucas que la gente ha visto mil veces. No hay texto ni mensaje, nadie tiene por qué saber nada.

—Están jugando con fuego, lo único que hace es llamar la atención y hay que tener cuidado. La gente se aburre mucho y le encanta divagar, ya lo sabe usted bien.

—Ya he hablado con ella y me ha dicho que se controlará, es solo que lo echa de menos. Es su manera de demostrar el afecto que siente hacia su hermano, ¿es que no lo entiende?

«¡La que no lo entiendes eres tú!», exclamó Candela para sus adentros. Deseaba gritarle que le parecía increíble que una madre fuera incapaz de ver que la necesidad de subir una foto así en un momento como aquel era una prueba de que su hija era incapaz de lidiar con las emociones. ¡Cómo no era consciente de que su hija vivía la mayor parte del tiempo obsesionada con un mundo paralelo virtual! Le parecía increíble que no se diera cuenta de que buscar afecto en las redes sociales era un gran error, pero no quería discutir.

—Dígale que me espere, necesito hablar con ella. Voy para allá, después me gustaría hablar con usted.

—¿Sobre qué? ¿Ha ocurrido algo?

—No, nada importante. Es para cotejar pequeños detalles que pueden ayudarnos.

Al colgar, pensó en los miles de personas que se estarían preguntando a qué vendría que Judith subiera la foto de su hermano vestido de Sweet Bunny sin decir nada. La imagen no iba acompañada de ningún mensaje y eso era extraño. Muchos no caerían en ello, por supuesto. Le darían al like por inercia y deslizarían el dedo hacia la siguiente publicación. Pero estaba segura de que una gran mayoría estaría haciendo todo tipo de elucubraciones, aunque sin sospechar la gravedad real del asunto. Simplemente por el mero hecho de practicar el deporte nacional: el cotilleo.

Le quedaban poco más de quince minutos para llegar a casa de Adriana; Mateo le había dicho que se verían ahí. Candela le había pedido que estuviera cerca por si lo necesitaba y a él le había parecido bien; llevaría el ordenador portátil y seguiría trabajando desde ahí. «Como llegaré antes, te dejo abierto atrás, yo estaré en el jardín trabajando y haciendo guardia». Mientras conducía se fue fijando en los postes y farolas de la zona y en cómo, efectivamente, las cámaras de seguridad brillaban por su ausencia. No había más que alguna rezagada en el acceso al pueblo y otra conforme se acercaba a la urbanización. De camino a la casa se cruzó con dos coches de su equipo, uno estacionado y otro que iba rondando las calles cercanas al chalet donde vivía la familia de Lucas. Aparcó en el mismo sitio donde lo había hecho por la mañana. Miró a ambos lados antes de apearse del coche y, tras comprobar que todo estaba despejado, caminó a paso decidido hacia la puerta de la parte de atrás del jardín. Cuando se disponía a entrar, una mano la agarró por la muñeca con fuerza. Candela miró a su agresor y descubrió los ojos saltones del vecino, que la observaban fijamente. Antes de que pudiera gritar, el anciano le tapó la boca con la mano y la empujó hacia el interior de su parcela. Candela intentó soltarse, pero el hombre la agarraba con tanta fuerza que parecía que iba a romperle el cuello de un golpe seco.

29

El hombre empujó a Candela con fuerza contra los setos que delimitaban la parcela. De cerca parecía más robusto de lo que hubiese imaginado para la edad que debía de tener. Él permaneció unos segundos tapándole la boca con la mano y mirándola fijamente sin decir palabra, observando a conciencia cada detalle de su rostro. Candela permaneció con los ojos muy abiertos, expectante, pero poco a poco empezó a notar cómo su atacante aflojaba la presión hasta apartar la mano de su rostro.

—Suélteme ahora mismo —le dijo Candela en voz baja, esforzándose por mantener la calma.

Alberto estaba notablemente superado por la situación, pero aun así obedeció y se separó un paso para mirarla con atención. Candela se estremeció al notar cómo los ojos del vecino la estudiaban de pies a cabeza. En menos de un segundo, una ráfaga con todos los casos de violaciones que había cubierto en el pasado pasó por su mente. Por entrenada que estuviera, ella era igual de vulnerable que todas esas mujeres a las que cada día torturaban y quitaban la vida de la manera más ruin posible.

—Esa niña es igual que la madre —dijo de manera entrecortada, con un ligero tartamudeo—. Es igual que su madre… —repitió.

Parecía atascado, como si no encontrara las palabras adecuadas para continuar. Movía la boca sin parar, como si se estuviera ahogando y necesitara aire para respirar. Candela deseaba saber qué había detrás de aquella afirmación. El hombre siguió intentando comunicarse, pero había entrado en bucle. Algo se lo impedía, hasta que finalmente pudo decir:

—Está deseando que le den amor. En el fondo es una cría que solo quiere gustar…

Después de estas palabras, cuando parecía que seguiría hablando, Alberto dejó de hacerlo y miró a Candela desconcertado, como si fuera la primera vez que lo hacía…

—Tiene que ser muy duro crecer sin la atención de una madre.

—¿Qué quiere decir con eso? ¿Hay algo que quiera contarme? —preguntó Candela con tacto. Él no respondió, solo bajó la mirada—. Su vecina insiste en que ha tenido que darle varios toques de atención, que tuvo problemas con usted por algo relacionado con Judith —continuó cautelosa.

El hombre volvió a mirarla visiblemente enfadado.

—Eso es mentira, los problemas los tiene ella. Menuda lagarta, está llena de veneno y los niños lo han heredado. Están todos enfermos —escupió por la boca, preso de un ataque de rabia.

—Entonces ¿no es cierto que usted esté pendiente de ellos todo el tiempo? —preguntó Candela, haciéndole ver que hacía un rato lo habían pillado vigilando por la ventana.

—Estoy pendiente porque no deseo que les pase nada a esos niños. Su madre los ha estropeado. No ha parado hasta conseguir que sean iguales que ella. Están podridos.

El hombre arrugó la cara con un gesto extraño, como si fuese a llorar. Hablaba entre sollozos, pero por sus ojos no caía ninguna lágrima. De pronto se quedó en silencio, como si hubiera despertado de un largo sueño, y, sin dejar de mirarla a los ojos, le hizo una señal para que se acercara. Candela no supo cómo reaccionar hasta que Alberto hizo un gesto con la mano con el que quería indicar que iba a contarle un secreto. La situación le resultaba realmente marciana, incluso sintió miedo, pues en menos de un segundo él podía romperle el cuello sin que nadie de su equipo se percatara. Aun así, no pudo evitar acercar su oreja a la boca del hombre, como si fuese un imán.

—Esta mañana la niña salió con una maleta…

Candela decidió hacerse la sorprendida para no quitarle valor a lo que estaba compartiendo con ella y siguiera contándole.

—¿Y era la primera vez?

Alberto volvió a hacer una pequeña pausa y, sin separarse, dijo:

—No. Pero esta vez no iba sola. Un hombre ha venido a buscarla en un coche oscuro.

30

Nada más cerrar la puerta exterior de la casa del vecino, Candela sacó su móvil para dejarle un audio a Paula, le explicó brevemente la situación y le hizo una petición: «Cuando consigas las grabaciones de las cámaras quiero que, además del de Adriana, busques un coche oscuro, posiblemente negro, conducido por un hombre en las inmediaciones de la vivienda. El vecino me ha dicho que llevaba un rato esperando a Judith, no puedo decirte la hora exacta. Ella se fue de casa en torno a las nueve de la mañana. Busca sobre esa hora, tampoco mucho antes. En principio encaja con lo que nos han contado ellas. Dime cuando sepas algo». La puerta trasera de acceso a la casa de Adriana estaba entornada, como le había dicho Mateo. Empujó y lo vio en lo alto, sentado en una silla con el ordenador en las rodillas, a la altura de la cristalera del salón.

—Aquí estoy de camping, menos mal que hay buena wifi —dijo al verla, bromeando.

Candela subió la cuesta y, al acercarse a su ayudante, él se fijó en que estaba pálida.

—¿Estás bien?

—Sí, es que no he comido nada.

—A ver si vas a hacer el ayuno intermitente ese, como Adriana. Si es que sois igualitas —dijo para picarla.

—Voy a hacer como que no te he escuchado. Te falta la cervecita, macarra, que eres un macarra.

—Dame un minuto —contestó con la mirada puesta en la pantalla del portátil.

—Lo siento, pero no lo tienes. ¿Dónde están?

—Judith está en la terraza de arriba; la madre, en la habitación del niño. Ninguna ha tenido noticias y nosotros tampoco, que yo sepa.

—Pues venga, levanta el culo. Vienes conmigo, ya sabes que cuatro ojos ven más que dos.

—Joder, menuda frasecita, si es que estás hecha una abuela.

—Calla, coño. Vamos.

—¿De verdad necesitas que esté yo para interrogar a la pava esa?

—Hay algo que no me gusta. Miente, no estaba con una amiga, sino con un hombre. Alguien vino a recogerla en un coche oscuro. Me lo acaba de decir tu «amiguito» —dijo señalando hacia la casa del vecino.

—Jo-der con Judith —dijo Mateo sorprendido—, aunque ese hombre desvaría. Igual...

—Vamos —interrumpió Candela.

Mateo se levantó.

—Por cierto, ¿el padre te ha dicho algo del seguro de vida?

—Cree que no tiene; se me ha olvidado decirle a Paula que lo compruebe. Escríbele para que lo haga o se lo mande a alguien.

Mateo sacó su móvil del bolsillo, pero, antes de que pudiera escribir nada, vio que Candela ya había entrado en la casa y, una vez más, tuvo que acelerar para no quedarse atrás.

31

Los dos agentes subieron el primer tramo de las escaleras hasta llegar a la siguiente planta, donde estaban los dormitorios. Cuando llegaron a la altura de la habitación de Lucas, vieron que la puerta estaba cerrada. Candela pensó que era una suerte, así no tendría que perder el tiempo en explicaciones si Adriana descubría que ya habían llegado y quería saber la razón por la que tenían que hablar otra vez con las dos con tanta prisa. Aun así, por si acaso, aminoraron el paso, intentando subir cada peldaño con sigilo. Al llegar a la última planta, vieron dos puertas abiertas, una a cada lado. En la de la derecha había un cuarto abuhardillado forrado de madera oscura que utilizaban como trastero, todo lleno de cajas abiertas de productos, un par de cómodas, burros con ropa y todo tipo de objetos apilados. La otra puerta era para salir a la terraza que daba a la parte delantera del chalet.

Al fondo, pegada a la barandilla, vieron a Judith. La chica estaba sentada en el suelo, con las piernas cruzadas y los brazos estirados, apuntándose con el móvil. En un primer momento pensaron que se estaba haciendo un selfi, pero enseguida se fijaron en que movía la cabeza y los labios expresivamente. Parecía que hablaba con alguien.

—¡Mierda! —exclamó Candela para sí, temiendo que Judith estuviera contando a sus seguidores o a alguien por videollamada lo que le había pasado a su hermano.

Avanzaron hacia la chica.

—¡Ay, qué susto! —exclamó Judith cuando de golpe se los encontró a su lado.

La chica bajó el móvil de golpe y miró hacia otro lado, intentando ocultar la lágrima que descendía por su mejilla. Parecía avergonzada.

—¿Qué estabas haciendo? —le preguntó Candela.

—No estaba hablando con nadie, si es lo que me pregunta. Grababa un vídeo. —Al notar la mirada de los agentes, exclamó—: ¡No me miren así! Mi hermano ha desaparecido, estoy triste y necesito contarlo. No es tan difícil de entender. Eso no significa que lo vaya a subir ahora…, ¡joder! —dijo en un arrebato.

Candela permaneció impasible; Mateo, a su espalda, seguía atento la jugada.

—Judith, es normal que estés triste, pero entiéndenos a nosotros: hace media hora has subido una fotografía de tu hermano a tu perfil de Instagram, cuando te habíamos avisado de que no debías llamar la atención sobre el asunto. Subir ese vídeo podría complicar mucho la búsqueda de Lucas, tenlo en cuenta. —Judith iba a replicar, pero Candela continuó hablando sin dejarla intervenir—: Ahora te voy a dejar un minuto para que te tranquilices, después me vas a contar qué has hecho esta mañana en realidad. —La chica miró a los dos agentes—. Te lo voy a resumir en dos puntos, a ver si así lo entiendes: punto número uno, tu amiga Vir no existe, y punto número dos, tus fotos no son de hoy. Luego todo lo que nos has contado que has hecho es mentira. ¿Quién ha venido a buscarte esta mañana en un coche oscuro?

—No puedo decírselo —contestó sin levantar la mirada del suelo.

—No sé si eres consciente de la gravedad de todo esto. Te lo repetiré de nuevo: ¿quién ha venido a buscarte esta mañana en coche?

—Ya le he dicho que no puedo decírselo —repitió, esta vez mirándola a la cara.

—Muy bien. —Se dirigió entonces a Mateo—: Tendremos que hablar con su madre para explicarle el motivo por el que nos llevamos a Judith al cuartel, quizá allí nos cuente la verdad.

Candela se volvió para ir hacia la puerta.

—¡No!, espere… Mi madre no puede saber nada de esto, me mataría. ¡Por favor!

Candela y Mateo la miraron intrigados.

32

Judith hizo una pausa larga, consciente de que los dos agentes esperaban impacientes con la mirada posada sobre ella. Candela tuvo que morderse el labio inferior para no saltar y meterle prisa para que continuara.

—Había quedado con un chico —dijo por fin.

Candela arqueó las cejas.

—Y es el que vino a buscarte en coche esta mañana.

—Sí —dijo tímidamente, con la mirada baja.

—¿Podrías especificarnos el motivo por el que no nos lo has contado y por qué tu madre no puede saberlo?

—No se lo digan, por favor. Si se entera, me mata. —Candela la miraba impasible para que siguiera hablando—. Es un chico de la zona...

—¿Alguien de tu colegio?

—No, es mayor.

—¿Qué edad tiene? —preguntó Candela temiendo lo peor.

—Veintiuno, por eso no quiero que lo sepa mi madre. No quiero que me eche una charla de las suyas sobre los hombres. Está muy pesada últimamente con el rollito del patriarcado y, si se entera de que es mayor de edad, dirá que es porque me ha liado o porque me tiene sometida, como si yo fuera boba y no supiera hacer las cosas por mí misma.

—Las madres somos un coñazo. Muchas veces nos equivocamos y nos preocupamos por cosas que no debemos. Pero yo, que no soy tu madre —«Por suerte», pensó Candela— y he visto mucho, créeme, te digo que deberías hacerla caso y andarte con ojo: los hombres no siempre piensan como nosotras. —Mateo se mantuvo firme, sin darse por aludido—. Por mucho que te cueste creerlo, algunos tienen intenciones que no podrías ni imaginar. —Candela no pudo ser más sincera; después de una pequeña pausa, continuó—: Vas a tener que darnos toda la información que necesitemos para hablar con ese chico y confirmar que no es uno de los malos. —«Y que exista, claro», completó mentalmente—. ¿Dónde lo conociste?

—¿No será algún fan o alguien que se haya puesto en contacto contigo a través de una de tus redes sociales? —preguntó Mateo.

—Sí y no —respondió Judith. Los agentes seguían expectantes—. Fue a través de una red social, pero no una de las que están pensando… Fue por Tinder.

Candela miró a su compañero para que le ampliara la información.

—Es una aplicación de contactos —aclaró Mateo.

—Yo le escribí a él, y no al revés. No se lo digan a nadie, ni a los polis que hay por aquí; cualquiera podría sacarlo o contarlo. Si todo esto se supiese, hundiría mi reputación y no podríamos vernos más.

—Sabes que tenemos que hablar con él para verificarlo todo —dijo Candela.

La chica asintió.

—Esta vez es cierto, lo prometo.

Candela hizo un gesto a Mateo para que se acercara a Judith y este, una vez más, sacó su libreta y comenzó a tomar los datos del chico. Mientras tanto, Candela comprobó si tenía algún mensaje o llamada perdida de Paula u otro compañero. No sería la primera vez que tenía el teléfono en silencio sin darse cuenta. Nadie se había puesto en contacto con ella. Dio un par de pasos hasta llegar al pequeño rellano que había entre las dos puertas; desde ahí miró escaleras abajo. La vivienda tenía cuatro pisos, muy estrechos y de mucha altura, y desde arriba tenía un aspecto de lo más claustrofóbico, casi como el de un laberinto. No quería ponerse en la piel de esos pobres niños criados entre aquellas paredes.

—Bien —dijo mientras volvía junto a los otros—. Ahora que sabemos que este chico... —Candela miró a Judith para que dijera su nombre.

—Álvaro.

—Ahora que ya sabemos que Álvaro vino a buscarte en su coche, repasemos todo lo que hicisteis después. ¿Te recogió a la hora que nos contaste?

—Sí, yo salí a las nueve o unos minutos antes.

Candela asintió, el dato coincidía con el relato del vecino.

—¿Qué hicisteis?

—Fuimos al supermercado y me compré el zumo...

—¿Entró él contigo?

—No, no, qué va. Intentamos ser muy discretos, él me esperó en el coche. Le pedí que me hiciera la foto nada más salir. Estaba sentado, por eso el plano es contrapicado y solo se me ve a mí y el cielo. Después salimos hacia el sitio que les dije esta mañana para hacer las fotos. De camino me tomé el zumo tranquilamente mientras nos contábamos qué tal la semana, porque no nos hemos visto nada. Cuando aparcamos nos entretuvimos un poco, ya me entiende...

—¿Tuvisteis relaciones sexuales?

—Sí, él es muy..., bueno, la cosa es que sí hicimos... —Judith se puso colorada, parecía que le daba vergüenza hablar de ese tipo de cosas delante de Mateo—. Estuvimos un rato largo y al acabar nos quedamos acurrucados en el coche. Nos dimos cuenta de que pronto empezaría a aparecer gente y salimos a hacer las fotos.

—¿O sea que sí hiciste fotografías? —Judith asintió—. ¿Y por qué nos has mandado otras? ¿Hay algo que no podamos ver?

—No, no. Lo que pasa es que no quería pasar material mío sin retocar. Nunca sabes dónde puede acabar. Claro que hicimos, pero pocas, porque nos entretuvimos. Yo no me decidía por qué estilismo empezar y él me hizo coñas diciéndome que estaba mejor desnuda. Intentó otra vez... Cuando por fin nos pusimos a hacerlas, enseguida me llamó mi madre. No encontraba a Lucas y quería saber si estaba conmigo.

Candela se giró hacia Mateo, algo no le cuadraba.

—¿Por si estaba contigo o por si sabías dónde estaba?

—La primera.

—¿Álvaro te trajo de vuelta?

—No, qué va. Volví andando, ya había más gente en la calle y era más arriesgado regresar sin que nos viera alguien. En ese momento no sabía que fuera a ser tan grave. Me acercó al cruce y ya seguí yo.

—Para no ser tan grave, parecías muy afectada cuando llegaste aquí —señaló Candela.

—De camino mi madre me escribió.

—¿Puedo ver el mensaje?

—Claro, mire.

Judith enseñó el wasap que le había enviado su madre: «Se lo han llevado».

—Ahí es cuando supe que iba en serio.

—Antes nos dijiste solo que te había llamado, ¿podrías dejarme ver también el historial de llamadas?

—Creo que Paula estaba también con eso —interrumpió Mateo.

—Me alegro —contestó tajante Candela, e hizo un gesto para que Judith se lo enseñara.

Judith buscó la llamada y se la mostró. La teniente comprobó que la hora coincidía con la que tanto ella como su madre habían mencionado.

—¿Y este número oculto? —preguntó al ver que se repetía constantemente a lo largo de la lista.

—Álvaro. Siempre me llama desde un oculto.

Candela frunció el ceño mientras devolvía el teléfono a Judith, que fue directa a la galería de imágenes.

—Estas son las de hoy, mire. —Las puso al alcance de Candela para que las viera.

En ellas aparecía la chica con distintas poses en la misma zona de las anteriores fotos, cerca del embalse. Candela miró la fecha y la hora: esta vez sí coincidían con el relato que les había contado. Siguió pasando y no encontró más que un par de cambios de ropa.

—Desde luego que muchas no hicisteis…

—Por eso les mandé las otras, para que no les chocara que en todo ese rato hubiera hecho tan pocas y descubrieran que había estado con Álvaro. Puedo mandárselas si quiere —dijo a Mateo.

—Al mismo mail de antes —respondió él.

—Van a encontrarlo, ¿verdad? —preguntó Judith con lágrimas en los ojos.

Candela asintió.

—Prométame que no se lo va a contar a mi madre.

—No lo haré, puedes estar tranquila —respondió firme, incluso fría—. Aún estás a tiempo de retractarte o modificar algo de lo que nos acabas de decir. Si nos has vuelto a mentir, es el momento de decirlo. Tienes dos minutos para pensarlo.

—No he mentido, lo juro.

Candela se giró hacia Mateo, tenían que continuar y avanzar en la investigación. Justo cuando iban a entrar de nuevo en la casa, Judith se dirigió hacia ellos y les hizo frenar en seco.

—Todo esto ha sido cosa suya, ¿verdad? Se lo ha dicho el viejo ese.

—¿Quién? —preguntó Candela.

—El vecino, Alberto —respondió la chica señalando con la cabeza hacia la casa de al lado—. Si buscan tíos de los malos, no tienen que irse muy lejos.

—¿A qué te refieres?

—Ese pervertido me tocaba cuando era pequeña. Estaba obsesionado conmigo. Todavía me cuesta dormir por la noche del miedo que le tengo. Si están buscando un pederasta, sin duda es él.

Odiaba con todas sus fuerzas los tirones que le daba su madre cuando le estiraba el pelo con el cepillo y el secador para dejárselo lo más liso posible.

—¡Aaah, mamá, duele! —exclamó Judith cuando ya no pudo aguantar más.

—Cariño, lo hago por ti. Para que te vean distinta, ya saben cómo te quedan los bucles de siempre. Igual esto les ayuda a decidirse. ¡Mira, si te llega por la cintura, parece que lo tienes mucho más largo!

Una vez lista, Judith esperaba en el descansillo de su casa, frente a la puerta de entrada, junto a su madre, que le iba dando de beber de un termo con pajita. La niña estaba de pie, quieta, con las piernas juntas y las manos entrelazadas.

—Es que no quiero más, no me gusta.

—Un sorbito más, que te va a venir bien. Son vitaminas para ser una chica grande y fuerte. Venga, que si no no hay premio hoy.

La niña obedeció y dio el último sorbo. Cuando llamaron al telefonillo, Adriana contestó con entusiasmo.

—¡Ya vamos!

Judith salió detrás de su madre sin rechistar. En cuanto puso un pie en la calle y vio el coche que las venía a recoger, le empezaron a temblar las piernas porque sabía todo lo que vendría a continuación, y solo de pensar en el enorme conejo que se le echaba siempre encima se ponía mala, literalmente. Ambas entraron a la parte trasera, se sentaron y se sorprendieron al ver que no había nadie al volante. El coche estaba con el motor puesto, pero no había rastro de Zeus, el chico de producción que solía ir a buscarlas. Adriana miró por las ventanas laterales para comprobar si es que había salido un momento y no se habían dado cuenta, pero no había nadie. Judith estaba sentada, mirando al frente, desconcertada pero contenta a la vez: si no había venido el conductor, ¿significaba que se cancelaba todo y podría ir al cole con sus amigas? Entonces echó la cabeza un poco hacia delante y de golpe apareció frente a ellas un hombre con la máscara de peluche blanco de Sweet Bunny, con sus profundos ojos negros y rasgados y sus enormes dientes. Judith y su madre empezaron a gritar. Adriana casi se muere de un infarto. El grito de la niña pronto se transformó en llanto. Estaba muy nerviosa y respiraba entrecortadamente, como si tuviera un ataque de ansiedad. El hombre se quitó la máscara: era Zeus, con su pelo revuelto, sus pecas y su cara amable.

—¡Ey, no llores! Que era una broma... Estaba escondido para daros un susto. No pensé que te fueras a poner así. Soy yo, Zeus, me han dejado el disfraz porque Elvira dice que es bueno que te acostumbres a verlo. Pensé que sería gracioso, pero ya veo que no ha sido buena idea, perdona. Lo siento mucho.

El chico se excusaba de la mejor manera posible, pero Judith no lo escuchaba, seguía llorando sin parar. Al final Adriana la abrazó y la sacó del coche. Cuando se pusieron de pie, la niña no se soltaba de su cintura y se dio cuenta de que se había hecho pis encima.

—Vamos a entrar a cambiarnos y a que se nos pase el susto, ¿vale, cariño? —Judith no respondió, seguía con la cabeza oculta entre los muslos de su madre—. Y mamá va a preparar un poquito más de la bebida rica para estar fuertes, que nos va a hacer falta y te vendrá bien.

Adriana cogió de la mano a su hija, que, una vez más, la obedeció sin rechistar. Judith entró en la casa de nuevo evitando mirar atrás para no encontrarse con los ojos oscuros del maldito conejo, que no dejaba de observarlas. Una vez dentro, su madre consiguió calmarla: «Tiene que ver todo el mundo lo guapa que te ha puesto mamá; no irás a fallar a tu madre, ¿no?», le dijo. Sin embargo, Adriana también seguía con el susto en el cuerpo. Le daba mucho miedo comprobar lo fácil que era que alguien estuviese escondido en el coche, tumbado en los asientos, y que pudiera atacar sin tiempo a oponer resistencia. Por eso, incluso años después, cada vez que se subía a uno, pensaba que el conejo podía salir en cualquier momento. Cuando *conducía el suyo, se imaginaba cómo aparecía de pronto por su espalda y, antes de que pudiera encontrarse con su reflejo en el espejo retrovisor, le cortaba el cuello de un extremo al otro.*

33

Candela empezó a bajar las escaleras seguida de Mateo. Mientras recorrían los peldaños, lanzó una mirada hacia arriba y vio que Judith los observaba desde el marco de la puerta. En cuanto le dieron la espalda, Candela susurró a su ayudante:

—¿Te das cuenta de que ha dicho que su madre le preguntó si Lucas estaba con ella? Según nos contó Adriana, ella estaba pendiente del niño y lo había visto antes de ir al baño. Si realmente sucedió así, habría sido difícil que el crío, además tan pequeño, se hubiera escapado para ir hasta donde estaba su hermana, ¿no? A no ser que Adriana nos esté mintiendo y no estuviera tan pendiente de él; es posible que llevara más tiempo sin verlo y por eso barajase la posibilidad de que se lo había llevado Judith.

—O que directamente le dijera eso a Judith por disimular y sepa qué ha pasado con Lucas.

—No sería ninguna novedad que uno de los padres hubiera acabado con la vida de su hijo, por desgracia.

Al llegar a la planta intermedia vieron que la habitación de Lucas seguía cerrada y aceleraron el paso antes de que Adriana pudiera aparecer, ya fuera por casualidad o porque los hubiera escuchado. Ya hablaría después con ella, ahora solo tenían una prioridad: interrogar al vecino. Cuando llegaron al descansillo, Candela dio un par de pasos hacia la puerta de entrada.

—Voy a localizar al tal Álvaro, el chico con el que se veía Judith… —dijo Mateo.

—Cuando hables con él, llama a Paula y le cuentas lo que tengas. Al contarme Alberto que había ido un coche oscuro a recoger a Judith, le pedí que lo buscara en las cámaras.

—Mejor la llamo ya; que lo deje en *stand by* y dé prioridad a los demás temas hasta que hable yo con él.

—Verifica todo lo que nos ha contado Judith y sigue con la persona que envió los mensajes privados por Instagram…, a ver si das con el Mimi ese.

—Lo del viejo tiene una pinta, jefa… Responde al patrón que siempre me dices. Hay dos tipos de comportamiento entre los criminales involucrados en esta clase de asuntos: el que desaparece, que no es el caso, y el que colabora de manera activa para que nunca sospeches de él y ni te plantees que pueda ser el responsable. ¿Crees que puede estar compinchado con la madre?

—Voy a hablar de nuevo con él.

—¿No nos lo vamos a llevar directamente?

—Aún no sabemos si lo que dicen es cierto, aquí hay gato encerrado. Voy a preguntarle antes de llevarlo al cuartel, estate pendiente del teléfono. Si te hago una perdida, es para que pidas refuerzos que vengan a por él.

Candela se dio la vuelta y esta vez salió por la puerta principal. Mateo cerró con cuidado y atravesó el salón para volver a su labor.

La calle parecía totalmente despejada, no había rastro de ningún agente ni coche oficial. Todos habían seguido la orden de aparcar separados y no llamar la atención.

Candela llamó al telefonillo del vecino y esperó a que alguien contestara.

—¿Sí? —respondió Alberto.

Candela reconoció al instante su tono de voz.

—Alberto, soy la teniente Rodríguez. Hemos hablado hace un momento en el jardín de su casa. Necesito volver a hablar con usted.

El hombre abrió la cancela sin decir nada más. Candela recorrió el pequeño jardín que había en la entrada, presidido por un pino enorme cuyas raíces estaban levantando todas las baldosas de cerámica del camino que llevaba de la casa a la calle. La puerta se abrió frente a ella y apareció Alberto, erguido y mirándola fijamente. Detrás solo había la más absoluta oscuridad.

—¿Puedo pasar? Tengo que hacerle unas preguntas —le dijo Candela al llegar a su altura.

El hombre volvió a abrir la boca en busca de las palabras adecuadas hasta que pudo pronunciar:

—Acompáñeme.

Una vez dentro, Candela lo siguió hasta la cocina y se sentó frente a él en una de las sillas del pequeño comedor, junto a la encimera. Estaban prácticamente en penumbra, no tenía la luz dada y el pino daba mucha sombra. El anciano, también sentado, la miraba expectante.

—He hablado con Judith. Me ha dicho que usted estaba obsesionado y que abusó varias veces de ella.

—Eso es mentira. Mi mujer y yo nos hacíamos cargo de los niños siempre. Eran los nietos que nunca tuvimos. No tuvimos hijos —aclaró; después hizo una pausa en busca de las palabras. Candela cruzó los dedos para que no volviera a atascarse, porque iba a perder los nervios—. Cuando Ana Belén murió, yo me volqué con esos niños, me hacía bien estar entretenido. Vi lo que ocurría en esa casa, la manera que tenía la madre de tratarlos, faltaban a clase porque los llevaba a castings y cosas así. Estaban desatendidos, to-to-todo giraba alrededor de internet y esas tonterías que tanto la obsesionan. En cuantos más sitios saliesen, mejor. Venía mucho curioso a ver a los niños, no me gustaba, aunque fueran en su mayoría chavales. No era agradable tener siempre a desconocidos merodeando. Así que hablé con Adriana, sí, hablé con ella —repitió—. Le dije que quizá los niños debían de tener una vida más normal, como el resto de los críos de la urbanización, y eso le sentó fatal. Se podría decir que me eliminó del mapa. Incluso hizo algún comentario en la urbanización dejando caer que yo había perdido la cabeza. Tuve un ictus y me ha dado problemas, como ha podido notar, pero, por fortuna, aún conservo el juicio. Fue muy feo —continuó—. Ahí empecé a no fiarme de ella.

—Señor, acusarlo de abusar de una menor es un asunto muy grave.

Alberto volvió a abrir y cerrar la boca varias veces. Después giró el cuello levemente y continuó hablando:

—Es mentira, ni siquiera me denunció. Lo único que hizo fue contárselo al presidente de la comunidad y a los vecinos para que me defenestraran. Si de verdad pensaba que había violado a su hija, ¿por qué no me denunció? ¿Usted no lo habría hecho? Ella sabía lo que hacía. Era un aviso para que supiera hasta dónde podía llegar. «Si sigues metiendo las narices, acabarás entre rejas», me dijo un día que me la crucé en la puerta.

—¿Y la niña? ¿Por qué iba a mentir Judith? ¿Quién me dice que no hizo con ella lo mismo que conmigo hace un rato, que no la agarró de la muñeca y la arrastró hasta aquí?

—No sea ridícula. La niña es el fiel reflejo de la madre. Emmm-pe-cé a ver que venían a buscarla coches distintos a escondidas, por la parte de atrás, como esta mañana. Se estaba prostituyendo, ¿sabe cómo lo supe? —Candela negó con la cabeza—. Porque me pidió dinero. Me dijo que era para sus estudios, que quería marcharse lejos, huir de su madre. Me puso en una tesitura muy incómoda, porque yo entendía que quisiera irse, pero no tenía el dinero que me pedía. Enen-en-tonces ella se insinuó, quería hacerlo conmigo a cambio de que le pagara. Volví a explicarle que no tenía esa cantidad, pero ojalá la hubiese tenido. No quería que se siguiera vendiendo a hombres, que vaya usted a saber qué le harían a la pobre niña. Intenté convencerla de que buscara otras maneras, que hablara con sus abuelos para irse con ellos, pero me dijo que no tenían contacto desde hacía años. —El hombre hizo una pausa en busca de aire, parecía afectado—. Creo que mi insistencia hizo que se sintiera contra las cuerdas, pensó que se lo contaría a su madre. De hecho, me leyó el pensamiento, porque quería hacerlo, me parecía lo correcto. Pero ella se adelantó. Una mañana estaba leyendo tranquilamente en el salón cuando sonó el telefonillo de manera insistente. Era Adriana. Cuando la abrí, caminó hacia mí fuera de sí, empezó... em-em-pezó a golpearme el pecho violentamente y gritó que no me acercara nunca más a su hija. Yo no entendía nada, intenté pararla pidiéndole que me explicara por qué decía aquello. Se alejó de mí unos pasos y me dijo que no me hiciera el tonto, que sabía perfectamente lo que había hecho con Judith. Yo no sabía de qué hablaba. Por un momento pensé que se había enterado de lo que hacía su hija con otros hombres y que, por lo que fuera, se había confundido y pensaba que era conmigo. Así que volví a señalarle que no sabía a qué se refería, que yo a Judith la quería como a una nieta. Entonces me amenazó con denunciarme a la policía por haber violado a su hija. Yo me defendí, le dije que eso no había ocurrido nunca. Solo había intentado ayudarla. Le conté lo que le acabo de explicar a usted. Se puso como una furia y le diré por qué: le estaba diciendo lo que no quería escuchar pero que sabía que era cierto.

—Quizá no quería verlo.

—Yo creo que Adriana lo sabía. Menuda lista es..., nn-no-no quería que se supiera que su hija se prostituía para comprarse marcas caras. —Candela lo miró atónita—. Eso lo descubrí después, nadie que quiera marcharse de casa se gasta ese dineral en ropa.

—Lleva la ropa con etiquetas, luego es muy probable que después la devuelva —replicó escéptica Candela.

—Ya, pero ¿toda? ¿Y cómo la paga? Mire, yo he visto la evolución de esa niña: cómo se pasaba el día pegada al móvil, pendiente de lo que le dijera su madre. Esta le hacía vestirse o peinarse como si fuera una mujer ¡y no era más que una niña! Empezó a obsesionarse con la ropa de marca de la que le hablaba su madre. Veía todo el día programas de famosas, *realities* como esos de las hermanas americanas multimillonarias. No dejaba de consultar esos rollos en el móvil, en los que todo el mundo fanfarronea con descaro… Y fue consiguiendo ropa cara, muchos modelitos, sin parar. Los compraba y los devolvía, pero mucha ropa se la quedaba. Mentía todo el tiempo, como los yonquis. El consumismo y las tonterías esas de los móviles son la heroína de esta época. Yo perdí un hermano por la maldita droga, sé de lo que hablo. Esta niña es capaz de vender a su madre por un bolso de firma. Lo de los abusos se lo ha contado ahora, ¿verdad? —Candela no respondió—. Lo ha hecho cuando le he informado de que un hombre la ha venido a recoger esta mañana en un coche…

—Por eso me lo contó usted antes.

—Para que supiera la clase de gente que son, no puede fiarse de ellas. Ese es el motivo por el que le han mentido, para protegerse, porque sabe que su acusación contra mí se cae por su propio peso. No hay denuncia, no hay informes médicos que lo certifiquen, no hay nada, solo una historia inventada. Puede comprobarlo; si alguien le demuestra con pruebas que yo violé a esa cría, yo mismo iré al cuartel, o si lo prefiere pueden venir a por mí, no me voy a mover de aquí. Se lo aseguro. —El hombre miró a Candela, que parecía convencida—. ¿Han encontrado ya a Lucas? — preguntó.

Su expresión cambió por completo, sorprendida por la inesperada pregunta.

—He escuchado a dos de sus compañeros hablando sobre ello. No les eche la bronca, son muchos años de profesión. Soy bueno en eso.

—¿Qué estaba haciendo esta mañana entres las nueve y las once?

—Esta mañana salí a andar por el campo con Vicente, el vecino del 1 A. Por suerte muchos no creyeron una palabra de lo que se inventaron esas dos —dijo señalando la casa de Adriana con la cabeza—. Vamos casi todas las mañanas y a la vuelta tomamos un chocolate con churros en una churrería del pueblo. Hemos estado ahí charlando con Pepe, el encargado, y nos hemos ido temprano porque Vicente tenía lío en casa, tenía que hacer no sé qué. Los fines de semana va mucha gente a recoger pedidos, no tendrá problema en dar con alguien que nos haya visto. Hasta pasadas las once y pico o doce de la mañana no he vuelto a casa. Puede hablar con ellos si lo desea. La churrería es Churros Pepe, busque el teléfono en internet, y Vicente vive en el primer chalet de la calle. Le doy el número por si no está, aunque seguro que su mujer sí.

Alberto buscó en la agenda de su teléfono, se levantó un momento y sacó una libretita de un cajón de la cocina.

Apuntó el número, arrancó la hoja y se la entregó a Candela, que la dobló y se la guardó en el bolsillo.

—Espere aquí hasta que comprobemos todo y, por favor, no diga ni una palabra a nadie —dijo Candela a modo de despedida.

El hombre levantó la mirada y le dijo:

—En el fondo, Judith me da pena. Su madre no está bien, es mala. Aunque tampoco quiero juzgarla: la cría de unos niños sin su padre no debe de ser fácil, pobrecillos.

34

A la salida, Candela podría haber enviado a alguno de los agentes que tenía por la zona a interrogar al vecino con el que Alberto decía haber pasado la mañana; sin embargo, estaba a escasos veinte metros de donde vivía este y prefirió ser ella quien mirase a los ojos del sospechoso antes de descartarlo o no como presunto secuestrador del niño. De camino sacó el móvil y dejó un audio a Paula, pidiéndole que comprobara si Adriana había puesto alguna vez una denuncia formal a Alberto Luján por abusar de su hija Judith. Esta le respondió al instante: «Okey, me pongo con ello». Candela llegó a la casa y llamó al telefonillo. Una voz femenina contestó al otro lado.

—Buenas tardes, pregunto por Vicente, por favor —dijo Candela en tono amable.

Como de costumbre, la mujer pensó que se trataba de una comercial que pretendía embaucar a su marido vendiéndole algún producto sobrevalorado. Así que Candela tuvo que ponerse tajante y anunciarse como teniente de la Guardia Civil y decir que necesitaba hacerle unas preguntas importantes. La mujer abrió enseguida y, con el rostro desencajado, la invitó a pasar.

—¡Vicenteee! —exclamó mirando hacia las escaleras—. Este hombre, yo no sé qué hará tantas horas con el ordenador ahí encerrado. ¡Vicente!

—Ya, ya bajo, ¿qué pasa? —preguntó asomándose a la escalera.

—Hay una mujer que quiere hablar contigo, es policía.

—Soy la teniente Rodríguez. Me gustaría hacerle unas preguntas, si es tan amable.

El hombre, que había comenzado a bajar los escalones, palideció al escuchar las palabras de su esposa. Asintió con la cabeza y, al llegar junto a las dos mujeres, le hizo un gesto a Candela mientras se dirigía hacia el salón para que lo acompañara.

—Si no le importa, mejor a solas —dijo Candela a la esposa de Vicente, que los estaba siguiendo.

Cuando se quedaron solos, el hombre se pegó a la cristalera y, sin dejar de mirar hacia el jardín, dijo:

—Usted dirá.

—Esta mañana ha habido un altercado en el vecindario, algo de lo que no estoy autorizada a hablar. —Vicente giró la cabeza hacia ella, extrañado—. He hablado con su vecino Alberto, me ha dicho que estaba con usted.

—¿Quién?

—Su vecino, Alberto Luján, del 9 A. Viudo, de su edad más o menos…

—¡Ah! Alberto, sí, sí. Lo conozco, no había caído.

Candela lo miró intrigada por la indiferencia que mostraba hacia el hombre que acababa de afirmar que eran amigos y que pasaban mucho tiempo juntos.

—Me ha dicho que esta mañana salieron a caminar por el campo y después fueron a desayunar a una churrería a la que suelen ir.

—Por favor, ¿puede bajar un poco la voz? —pidió susurrante—, dicho así parece que es algo habitual. Alguna vez vamos a andar y comemos algo a la vuelta, pero, vamos, que solo de vez en cuando. No nos vemos tanto.

—¿Fueron o no fueron a Churros Pepe esta mañana?

—Sí.

—¿Podría decirme la hora aproximada?

—Yo diría que sobre las once o así. Volvimos enseguida porque Alberto tenía algo que hacer, no recuerdo qué.

Una alerta se encendió en la cabeza de Candela: ambos afirmaban que habían vuelto porque el otro tenía algo que hacer, ¿cuál de ellos estaba mintiendo?

—Genial. Verían a Pepe, el dueño…

—Sí, sí. Lo saludamos, es muy amable.

—De acuerdo, muchas gracias por su tiempo —se despidió precipitadamente Candela. Tenía que atajar cuanto antes el asunto.

—¿No va a decirme de qué se trata?

—Me temo que, a estas alturas de la investigación, no se me permite hacerlo.

Vicente cedió el paso a la agente. Esta vez fue él quien iba detrás de ella por el pasillo estrecho que llevaba a la entrada de la casa. A Candela la invadió una sensación siniestra. Como si sus sentidos se hubieran desarrollado exageradamente, sintió la cercanía de sus cuerpos, la respiración del hombre en su nuca y el tacto de las yemas de sus dedos en el cuello, apretando hasta asfixiarla. Se giró de golpe y se encontró con el rostro de Vicente aún más pálido que cuando lo vio por primera vez. Era evidente que no se esperaba que se volviera hacia él tan de golpe, posiblemente con una expresión en la cara acorde con sus oscuros pensamientos. Antes de que la situación resultara más extraña de lo que ya era, Candela caminó hacia la puerta de entrada. Justo cuando iba a cerrarla, vio que la mujer salía de la cocina y se colocaba detrás de su marido. Su mirada era un enigma: parecía querer averiguar a qué se debía la visita y, a la vez, que no se había sorprendido. Los acontecimientos aún podían girar ciento ochenta grados, pero a Candela no le pareció nada descabellada la idea de tener que volver a esa casa, solo que para hablar a solas con la esposa de Vicente. Salió de allí con una sensación extraña en el estómago. Los dos vecinos parecían tener versiones diferentes de la misma historia, ¿cuál era el verdadero motivo por el que habían vuelto antes de su paseo? Solo esperaba que no fuera porque estuvieran deshaciéndose del pobre Lucas.

35

ientras caminaba a paso rápido hacia su coche, Candela comprobó que tenía varias llamadas perdidas. Había dejado el teléfono en silencio porque, cuando interrogaba a alguien, no le gustaba que la interrumpieran y perder el contacto, aunque fuera por unos segundos, con el interrogado. Era muy importante captar la psicología de quien tenía enfrente. Por eso tenía que estar muy atenta a cada detalle, captar su atención de una manera amable y obtener la información que necesitaba sin que el otro se sintiera sospechoso o amenazado. Le gustaba ganarse su confianza poco a poco para luego atacar de manera directa si se andaban por las ramas o eludían alguna pregunta, como había sucedido esa misma mañana mientras interrogaba a Adriana. Por mucho que hubiera intentado evitarlo, más de una vez había estado a punto de cruzar los límites con la madre de Lucas.

Aunque normalmente la vibración del teléfono era suficiente, esta vez no se había percatado de que la estuvieran llamando. A Candela le dio un vuelco el corazón al ver que las llamadas perdidas procedían del número de Mateo. La idea de que hubieran podido dar con el niño en cualquiera de los posibles escenarios la inquietó. Entró en el coche y devolvió la llamada a su compañero mientras se dirigía a su destino.

—¿Ha aparecido?

—No, joder. Me dijiste que me harías una perdida, pero has tardado mucho y me parecía rarísimo que estuvieras tanto tiempo con el loco ese. Por un momento he pensado que te había hecho algo, ¿qué te ha dicho?

—Luego te lo cuento bien; aunque suene raro, voy a una churrería —dijo intencionadamente, ya que sabía lo mucho que le gustaban a Mateo los churros.

—Me estás vacilando, me muero por unos churros con chocolate, pero no me creo que vayas solo para darme un capricho. Suelta.

—Te cuento a la vuelta.

—Un avance al menos, joder.

—Resumiendo, tiene una coartada. Según él, estaba con un vecino de la misma calle con el que siempre sale a caminar por el campo y después se tomaron un chocolate con churros.

—¿En Churros Pepe?

—Sí.

—La mejor.

—Insiste en que los vio mucha gente, incluido el dueño. Me dio el teléfono del vecino, pero no lo llamé; al salir de la casa he ido a verlo directamente y me ha parecido de lo más extraño. Cuando le he preguntado por su supuesto amigo, ha actuado casi como si no lo conociera; si no le hubiera dicho que estaba allí porque me enviaba Alberto, creo que incluso me habría negado que se habían visto, estoy segura. Al final ha admitido que estuvieron en la churrería, pero es que Alberto me había dicho que volvieron sobre las once y media por la mujer de su amigo, y después el otro, que regresaron antes porque Alberto tenía algo que hacer. Está claro que uno de los dos miente.

—O los dos.

—Así es. Por eso voy a hablar con el dueño, aquí algo no encaja. Estos dos podrían ser cómplices, algo ocultan y no me gusta un pelo. Luego te cuento. ¿Novedades? ¿Ya te has camelado a Mimi?

—Aún estoy en ello. No quiero ir por la vía rápida y cagarla, alguien que se mueve por esos mundos se las sabe todas. Ojalá fuese más fácil, pero esto lleva su tiempo. Eso sí, la foto que ha subido Judith tiene sesenta mil likes y cientos de mensajes. Yo diría que es su récord en Instagram. Lo malo es que ya se repiten muchos comentarios del estilo: «¿Está todo bien?», «Hace mucho que no sabemos de él», «Más fotos de Lucas», «Echamos de menos sus directos»…

—Estaba claro, la gente no es tonta. La anormal es ella, no podía aguantarse sin subir una maldita foto. Manda cojones. —Candela miró la hora en el reloj del navegador.

—Como no nos demos prisa, me da que se acabaron las fotitos y los directos para siempre.

36

No recordaba su nombre, pero, en cuanto vio la localización en el mapa, Candela supo que Churros Pepe era la churrería que se había imaginado; no recordaba el nombre, pero no era la primera vez que la visitaba. Después de mucho tiempo sin ir, alguna vez había parado en doble fila para llevarle churros y chocolate a Mateo. Valía la pena solo por ver la carita que se le ponía al verlos. La misma que cuando le contó que sus abuelos siempre lo llevaban allí a desayunar y que, desde que murieron, comerlos se había convertido en una tradición, una manera de tenerlos presentes. Candela entendía ese sentimiento y siempre que tenía ocasión le llevaba por lo menos media docena. Nada más poner un pie en el establecimiento sintió un golpe en el corazón, respiró hondo y avanzó con la atención puesta en una cámara de seguridad que grababa desde lo alto de una de las esquinas del local. Enseguida una chica le dio las buenas tardes con una sonrisa.

—¿Podría hablar con Pepe, por favor? —preguntó amablemente Candela mostrando su placa.

—Ahora mismo lo aviso. Está dentro —contestó la chica antes de dirigirse hacia el interior para buscarlo.

Candela recorrió el local con la mirada, intentando no fijarse en los churros y porras que la rodeaban. Tenía hambre, pero no quería comer para evitar el sopor de después. Sin embargo, era una amante empedernida del chocolate y del dulce en general, y soñaba con beberse un buen tazón. Necesitaba el subidón de azúcar. Una voz a su espalda la hizo girarse de golpe.

—Buenas tardes, me han dicho que quería hablar conmigo.

Candela reconoció al hombre al instante, pero él no pareció acordarse de que ella ya había estado en su local. Era normal, habían pasado varios años y estaba visiblemente desmejorada.

—Sí, soy la teniente Rodríguez, estamos investigando un asunto y dos de las personas que podrían estar implicadas dicen haber estado aquí esta mañana, desayunando.

—Por aquí pasa mucha gente, más en fin de semana…

—Uno de ellos se llama Alberto Luján, setenta y pico años, pelo blanco y ojos saltones. Habla un poco entrecortado y el otro…

—Sí, sí, sé quienes son. Dos tipos un poco raros. —Candela lo miró intrigada—. Son amables, siempre saludan. Vienen mucho. No quiero sonar desagradecido, entiéndame…

—Pero...

—No sé, vienen siempre que hay poca gente. Y me cuentan que han estado haciendo ejercicio por el campo, van vestidos con ropa de deporte, pero yo los veo impecables, ni una gota de sudor y algo tiesos, como muy pendientes de todo. Efectivamente los he visto esta mañana. He estado con los pedidos y haciendo inventario, pero una de las veces que he salido los he visto. Los saludé, hablamos sobre lo gris que estaba el día, que parecía que iba a llover en cualquier momento. Empezó a entrar mucha gente de golpe y, de pronto, se levantaron y se marcharon. Fue un poco raro, la verdad.

—¿Le pareció un comportamiento extraño en ellos? ¿Sabe si quizá recibieron alguna llamada?

—A tanto no llego, pero ya le digo que fue entrar la gente y levantarse corriendo, dejándose todo a medias.

—¿Podría ver las grabaciones de la cámara de seguridad, por favor?

—Por supuesto, acompáñeme.

Candela siguió a Pepe hacia el interior del local. Aquel comportamiento tan extraño podía significar dos cosas totalmente opuestas: o que se fueran rápidamente porque no querían que los vieran por alguna razón o todo lo contrario, que hicieron un poco el paripé con el dueño y, cuando se aseguraron de que los había visto gente suficiente que pudiera confirmar su coartada, se marcharon. En la cocina había una sola mujer echando un montón de churros a freír. Pero había tanto humo que apenas pudo ver su rostro al pasar. El dueño fue hasta una mesa auxiliar que tenía un pequeño monitor y se puso de cuclillas frente a él.

—No recuerdo exactamente la hora que era, más o menos serían las once.

—Sí, dicen que a y media estaban de vuelta, así que sería sobre esa hora, sí.

El monitor mostraba el plano fijo cenital de la cámara. Pepe rebobinó a la máxima velocidad que le permitía el reproductor. De vez en cuando paraba y se fijaba en la hora que aparecía en la pantalla para no pasarse. Conforme se acercaba a la franja horaria en la que recordaba haberlos visto, fue descendiendo la velocidad, hasta que los dos hombres aparecieron levantándose de la mesa y después sentados uno frente al otro mojando los churros en azúcar y en chocolate. Pero no fue eso lo que los dejó atónitos, sino algo con lo que nunca hubieran contado y que daba una nueva vuelta de tuerca a la investigación.

37

Como la agente veterana que era, con más de veinte
años de experiencia a sus espaldas, Candela pocas
veces sentía pudor cuando metía las narices en la vida privada de los implicados en el caso que estaba investigando. Pero
esta vez el momento *voyeur* provocó en ella una especie de
vergüenza unida a un leve malestar. Y no tanto por haberse
inmiscuido en la vida privada de Alberto y Vicente, los vecinos de la familia de Lucas; al fin y al cabo eran gajes del
oficio —su obligación para desempeñar bien su trabajo con-
sistía en agotar todas las posibilidades—; sino por las consecuencias que lo que acababa de ver tendría en la mujer del
último. Algo en ella le había provocado una empatía especial.
No podía quitarse de la cabeza la última mirada que esta le
había lanzado justo antes de salir por la puerta de su casa. Lo
que ocurría en el vídeo que mostraba ahora el monitor era

aquello que estaba segura de que la mujer sabía y aun así toleraba o más bien «aguantaba».

Candela y Pepe asistían a la reproducción de un instante en el que Alberto y Vicente desayunaban mojando sus churros en chocolate el primero y en azúcar el segundo. En un momento, Alberto comenzó a subir el pie para rozar lateralmente el gemelo de su amigo. Este reaccionaba levantando la vista, sonriéndole, y después ambos estiraban los brazos disimuladamente bajo la mesa y se daban la mano. Aquella estampa hacía que todas las piezas del puzle encajaran de golpe. Ninguno de ellos hacía deporte, como sospechaba Pepe, sino que era la excusa para verse. Vicente no quería que su mujer se enterara de la relación que mantenía con su vecino y por eso había reaccionado de manera tan equívoca cuando Candela le había preguntado por él. Que fueran pareja en secreto, y uno de ellos infiel, no los convertía en culpables. De hecho, sus preferencias apoyaban la versión de Alberto de que nunca había abusado de Judith. Quizá ese era el motivo por el que su mujer y él nunca fueron padres. No debían hacerlo mucho, o sí. No era de su incumbencia, en cualquier caso. El tema es que ahí estaba la prueba de que, por suerte, ninguno podía haberse llevado a Lucas aquella mañana.

Candela no necesitaba más, reprimiría las ganas que tenía de volver a casa de Vicente para hablar con aquella mujer de mirada resignada, a la que ahora comprendía, y regresaría a casa de Adriana para esclarecer todos los temas pendientes relacionados con ella. Cuando tenía un pie en la calle, se dio cuenta de que con las prisas se había olvidado de comprar los churros para Mateo. Una fuerte melancolía la invadió de golpe al recordar los días felices en los que los tomaban en casa, en familia. La imagen de su hijo con la boca manchada de chocolate, masticando y gozando el momento, hizo que sus ojos se empañaran. Se acordó de cuando lo limpiaba con el dedo y él se quejaba:

—¡No me limpies la boca con el dedo lleno de saliva como cuando era pequeño, por favor, menuda cerdada! —le decía relamiéndose.

Una sonrisa se dibujó en su rostro al recordarlo y también al pensar en la cara que pondría Mateo al ver los churros que le llevaba. Pepe se había quedado en el interior del local después de que Candela le agradeciera que hubiera colaborado en la investigación, así que, al girarse ahora, en la barra volvía a estar sola la chica.

—Perdona, se me olvidaba —dijo Candela acercándose—, dame una docena de churros y dos de chocolate para llevar.

La chica sonrió y preparó el pedido.

38

Candela caminaba hasta donde había aparcado cargada con la bolsa de churros en la mano izquierda y en la derecha un soporte de cartón para transportar los dos chocolates. Escuchó una notificación de su móvil y corrió al coche para dejarlo todo encima del capó y poder mirarla. Era Paula; en el mensaje le confirmaba que no había ninguna denuncia contra Alberto Luján. No tenía antecedentes ni había participado en ningún altercado relacionado con menores. Al menos en eso no mentía. Antes de ponerse en marcha quiso tomarse su chocolate. El subidón de azúcar le daría las fuerzas que estaba empezando a necesitar. El humo salía por la ranura de la tapa, sabía que si bebía se abrasaría la lengua, pero aun así no pudo evitar dar un pequeño sorbo, como siempre hacía. Y, como siempre, tuvo que salivar para intentar quitarse la quemazón de la boca y esperar para poder seguir bebiendo. Se apoyó en el coche y sopló para que el chocolate se enfriara lo antes posible. Frente a ella partía uno de los caminos de tierra que daban acceso a la zona de campo llena de árboles, arbustos y otros senderos por donde los vecinos solían ir a caminar y hacer deporte, sobre todo a última hora de la tarde y en fin de semana. En los alrededores de los accesos siempre estaba más concurrido, pero, en cuanto te adentrabas un poco más, la densidad de la vegetación hacía que resultara sencillo pasar desapercibido para estar un rato en pareja, como en el caso de los vecinos amantes, pero también para llevar a la fuerza a un niño y hacer lo que se quisiera con él sin que nadie molestara.

Entonces pensó en Lucas y en que, más allá del sujeto del caso que tenía que resolver y del personaje mediático que era, seguía siendo solo un niño. No podía cometer el error de despersonalizarlo o pensar en él simplemente como «un famoso». Antes de convertirse en el popular conejito, había sido un bebé, como lo fueron su hijo y todos los demás; había aprendido a gatear, a balbucear, a reír… Aunque estuviese contaminado por su entorno, no dejaba de ser un crío con la misma necesidad de amor y atención. Con esa materia prima inocente y maravillosa con la que nacen todos los niños, solo que a él lo habían ido moldeando a traición. Por la cabeza de Candela pasaron imágenes del niño sonriente, feliz, bañándose o jugando a la pelota. Estas se fueron sucediendo a gran velocidad y volviéndose oscuras: el niño triste, llorando, su piel azulada, sus ojos en blanco, sus brazos inertes, un reguero de sangre… Hasta que lo pudo ver con detenimiento frente a ella, vestido de conejo, con sus enormes orejas y su disfraz de peluche blanco, mirándola fijamente. Pero no eran sus ojos, sino unos de muñeco, negros y profundos, que transmitían un enorme sadismo. Era el mal, la perversión más absoluta. Candela reaccionó de inmediato, era como si esos pensamientos se estuvieran adueñado de ella de una manera hipnótica. Esa mirada le había dado pánico. Le temblaba todo el cuerpo. Volvió a centrarse en el caso, tratando de salir del pequeño trance. Siempre era bueno hacer una pausa para poner todas las cartas sobre la mesa y valorar las opciones y caminos a seguir. A simple vista podría parecer que, por el momento, no tenía ninguna pista importante para dar con Lucas, pero existía una amplia gama de posibilidades. Sus años de experiencia le decían que toda historia siempre podía complicarse mucho más de lo que uno deseaba, incluso de la manera más retorcida. Aquella que ni por asomo podría haberse imaginado.

39

Venga, ponte ciego, que te necesito fuerte y bien despierto, nos queda mucho por hacer! —exclamó Candela cuando Mateo estaba a apenas unos pasos de ella.

Aparcó el coche dos calles más abajo. Cuando estaba a punto de entrar en la urbanización, le había enviado un audio para que saliera porque tenía una sorpresita para él. Le indicaba que tendría que bajar un par de calles, pero que merecería la pena, que allí podrían estar tranquilos sin llamar tanto la atención.

La expresión de Mateo se transformó al instante en la de un niño que acababa de recibir una sorpresa de cumpleaños.

—¡Oooh!, jefa, eres la mejor, retiro lo que acabo de decir, lo de que eras una malvada y…

—Anda, calla —dijo mientras le daba la bolsa con los churros.

Mateo miró el paquete con una emoción que Candela también reconocía. Le dio las gracias; su mirada era sincera y, de manera espontánea, la abrazó.

—¡Que lo vas a tirar y me vas a poner perdida! —le regañó en broma Candela, apartándolo suavemente.

Lo cierto era que le habría gustado que ese abrazo hubiese durado muchísimo más y haber podido descansar en él por un instante. Necesitaba tanto ese amor… lo buscaba tan desesperadamente en él… Pero, por desgracia, había aprendido a controlar sus emociones para no sentirse herida de nuevo. Era suficiente con que Mateo se lo hubiese dado, eso sí que era un chute de vida y no el maldito chocolate, que, por mucho que le gustara, lo único que hacía era engordarle aún más el culo.

—Desembucha —dijo mientras mojaba un churro en su vaso de chocolate, preso de la gula.

—Agárrate: Alberto y su vecino están liados. —Mateo por poco se atraganta—. Básicamente decían que salían a hacer deporte por el campo cuando lo que iban a hacer…

—Vamos, que no andaban ni corrían, se corrían —dijo Mateo sin darle apenas importancia.

—Eso sí que es un buen resumen —respondió Candela entornando los ojos—. Total, que se perdían un rato por el bosque y después remataban la cita…

—¡Mojando el churro! Joder, no me mires así, es que me lo pones a huevo. —Mateo sonrió, le encantaba provocarla.

—Desayunando en la churrería, sí. Al dueño le parecía extraño que fueran vestidos de deporte, pero que siempre llegaran impolutos y además diciendo que venían de hacer ejercicio.

—Eso era verdad, ¿no? —dijo Mateo volviendo a la carga, sin parar de comer.

—Le he pedido ver la cámara de seguridad del interior del local —continuó Candela ignorándolo— y los hemos pillado dándose la mano por debajo de la mesa.

—¿Y la hora a la que se fueron y demás coincide?

—Sí, pero pensamos que el motivo fue porque el local se llenó de golpe y huyeron antes de encontrarse con algún conocido que los viera y se lo contara después a la mujer de Vicente, aunque fuera sin ninguna intención. Ella se lo huele, si no lo sabe ya. Juraría además que montaría un buen pollo.

—O quizá no. Igual lo sabe y le compensa vivir con ello. No todas las mujeres son víctimas, jefa, tú deberías saberlo.

—Lo que sé es que hay una generación de mujeres que, por mucho que les hubiese gustado separarse, ni se lo planteaban. Ya sea por educación, por el qué dirán, porque se habrían quedado solas sin medios o porque no estaban preparadas para vivir semejante bochorno públicamente. Yo no creo que merezca la pena aguantar, ya lo sabes. En eso estamos de acuerdo. Pero habría que ponerse en la piel de esa mujer, que ya te digo yo que lo sabe y que gracia no le hace.

Candela se fue cargando conforme hablaba. Sacó la petaca de su cazadora y dio un trago pequeño.

—Y ahora vamos a hablar con las nuevas generaciones —dijo caminando en dirección a la casa de Adriana.

Mateo la siguió mientras masticaba el último trozo de uno de los pocos churros que le quedaban, el resto los llevaba en la bolsa.

—No me has contado qué ha dicho Alberto sobre las acusaciones por abuso.

—Que no son ciertas. No hay ninguna denuncia, solo la palabra de Judith contra la suya, me lo ha confirmado Paula. Así que no creo que los amantes mientan y tengan una red de pederastia secreta, sino más bien que la mamá y la niña son un par de brujas. No lo denunciaron porque era mentira. Solo hicieron correr el rumor entre los vecinos, pero por lo visto las deben de tener bastante caladas.

—Ya, pero ¿por qué iban a inventarse algo así?

—Porque Alberto descubrió que Judith se prostituía para pagarse las marcas tan caras que lleva y a la madre no le hizo ninguna gracia. Desacreditarlo era la única manera de que pareciera una locura si se lo contaba a alguien.

Mateo se paró de golpe.

—Flipa, ¡anda ya! ¿Y tú te lo crees? ¿Te lo ha demostrado? Porque aquí todo el mundo está *lanzao* y lo mismo te dicen…

—Mateo, si eso hubiera ocurrido —lo interrumpió—, si la hubiera violado, lo habrían denunciado y no habrían seguido viviendo al lado como si nada. Es lo que dice él y yo pienso lo mismo.

—¿Y crees que lo de Lucas podría estar relacionado con algún cliente despechado de su hermana, algún ajuste de cuentas?

—No lo sé, pero lo que pienso es que, si su madre se empeñó en esconder esta información, no fue para impedir que su hija siguiera prostituyéndose, sino que igual ella también lo hacía. Tampoco me sorprendería que fuera ella quien ofrecía a su hija a los clientes. Cosas peores he visto.

40

Nada más entrar en la parcela de la casa de Lucas, Adriana los esperaba en lo alto, a la salida de la cristalera del salón, y les habló a voces.

—¿Ha sido él? ¿Lo han detenido por fin? —Candela le hizo gestos con la mano para que bajara la voz, pero la mujer no le hacía ni caso. Estaba realmente nerviosa—. Mi hija me ha contado que han ido a ver al pervertido ese —añadió mirando hacia la ventana de su vecino con la intención de que la escuchara.

Si había algo que Candela no soportaba eran los gritos y la gente que berreaba sin ningún respeto. Cuando llegaron hasta ella se quedó a un palmo y le habló con calma, en un tono muy bajo.

—Dado que su hijo sigue desaparecido y no podemos perder ni un segundo, permítame que le sea franca. Tenemos dos hombres que coinciden en que usted y su hija los han difamado por presuntas agresiones sexuales que nunca han sucedido. Creo que sabe a quiénes me refiero: Alberto Luján, su vecino, y Néstor Garmendia, el padre de Lucas. Quizá haya más difamaciones; si es así, corríjame, por favor. —La mujer no dijo nada—. No sé si sabe que la podrían llevar a juicio por una acusación de ese tipo. En cualquier caso, eso no me importa. Lo único que me interesa es encontrar a su hijo sano y salvo, y para eso no puedo estar perdiendo tiempo siguiendo los caminos que usted me traza fuera de aquí y que resulta que, finalmente, todos me llevan de vuelta al mismo lugar: esta casa. Así que, si tiene interés en recuperar a Lucas, ya va siendo hora de que nos diga la verdad. Porque ¿sabe lo que ocurre ahora? Que no me creo nada de lo que nos ha contado. —Después de una pausa, continuó—: Usted decide.

—Les estoy diciendo la verdad. Judith me contó que Alberto se había aprovechado de ella en dos ocasiones y la creí —dijo bajando la voz—. Se oyen constantemente tantas cosas que por qué no iba a hacerlo. Vivimos en un patriarcado en el que los hombres se creen que les pertenecemos, que somos su juguete. No me lo invento yo, sucede todo el tiempo desde hace siglos.

Candela prefirió que siguieran con la conversación en el salón. Una vez estuvieron los tres dentro, le preguntó a Adriana:

—Si era así, ¿por qué no lo denunció?

—Preferí olvidarlo.

—¿Me está diciendo que ha seguido viviendo junto al

violador de su hija todos estos años sin haber hecho nada para evitar que volviera hacerlo?

—Mire, soy madre soltera de dos hijos, bastante tengo. Haga el favor de no juzgarme. Usted no lo entiende, pero las cosas no son tan sencillas.

—Sí, lo entiendo bastante bien, de hecho —replicó Candela tajante.

Adriana se dio cuenta de que quizá su comentario no había sido afortunado y continuó en un tono más amable:

—Además, no tenía pruebas…

—Eso y que sabía que había muchas posibilidades de que no fuera cierto, ¿no es así?

—También porque le tenía cariño —respondió después de una breve pausa.

—No se lo tuvo cuando difundió el rumor de que era un pederasta por toda la urbanización…

—Estaba diciendo cosas muy feas de Judith, no podía consentirlo.

—Y siempre sería más fácil que creyeran que él era un pederasta y no que su hija se prostituía.

—Pero ¡¿qué dice?! ¡Eso no es cierto! No le consiento que diga eso de mi hija. Yo la creo. Si fui al presidente de la comunidad para que pusiera en alerta a los demás vecinos fue porque estaba preocupada. Hay que tener mucho cuidado con los niños y no quería que ningún otro sufriera como Judith. El mundo está lleno de monstruos depravados. Ustedes no saben por lo que hemos pasado. En esta casa hemos vivido un auténtico infierno.

Sentada en el borde de la cama de su hija, Adriana trataba de borrar de su mente lo ocurrido durante la comida. Aquella imagen que volvería durante años en forma de latigazo: Judith mirándola sin entender por qué se deslizaba tanta sangre por sus muslos, empapándolo todo. Para conseguirlo ponía toda su atención en cada detalle del rostro de su hija. Y es que, cuando dormía, Judith parecía un ángel: sus pestañas larguísimas, su nariz puntiaguda y sus mofletes rosados eran la mera imagen de la inocencia. No quedaba rastro en ella del susto que propició la repentina salida de su marido y que Adriana se había propuesto mantener en secreto. La expresión de la niña era de auténtica paz. Adriana se consolaba pensando que era una cría y que no entendería lo que había pasado. Ni siquiera ella misma era capaz de hacerlo si no fuera por él y ese pronto que la sacaba de quicio. La trataba como si fuera el enemigo, incapaz de hablar con ella y decidir las cosas de mutuo acuerdo. No, él quiso solucionarlo a su manera, como siempre, ¡el gran macho! Estaba ya hasta los ovarios de aguantar y tener que suplicar que le diera el visto bueno para todo. La de trabajos que había perdido la niña por ese motivo: no podía faltar a la guarde, ni al pediatra, ni a ningún evento con amigos y familiares. Eso hacía que las probabilidades de que la eligieran para algún trabajo importante se redujeran considerablemente.

Era totalmente comprensible; ella tampoco elegiría a alguien que casi nunca estuviese disponible y pusiera mil problemas cada vez que se le proponía una fecha de trabajo. Cuando Elvira se puso en contacto con Adriana a través de la agencia de representación en la que tenía apuntada a Judith, consiguió que poco a poco su marido les «diera permiso» para presentarse a las pruebas de Sweet Bunny. Iba a llevar su tiempo; «La publicidad es así», le dijo la mujer con la sonrisa de oreja a oreja que la caracterizaba. Castings, pruebas de cámara, reuniones con el cliente… Todos tenían que quedar convencidos; si uno solo dudaba, el puesto sería para otra. Eso era lo que más temía; que todo el esfuerzo y la ilusión puestos se fueran al garete después de que su marido hablara con ellos. No quería ni pensar qué les habría dicho. Habían pasado más de seis horas y no tenía noticias de él, tan solo un mensaje de texto que había enviado hacía más de una hora en el que le decía que estaba en la puerta de la Torre Iberdrola, donde se encontraban las oficinas de la agencia, y que luego le contaría. Solo esperaba que no hubiera llegado a las manos, capaz era, ni que hubiese faltado al respeto al señor Urdanegui. Sería su fin, adiós a las mejores campañas, dado que las principales cuentas del país estaban en sus manos.

Adriana se levantó y empezó a dar vueltas a la habitación. Toda esa sangre no podía ser fruto de…, no, tendría otra explicación. Debería llevarla al pediatra, pero ¿y si las sospechas de su marido eran ciertas? Si lo descubrían, sería aún peor. Maldita sea. Miró otra vez el reloj, seguían pasando los minutos y no tenía noticias de él. De pronto pensó en qué ocurriría si ya no volviese, si estuviese muerto. Se imaginó sola, yendo y viniendo sin problema cada vez que requirieran a la niña. Sin duda, eso sería un punto a su favor. De hecho, quizá ese fuera el motivo por el que no terminaban de darle el visto bueno. Por fin lo conseguiría. Con el primer sueldo se pondría una talla cien de pecho. Antes de acostarse volvió a llamarlo al móvil sin éxito, estaba apagado. Cerró los ojos y tuvo que batallar con los flashes de la sangre de su hija mientras la limpiaba. Apenas pudo pegar ojo, una pesadilla la despertó a la una y después se fue despertando prácticamente cada hora. Hasta que a las cinco se dio por vencida y empezó a ver chorradas en el iPad para mantener la cabeza ocupada. Por más que intentara no pensar, su corazón le decía que no era normal que aún no hubiera dado señales de vida. El móvil seguía apagado, lo que le hizo ponerse más nerviosa. Eso sí que era una mala señal.

Pero no fue hasta la mañana siguiente, a eso de las diez, cuando ya había vestido y dado de desayunar a Judith, cuando alguien llamó al telefonillo. Adriana dio un brinco al pensar que su marido había vuelto ya y llamaba porque se había dejado las llaves. La persona que había al otro lado de la *puerta no era su marido, sino un repartidor. Adriana le abrió y al asomarse vio que llevaba un enorme ramo de flores acompañado de un sobre. Una vez dentro, sacó y leyó la nota que había escrita a mano en su interior. En ella ponía: «Lo sentimos mucho, querida, qué tragedia. Te acompañamos en el sentimiento. No quiero ni pensar por lo que estará pasando Judith, pobre criatura. Tenemos ganas de verla, sobre todo ahora que necesitará muchos mimos. Con cariño, Elvira».*

41

El rostro de Adriana se ensombreció de repente, parecía haber caído en lo más profundo de su propio abismo.

—Estoy convencida de que abusaban de Judith… —dijo armándose de valor.

Candela lanzó una mirada cargada de escepticismo a Mateo: era la tercera vez en lo que llevaban de día en que Adriana acusaba a alguien de abusar sexualmente de su hija sin pruebas de que fuera cierto, y se preguntaba cuántas más quedarían.

—No me refiero a mi vecino ni a mi ex. Les estoy diciendo la verdad, déjenme explicarles. Cuando Judith tenía poco más de un año, la apunté en una agencia para hacer anuncios. Los primeros meses nos llamaron para hacer castings y más castings, de ahí salió alguna foto perdida en un catálogo y poca cosa más. Después hizo un par de reportajes de fotos anunciando ropa y juguetes para prensa y catálogos. Cuando creció y se convirtió en una niña que llamaba la atención, por su larga melena rubia y su cara de muñeca, nos llamaron porque la agencia más importante de España estaba interesada en contar con ella para una campaña estrella. No nos contaron mucho más, había mucho secretismo al respecto. De hecho, uno de los requisitos fue que, aunque la representante se seguiría llevando el veinte por ciento por cada trabajo que saliera, no actuaría como intermediaria, sino que la agencia se pondría en contacto con nosotros de manera directa. Nos mandaron un móvil y todo; por lo visto a ese nivel de presupuesto y demás era lo más normal, o por lo menos eso nos dijeron.

»Al principio hablamos con un tal Ángel, que trabajaba en la agencia, y nos dio las instrucciones sobre el móvil y cómo proceder. Después siempre contactó con nosotras Elvira, la secretaria del señor Urdanegui, el dueño. Una mujer mayor pero con más vitalidad que todos nosotros juntos, muy amable, siempre sonriente. Aunque con el tiempo me di cuenta de que en realidad no era más que una encantadora de serpientes que lo sabía siempre todo y que había que tener mucho cuidado con ella. Tuvimos que mandar fotos de la niña y grabarla en vídeo un par de veces. Después me pidieron que la llevara a pruebas de cámara en Madrid, en un plató que habían montado dentro de una nave industrial en un polígono de San Sebastián de los Reyes. Esa fue la primera vez en la que me pidieron que saliera fuera durante la grabación, porque era una manera de que Judith no estuviera tan pendiente de mí y se relajara. Reconozco que hubo un momento, al principio, en que se me pasó por la cabeza que pudieran grabarla desnuda o algo así. En la tele salían casos en Estados Unidos de niñas de concursos de belleza a las que hacían fotos y vídeos, ya saben… Pero pensé que estaba siendo exagerada. Ese equipo de gente tan encantadora sería incapaz de hacer ese tipo de cosas. Y, para mi sorpresa, lo que estaba ocurriendo era mucho peor que eso. Me di cuenta cuando nos pidieron viajar a Bilbao para que la viera el cliente, vamos, él y todo el equipo, antes de dar el okey final. Todo fue bien, como siempre: se llevaban a la niña y yo esperaba hasta que me avisaban. Elvira me dijo que estaban encantados. Pero a la vuelta, mientras comíamos en casa, Judith empezó a sangrar por… —Adriana bajó la cabeza, señalando su entrepierna—. Mi marido montó en cólera y salió disparado a Bilbao. No hubo manera de frenarlo, me dijo que no pararía hasta cantarles las cuarenta y que le dieran una buena explicación.

»Nunca volvió, me escribió antes de entrar en la agencia para avisarme de que había llegado y que después me contaría. Pero nunca lo hizo, no supe nada de él en toda la noche. Al principio el teléfono daba señal, pero horas más tarde estaba apagado. ¿Saben cómo me enteré de que había muerto? A la mañana siguiente recibí un ramo de flores con una nota en la que Elvira me daba sus condolencias. Y lo hacía en nombre de todos. No mencionaba a mi marido ni qué había pasado con él, pero no hacía falta. Antes de que pudiera denunciar su desaparición recibí una llamada de la Guardia Civil para decirme que habían encontrado su coche al fondo de un terraplén. Por lo visto los frenos habían fallado, pero eso no tenía mucho sentido. Mi marido era un apasionado de los coches y cuidaba el suyo como oro en paño. Conducía deprisa, eso es cierto, pero no creo que fuera un accidente. ¿Cómo podía saber Elvira lo que había ocurrido antes de que lo hubieran encontrado? Jamás mencionaron que hubiera estado en la agencia en ningún momento, pero no solo sé que tuvo que hablar con ellos por el mensaje que me envió antes de subir, sino porque el accidente ocurrió mientras regresaba a Madrid. Seguro que les dijo que se olvidaran de contar con la niña…, los amenazaría con hacerlo público y lo mataron. Estoy segura. La carta que envió Elvira era una advertencia, una manera de hacerme saber a qué me atenía si optaba por intentarlo también yo.

—¿Los denunció? —preguntó Candela con cierto escepticismo.

Adriana negó con la cabeza con gesto afectado.

—No, yo tardé más en verlo y cuando lo hice me dio pánico enfrentarme a ellos. No quería creerlo, me parecía increíble que Elvira y el señor Urdanegui, gente de tanta categoría, tan amables y educados, pudieran hacer algo así. Pero después de recibir la nota de Elvira las piezas comenzaron a encajar y mis temores se hicieron realidad. El miedo se adueñó de mí. Quería huir, desaparecer sin decirles nada para que no nos encontraran nunca, pero había algo que me lo impedía, y no solo el miedo a que nos localizaran, realmente los necesitaba: mi marido había muerto, no tenía seguro de vida y sí una hipoteca y mil facturas que pagar. No podíamos prescindir del dinero que pagarían a Judith si era elegida.

Tenía que encontrar la manera de sobrevivir antes de cortar por lo sano, quedarnos sin recursos y encima con la incertidumbre de si en cualquier momento tomarían represalias. Así que decidí seguir actuando como si nada pasara, aprovechando la excusa de que no me encontraba bien para alargar el momento de volver a llevar a Judith con ellos.

»Llamé a Elvira y le expliqué que mi hija estaba muy despistada después de la muerte de su padre y que en el colegio nos recomendaron alejarla de cualquier agente externo que pudiera afectarla en esos momentos. Que era importante que la niña tuviese la infancia más normal posible a pesar de las circunstancias tan horribles que le había tocado vivir. Pero no lo entendieron, Elvira insistía en que no podía perder una oportunidad tan buena. Realmente es una marca que lleva aquí toda la vida, pero poca gente sabe que también tiene relevancia en algunos países del extranjero, y eso hubiera lanzado al éxito a Judith, como después pasó con Lucas, pero yo me negué. Educadamente, pero me negué.

»En la agencia estaban además Ángel, el que me dio el teléfono, y Zeus, que se ocupaba de los desplazamientos y temas de producción. Los dos siempre fueron encantadores, hasta que empezaron a insistir e insistir. Tal vez los presionaron. Ángel llamaba sin parar, y eso que él era el encargado de los clientes vip y las grandes esferas, pero lo peor fue lo de Zeus. Ahí fue cuando decidí que no podía seguir así. Una tarde se presentó sin avisar con un ramo de flores y unas chucherías para Judith. Es curioso cómo, según la perspectiva, puede cambiar la manera de ver a una persona. Ese chico siempre me había parecido muy dulce, frágil, con su cara llena de pequitas..., y al verlo, de pronto, totalmente quieto en el marco de la puerta, me pareció el demonio. Después de lo de mi marido, no pude evitar pensar que también había tenido algo que ver. Su mirada amable se volvió oscura y siniestra. Sin embargo, esa amenaza real, esa manera de decirme «Mira lo sencillo que es llegar hasta ti», provocó en mí el efecto contrario. Si iban a acabar conmigo, que lo hicieran rápido, pero nadie más haría daño a mi hija. Por encima de mi cadáver y el de mi difunto marido. Vencí el miedo y me impuse. Les dije que la niña padecía una crisis nerviosa y que el médico le había prohibido trabajar.

—¿La padecía? —preguntó Candela de manera directa.

—Bien no estaba. Pero ya hace mucho de eso —respondió Adriana, quitando hierro al asunto— y al menos puedo decir que conseguí que terminara la pesadilla de Judith.

No quería levantarse de la cama, resguardada bajo la colcha parecía que pudiera escaquearse de lo que sabía que la esperaba. Ya no salía de su madriguera, y no solo por eso. Judith ya no era capaz de estar en la cama sin esconderse. Cada vez que se quedaba sola, por más que pensara en «cosas bonitas», como le había insistido su madre, siempre aparecía él. Detrás de la cómoda, agachado junto a la mesita con las dos sillas de madera, oculto tras las cortinas o la puerta, junto a la ropa colgada de las perchas, dentro del armario o debajo de la cama. El conejo gigante la miraba fijamente con sus ojos negros clavados en ella. Podía sentir su aliento y el tacto suave sobre su piel. Cuando esto ocurría, su cuerpo se bloqueaba por completo y Judith se metía debajo de la colcha, donde, refugiándose en el calor que emanaba todo su cuerpo, tarareaba canciones para que la pesadilla pasara rápido. Sin

embargo, pese al miedo inicial, con los días aprendió a disfru-
tar de su escondite, al menos hasta que llegaba su madre. Sa-
bía perfectamente lo que vendría después, escucharía a mamá
llamándola y cómo poco a poco se iba acercando hasta notar
su presencia junto a ella. «Venga, que tenemos que ponernos
muy guapas», le diría cariñosamente. Después le explicaría lo
importante que era que sonriera todo el tiempo y obedeciera
a todo lo que le dijeran Elvira y el resto de los hombres de su
alrededor. Eso ocurrió en cuatro ocasiones más después de la
muerte de su padre. Y en todas ellas la vuelta fue cada vez
más dura. Adriana presenció cómo su hija se iba empequeñe-
ciendo poco a poco. Ya no sangraba, no había marcas ni nada
que hiciera sospechar que estuvieran abusando de ella. Sin
embargo, la niña cada vez hablaba menos y, en lugar de ha-
cerse mayor, daba marcha atrás: no tenía apetito ni comía
sola, se despertaba mil veces por la noche entre llantos —algo
que no hacía desde que era muy bebé—, muchos días se hacía
pis en la cama, incluso despierta, mientras jugaba; quería que
la llevara en brazos y solo confiaba en su madre. Tampoco
quería quedarse con sus abuelos. Adriana estaba convencida
de que era porque le hacían acordarse de Elvira y el señor
Urdanegui o de alguno de los clientes vip más mayores.

Solo quedaba un día, la llamada «final», en la que por
fin decidirían si Judith se convertiría en la imagen oficial de
Sweet Bunny, algo que Elvira daba por hecho. Pero, antes
de ese quinto día de pruebas, Adriana recibió una llamada de
la mujer. Con voz melosa le explicó que sintiéndolo en el alma la
niña se había quedado fuera en el último momento. La mar-
ca había decidido bajar la edad y Judith parecía «una señorita

ya», más aún al haber perdido su cara redondita después de adelgazar, como le pidieron en un primer momento. «Qué pena que crezcan», le dijo Elvira como despedida. A Adriana la noticia la pilló tan por sorpresa que apenas pudo decir nada. Pero en cuanto colgó lanzó con fuerza el móvil al suelo. Se quebró la pantalla. Al verlo empezó a gritar presa de la rabia, emitiendo onomatopeyas cargadas de dolor e impotencia. Nada de lo que había hecho hasta el momento había servido. Su marido apareció en sus pensamientos, de alguna manera ella lo había sacrificado. No había podido impedir su destino, pero sí honrarlo al menos y seguir su lucha para que su hija dejara de sufrir. Sin embargo, aunque jamás lo reconocería, no lo había hecho. Había mirado hacia otro lado tratando de no pensar en ello, como si todo no hubiera sido más que una serie de sucesos terribles fruto del azar. Pero ahora quería devolver la llamada a Elvira, o plantarse allí, como hizo él, y amenazarlos con contarlo. Después de perderlo todo, ya nada la asustaba. Quería que le dieran el dinero que merecían por el gran esfuerzo y el tiempo perdido. Por todo el dolor. Entonces recordó las palabras de Zeus durante uno de los viajes: «Hay que ver cómo están ahora con las restricciones para trabajar con niños, como alguien denuncie y te hayas pasado un minuto, la has cagado. Sobre todo los padres, por consentirlo. Hay que tener cuidado, porque te buscas un lío de custodias y te prohíben que vuelvan a trabajar hasta cumplir la mayoría de edad». Parecía que lo había dejado caer, pero ambos sabían que lo hizo conscientemente porque Adriana había consentido que no se respetara ninguna de las medidas con Judith. Era terrible, aquello imposibilitaba que pudiera salir airosa, no tendrían ni que deshacerse de ella. Adriana sabía que, si denunciaba a la agencia por abusar de su hija y matar a su marido al tratar de impedirlo, siempre podrían alegar que ella era cómplice. Tenían pruebas suficientes para demostrar que había hecho la vista gorda en todo lo relacionado con las medidas impuestas para trabajar con menores y, además, continuó llevando a la niña después de que supuestamente mataran a su marido. ¿Quién haría eso si estuviera convencida de las acusaciones que defendía? Nadie la creería, quedaría como una mujer despechada que hacía todo aquello porque habían rechazado a su hija en el último momento, y acabaría siendo la única perjudicada. Con esa fama, ni Judith ni ella volverían a trabajar más en el medio, y eso era lo único que les quedaba.

Durante un tiempo largo vivió más desahogada gracias a que vendió el piso en el que vivían, ubicado en el centro de Madrid, para comprar un chalet pareado mucho más barato en una pequeña urbanización ubicada cerca de El Escorial, pegada al embalse de Valmayor. El entorno era de lo más privilegiado: rodeado de campo poblado por enormes encinas y no estaba tan apartado gracias a la carretera M-505, que cruzaba el embalse. La representante de la niña le fue consiguiendo algún anuncio, pero poco más. Judith había crecido y Adriana se lamentaba de que Elvira no la llamara ni para un vídeo interno. Era una verdadera pena; llegados a ese punto no se opondría a llevar a su hija y estaba convencida de que Judith tampoco. Había conseguido que Judith fuera de lo más dócil. Si una cosa había hecho bien, había sido conseguir que se diera cuenta de lo importante que era «ser la elegida» para alcanzar el dinero y la fama que la harían feliz. Pero nadie la llamaba y cada vez le costaba más ocultar la creciente decepción que tenía con ella. Así que, viendo que no conseguía los resultados esperados, sobre todo a nivel económico, decidió centrarse en ella misma y aprovechar el auge de los blogs, perfiles y redes sociales con enfoque femenino. Adriana empezó hablando de su estilismo, de la ropa que llevaba y dónde se podía comprar. Conforme pasaron los años se fue adaptando a las nuevas tendencias: habló sobre distintos planes que se podían hacer por Madrid, se apuntó a la moda de las recetas de cocina, que grababa y después subía en vídeos cuidadosamente editados, recomendaba una rutina alimentaria y ejercicios para mantenerse en forma (en ellos nunca mencionó que ella apenas comía, por supuesto)… Pero, por mucho que dedicara tiempo y energía, no conseguía los suficientes seguidores como para amortizar el esfuerzo. Tenía que lograr que las marcas se quisieran poner en contacto con ella para llegar a acuerdos comerciales, y no al contrario, como ocurría casi siempre. Para ellas perdía todo el interés si era evidente que se bajaba los pantalones con facilidad.

Una de las costumbres que tenía era la de, después de dejar a Judith en el colegio, ir a desayunar con un grupito de madres de sus compañeros de clase que estaban en sintonía con sus dinámicas y gustos. Se limitaba a tomar té verde con ellas. Un día, mientras sacaba la bolsita de té del agua caliente para que no se amargara demasiado, escuchó a una de sus amigas contar lo mucho que la fastidiaba saber de una antigua compañera del colegio. No solo no se había casado ni tenía hijos, sino que viajaba sin parar por hoteles de todo el *mundo, posando con su novio cachas y subiéndolo todo a las redes sociales. «Como está buena y tiene seguidores, pues la invitan», dijo su amiga, a modo de reproche, al contarlo. Las demás madres dieron argumentos con todos los tópicos habidos y por haber sobre los beneficios que la maternidad y el matrimonio ofrecían y de los que su amiguita no podría disfrutar en sus aparentes maravillosos viajes. «Luego, todo es mentira», añadían.*

Sin embargo, Adriana ya había desconectado de la conversación. Su cabeza iba a mil por hora. Al llegar a casa buscó el perfil del que habían hablado y de ahí fue enlazando con otros tantos del mismo estilo. Una nueva puerta se abrió ante ella; una de las ventajas de haber sido madre tan joven y mantenerse en forma era que no tenía nada que envidiar a todas esas que se mostraban continuamente en biquini para captar likes. Su siguiente misión fue encontrar una pareja artística a la altura; para ello se apuntó en uno de los clubs con gimnasio de moda en la zona noroeste de Madrid. Mallas entalladas y partes de arriba sin sujetador que no dejaban prácticamente nada a la imaginación; nunca se alegró tanto de haber invertido finalmente en una nueva talla de pecho. Un mes después encontró a un hombre mejor de lo que jamás se hubiera imaginado: Néstor Garmendia. El tipo tenía cuatro años menos que ella y era modelo de profesión. Un verdadero bombón. Gracias a sus contactos empezaron a poner en marcha eso de hacer planes juntos y compartirlo en sus redes. Las publicaciones fueron haciéndose cada vez más frecuentes y subiendo de nivel. Pasaron de las cenas en restaurantes y los spas de la ciudad a fines de semana en paradores y hoteles de lujo de dis-

tintas partes de España. Poco a poco iban viajando cada vez más lejos, cuanto más exótico, mejor. Todo quedaba perfectamente retratado en sus redes, parecían la pareja más feliz del mundo. Además, Adriana empezó a ganar dinero y, sobre todo, a disfrutar de una segunda juventud.

El problema llegó cuando todo eso afectó a Judith. En un principio la niña se pasaba el día en casa de sus abuelos paternos; de primeras le costaba quedarse, pero luego iba feliz. Sin embargo, Adriana terminó cortando la relación, porque estos empezaron no solo a llevarle la contraria, sino a mostrar su preocupación por la manera que tenía de criar a su nieta. Por otra parte, como anteriormente había expuesto tanto su día a día como madre, cuando el número de seguidores fue subiendo, enseguida llegaron los comentarios donde se cuestionaba qué tipo de madre era, pues se veía que llevaba una vida ociosa y separada de su hija. No bastaron las fotos que publicó con Néstor y Judith a la salida del cole y haciendo cosas los tres juntos. Cada vez que subía una fotografía de viaje, ligera de ropa, las críticas se le venían encima y los patrocinadores huían. Era increíble, estaba siendo víctima de los mismos ataques que sus amigas hacían a la compañera que la inspiró para convertirse en quien era.

Entonces estalló un nuevo boom en las redes que la salvaría de caer en el abismo: «la mamá virtual» o las también llamadas «mamis digitales». Ser madre era un negocio. Cada etapa del proceso era una fuente de ingresos: el embarazo, con todos los tratamientos que se hacían, las cremas que usaban, la ropita y todo tipo de cosas y pijaditas para el bebé. La habitación que montarían para él. Después del parto la cosa *no empeoraba; al contrario, seguían relatando cada paso de la crianza y todo lo que se necesitaba, desde los estilismos del bebé y los carros, sillitas, balancines y demás inventos hasta lo relacionado con la recuperación, el entrenamiento y las maneras de conservar el atractivo, de seguir siendo mujer pese a ser madre. Por otro lado, estaba la opción de hacer un perfil al bebé y duplicar la actividad. En su nueva búsqueda volvió a la página de la famosa marca Sweet Bunny, en la que aparecía el célebre conejo, con las galletas y gominolas en forma de zanahoria, y alguna foto suelta de distintos niños, mucho más pequeños que Judith, junto a él. Efectivamente no habían optado por nadie en exclusividad. Adriana se quedó pensativa, el mundo de la maternidad era un no parar de posibilidades. Su día a día se convertiría en una fuente de contenido que a su vez traería dinero constante de los anunciantes interesados. Solo necesitaba quedarse embarazada y tener el bebé. En una de las veladas en las que salía a cenar con su pareja, sacó el tema disimuladamente, pero, para su sorpresa, se encontró con que la mentalidad de Néstor poco tenía que ver con la suya, y su manera de encajar el uso de las redes sociales en la vida de los menores era radicalmente opuesta al plan que se había propuesto llevar a cabo. Además, como Adriana repetía una y otra vez lo liberada que estaba ahora que Judith ya no dependía tanto de ella, él estaba convencido de que sus planes no incluían volver a ser madre y no se dio por aludido. Ante tal panorama solo tenía una opción: dejar de tomar la píldora sin decírselo hasta cumplir su objetivo. Dos meses después la prueba de embarazo dio positivo y, antes de que se le notara, rompió su relación con el modelo. La diferencia de edad fue el principal argumento a su favor. A partir de ese momento se creó su nuevo perfil: @mamifeliz. Ahí compartió el proceso del embarazo sin que Néstor se enterara y pudiera atar cabos. Una vez que diera a luz siempre podría jugar con los meses para que no hubiera duda de que él no era el padre. Hasta entonces solo tuvo que sortear los pocos intentos que su ex hizo para que volvieran a verse y retomar la relación.*

Durante el tiempo que duró el embarazo consiguió más seguidores que en todos los años en los que compartió su vida en su perfil anterior. Sin embargo, no llegaba ni por asomo a alcanzar sus objetivos. Ni siquiera cuando nació su hijo, al que llamó Lucas. Por suerte, era un muñecote precioso, con el pelo rojizo y los ojos muy azules. A los nueve meses, cuando no quedaba rastro de la carita de «viejito» con la que nacen la mayoría de los bebés, y tenía ya sus primeros rizos, consideró que había llegado el momento de actuar. Compró un disfraz de conejito lo más parecido al del anuncio, con unas enormes orejitas de peluche, y fotografió al bebé con él puesto. Lo tumbó en el césped artificial que acababa de poner en una zona del jardín y repitió la foto infinidad de veces hasta que consiguió un gesto que hiciera justicia a su criatura. Después la retocó y, antes de subirla a Instagram, etiquetó el perfil de la agencia con una sola intención. Sacó el teléfono que le dieron en su día y volvió a encenderlo. Esa misma noche llegó un mensaje, la prueba fehaciente de que su plan había surtido efecto: «Enhorabuena, querida, Lucas es de lo más comestible. Elvira».

42

Candela se fijó en que Adriana de pronto parecía ausente. Conocía bien esa expresión neutra, la mirada perdida del que se sumerge en los recuerdos sin poder evitarlo, sin ser consciente de dónde ni cuándo lo hace, sin darse cuenta de que quizá aquel no fuera el momento. Lo que no se imaginaba era que la mujer hubiese vuelto a mentirles: no fue ella quien decidió alejarse de la agencia para proteger a su hija, sino la agencia quien finalmente no contó con Judith, supuestamente porque buscaban a alguien de menor edad.

—Entonces ¿su relación con la agencia se rompió cuando les dijo que Judith no estaba en condiciones de seguir, o volvieron a la carga? —preguntó Candela.

—Sí, sí. Fue una decisión difícil, pero sí. Fue muy duro tener que cambiar el nivel de vida de mi hija y no poder darle todo lo que necesitaba.

—¿Lo que necesitaba ella o usted? —La pregunta sorprendió a Adriana—. Quiero decir que los niños, al fin y al cabo, no se dan cuenta de esas cosas y se conforman con menos que nosotros, los adultos —corrigió Candela para no meter el dedo en la llaga ahora que parecía que estaba contándoles la verdad. Mateo la miró de reojo y sonrió disimuladamente.

—No volvimos a tener noticias de la agencia hasta años después, cuando nació Lucas. Me hice un perfil con otro nombre y otro al niño para que en la agencia no se enteraran —dijo Adriana, mintiendo de nuevo—. Fíjese el miedo que les tenía, aunque hubiesen pasado tantos años. Creo recordar que le regalaron a Lucas un disfraz de conejo, debí subir una foto y alguien se la haría llegar. Por mucho que te empeñes, Elvira siempre acaba sabiéndolo todo. No tardó ni un día en dar señales de vida. Me envió un mensaje diciendo que mi hijo no podía ser más comestible. Esa fue la primera toma de contacto; después me llamó interesándose por «el conejito». Antes de que me negara, me explicó que el modelo de trabajo que buscaban para colaborar con Lucas era muy diferente al de Judith. Todo sería a distancia, el niño no tendría que viajar ni hacer castings ni meetings. Por suerte, el mundo de las redes sociales había cambiado mucho en esos años y solo estaban interesados en posts, directos y stories que podríamos grabar desde casa con el material que nos mandaran y los requisitos específicos para cada publicación. —Adriana hizo una pequeña pausa antes de continuar—: No pude decirles que no, era un dineral y no había peligro. Enseguida mandaron el disfraz de conejito oficial para Lucas con un conejo Sweet Bunny del tamaño del original. Tuve que guardarlo en el trastero porque, en cuanto lo vio, el niño se puso a llorar sin parar, y tampoco quería que Judith se lo encontrara al llegar del colegio. Es difícil de explicar, pero ese bicho tiene algo oscuro, que resulta terrorífico. Por lo menos, Lucas disfrutaba con las fotos. Salía maravilloso, siempre sonriente… —Candela lanzó una mirada cargada de intención a su compañero, que arqueó las cejas—. Y su imagen empezó a ser un éxito. Además, el ceceo con el que habla es tan gracioso que se les ocurrió lo de los vídeos en los que Lucas contaba lo ricas que estaban las gominolas con sabor a tarta de zanahoria cuando la marca sacó el producto. —Sus ojos mostraron un leve brillo de emoción—. Todo el mundo hablaba de ellos, seguro que los recuerdan, fueron circulando hasta convertirse en virales y ocurrió lo que era inevitable que pasara: que quisieron que fuera la imagen oficial de la marca junto con el famoso conejo. Era la primera vez en la historia de Sweet Bunny que un solo niño coparía toda la acción publicitaria, tanto aquí como en el resto de los países donde también se venden las galletas y gominolas y en los que se utilizaría el mismo material de promoción. Ahí empezó de nuevo la pesadilla.

Si a Adriana algo le había enseñado la vida era a ser consciente de que todo lo bueno se acaba tarde o temprano y que la felicidad no es para siempre. La llamada que recibió de Elvira una mañana, mientras se ejercitaba en la bici eléctrica que se había comprado para el jardín, se lo recordó. La tranquilidad y estabilidad que le proporcionaba la nueva manera de trabajar con la agencia había tocado a su fin: Lucas había sido elegido imagen de Sweet Bunny y había llegado el momento de actuar como tal. A sus acciones diarias en redes se sumaba la de hacer la fotografía de la campaña, que estaría en todos lados y que sería su presentación oficial como «el dulce conejito» que acompañaría a partir de ese momento al popular conejo. En un segundo todos los malos recuerdos salpicaron la mente de Adriana, sobre todo después de escuchar que tendrían que viajar a Bilbao, donde se realizaría la sesión con un fotógrafo buenísimo de Londres. Asistirían Elvira, que, al no estar el señor Urdanegui, había tomado el mando; su equipo, y los representantes de la marca para dar el visto bueno. Adriana sabía que estaban en juego la campaña internacional y el dineral que traería consigo, todo lo que nunca logró con Judith, pero no quería que se repitiera lo mismo que le pasó a ella. Así que, sin pensarlo dos veces, sacó toda la fuerza de su interior y sin titubear respondió que no había ningún problema siempre y cuando ella estuviera presente en todo momento. Elvira le dijo que tenía que consultarlo con el cliente porque, como bien sabía, esa no era la manera en la que trabajaban normalmente.

—Los niños se sienten liberados cuando pueden jugar, aunque sea por un rato, sin la presencia constante de sus padres vigilando. Siempre nos ha dado buen resultado —le dijo.

Tres días después dejó a Judith en el colegio y quedó con Alberto, el vecino, en que le haría el favor de ir a buscarla a la salida y pasar la tarde con ella hasta que volvieran. Estaba nerviosa por saber si sería su vuelta al mundo del espectáculo, pero estaba presente el miedo interno que le provocaba reencontrarse con toda esa gente. Cuando se montó en el coche que los vino a recoger y vio que a pesar de los años seguía siendo Zeus quien conducía, sintió que el corazón se le paralizaba. Al cerrar la puerta pensó que eso era lo que se conocía comúnmente como «meterse en la boca del lobo», pero estaba convencida de que tanto Lucas como ella saldrían ilesos. Zeus fue igual de encantador que siempre. Mientras él le hablaba de manera desenfadada, Adriana lo observaba pensando en lo normal y agradable que era y, por tanto, lo increíbles que resultaban todas sus sospechas pasadas. Miró a Lucas, que estaba sentado en la silla del coche mirando los dibujos que le había puesto en el móvil para que no diera guerra, e hizo un esfuerzo por pensar que todo sería diferente y que esta vez podría protegerlo.

Llegó al estudio y se produjo el reencuentro con el equipo, al que en parte ya conocía. Los años habían hecho mella en Elvira y, pese a seguir disfrutando de gran vitalidad, sus movimientos se habían vuelto algo más torpes y ralentizados. Pero era aún una mujer lúcida y rápida en sus respuestas. Su sonrisa y su manera de ser amable y cálida se ganaron al instante a Lucas, que la abrazó como si la conociera de toda la vida cuando su madre le pidió que la saludara. Adriana presenció el improvisado abrazo y no pudo evitar que se le encogiera el estómago. La mujer cogió de la mano al niño y le dijo que lo iba a llevar a un sitio que le encantaría. Lucas sonrió y caminó junto a ella, aunque esta vez Adriana fue detrás y entró también por la puerta que conducía al set donde se tomarían las fotografías. Al verlo, Adriana palideció. Era una reproducción exacta del decorado en el que siempre hicieron posar a Judith: el mismo rincón de un bosque rodeado de vegetación, que esta vez parecía natural, y el tronco partido de un árbol tumbado sobre un montón de hojas secas y trozos de serpentinas de colores. Elvira se dio la vuelta para contemplar la expresión de Adriana, consciente del efecto que el set tendría en ella, y sonrió mientras seguía avanzando con el niño de la mano. Llegaron hasta el tronco y le hizo un gesto simpático para que se sentara en él; una chica jovencita se acercó a ellos y le ofreció una zanahoria enorme de gominola que el niño aceptó con una sonrisa de oreja a oreja. Adriana estaba tan impactada por el déjà vu que acababa de tener que no se había fijado hasta entonces en que el equipo que había ahora era muy reducido y se preguntó si eso sería algo bueno o malo. De hecho, le extrañó que no le hubieran presentado a ningún representante de la marca, que, como clientes, deberían estar en el set.

Elvira empezó a retroceder sin dejar de sonreír al niño. Lucas miró hacia su madre, encantado con todas las novedades, lo cual la tranquilizó, pero, de golpe, la expresión del crío cambió por completo. Sus ojos estaban llenos de pánico, soltó la gominola, que cayó al suelo, y se puso a gritar y a llorar desconsoladamente. Adriana se giró de golpe para descubrir el motivo por el que se había puesto así. Sweet Bunny, más alto que ella, estaba en silencio parado en mitad de la sala con la vista puesta en el niño. Adriana estuvo a punto de ponerse a gritar también, pero su primer instinto fue ir corriendo hacia su hijo y abrazarlo para protegerlo. Los intentos para calmarlo no tuvieron ningún efecto y Lucas siguió llorando y gritando, agarrado a su madre. Adriana notó las heridas que le estaba haciendo el niño con las uñas. Nunca había tenido una rabieta así, era como si el crío tuviera un sexto sentido que le hubiera permitido captar la esencia del conejo, o de quien estuviera escondido bajo él. Adriana ya no sabía qué pensar, quería levantarse y quitarle el disfraz, pero necesitaba frenar su oscura imaginación, que se disparaba por culpa de las películas de miedo que había visto durante su adolescencia. Finalmente fue imposible hacer las fotos: cuando el conejo se acercaba, el niño se ponía aún peor. Lucas terminó vomitando en el decorado. Elvira ordenó que Sweet Bunny saliera del estudio y, después de limpiar al niño y conseguir que por fin se calmara, dejó claro que aplazarían la sesión para otro momento.

—La idea es que sea algo placentero para el pequeño, no queremos que sufra. Ahora esperaremos unos minutos a que regrese Zeus, que está ocupado, y os lleve a casa.

Hicieron el viaje de vuelta prácticamente en silencio, en parte porque Lucas se durmió al poco tiempo de arrancar. Adriana, que estaba sentada junto a él, acariciaba su manita mientras sentía la mirada de Zeus a través del retrovisor y daba las gracias por que Lucas se hubiera dormido, pues así no tendría que hacer malabares para entretenerlo las cuatro horas que duraba el viaje.

Esa misma noche comenzó la pesadilla: después de la siesta tan larga que se había echado en el coche, Lucas tardó horas en dormirse. Adriana por fin pudo meterse en la cama, pero era incapaz de conciliar el sueño. Su cabeza daba vueltas sin parar, reconstruyendo cada uno de los instantes del viaje. Intentaba distraerse pensando en otra cosa, pero le era imposible. Cuando finalmente cayó agotada, un grito le hizo abrir los ojos de golpe. Era Lucas. Se levantó y fue corriendo a su habitación. De camino se encontró con Judith, que asomaba la cabeza por la puerta de su dormitorio, mirando con miedo hacia el pasillo.

—Vuelve a la cama —le dijo Adriana al pasar por su lado.

Al entrar en el cuarto de su hijo, vio que estaba hecho un ovillo, escondido completamente bajo el edredón. Adriana lo descubrió y lo abrazó mientras le hacía caricias para que se calmara.

—Ta'í, mamá. He visto —dijo el niño entre llantos.

—¿Quién, cariño? No hay nadie.

—El conejo, ta'í —repitió señalando hacia la puerta, que estaba abierta pero sin llegar a tocar la pared.

Adriana sintió el mismo terror que su hijo al imaginarse al conejo de pie en la oscuridad, detrás de la puerta. Aun así se levantó y se acercó a ella lentamente, intentando no pensar en los ojos oscuros y profundos con los que Sweet Bunny siempre miraba, que poco tenían que ver con la imagen que después aparecía en los anuncios de la marca. Adriana se armó de valor y, con el corazón a punto de salírsele por la boca, separó la puerta de golpe hasta casi cerrarla. No había nadie. Por un momento se avergonzó de haber podido creer que no sería así. Cogió a Lucas en brazos y se lo llevó a su cama para que pudiera dormir. A partir de ese día, cada noche se repetía el momento de terror que vivía el niño, y todos ellos los provocaba el misterioso conejo. Unas veces lo había visto de pie, observándolo mientras dormía. Otras decía que el conejo asomaba media cara por la abertura de la puerta desde el pasillo. También que, cuando la puerta del armario no estaba cerrada del todo, sabía que estaba ahí observando. Estaba seguro porque podía escuchar su respiración. Una noche aseguraba que estaba detrás de las cortinas y otra que debajo de la cama. En todas esas ocasiones, Adriana comprobaba que no era cierto, pero lo más increíble era que el niño repetía las mismas historias que Judith le había contado en su día.

No entendía de dónde venía esa misma obsesión: Lucas apenas había visto al conejo en persona, ella misma se encargó de esconderlo cuando el niño rompió a llorar la primera vez que lo vio el día que lo llevaron por sorpresa a casa. A partir de ese momento, hasta Adriana empezó a notar su presencia cada vez que se quedaba a solas. Cuando cerraba los ojos o bajaba la guardia, sentía su mirada lasciva en la nuca. Una noche, mientras leía sentada en la butaca que tenía junto a la ventana de su habitación, tuvo la misma sensación: giró la cabeza de golpe, convencida de que el conejo estaba parado junto a ella, unos pasos por detrás, observándola amenazante. No había nadie, pero aún notaba su presencia y los ecos de su respiración profunda y oscura. Entonces una idea asaltó su mente y una noche, después de llevar a Lucas a su cama y de asegurarse de que estuviera dormido, se dirigió sigilosamente al trastero con toda la casa a oscuras, iluminando su paso con la linterna del móvil. Al llegar a la planta de arriba, abrió la puerta, encendió la luz y volvió a cerrarla corriendo. Miró a su alrededor y fue hacia la esquina donde recordaba haber dejado el conejo gigante. Sin embargo, al acercarse, por más que lo buscó, se dio cuenta, presa del pánico, de que no había rastro de él.

43

Adriana seguía frente a los dos agentes, que escuchaban atentos su historia.

—Por suerte, a los pocos días recibí una llamada de Elvira diciéndome que no me preocupara porque tenían la foto para la campaña —continuó diciendo después de explicarles el incidente con Lucas durante la sesión de fotos de Bilbao y el trauma que aquello le había causado—. Me explicó que habían conseguido sacar una imagen de Lucas sonriente, con la zanahoria de gominola en la mano, antes de que se sentara Sweet Bunny y habían hecho un montaje con otra del conejo que hicieron después para que pareciera que estaban los dos juntos. Me dijo que el cliente estaba muy contento y que la campaña seguía en marcha, pero que era muy importante que el niño se acostumbrara a estar con Sweet Bunny. Entre otras cosas me aconsejó que Lucas pasara horas con el de tamaño real que nos habían enviado, incluso que durmiera con él para protegerlo de las malas presencias. La campaña fue un verdadero éxito, nadie esperaba que Lucas fuera a ser tan tierno y divertido. Todo el mundo lo reclamaba, era la novedad. Nos llevaron a programas, nos pagaron por inaugurar tiendas infantiles e ir a eventos. Realmente se convirtió en el niño más famoso de España. —Hizo un gesto dando por hecho que ya lo sabían—. Por supuesto que todo el dinero yo lo guardaba para la universidad —aclaró al sentirse juzgada por los dos agentes—. Pero, bueno, Lucas estaba raro, no dormía, ni siquiera conmigo. Tenía pesadillas y estaba obsesionado con el conejo. Entonces Néstor se puso en contacto conmigo para que el niño dejara de aparecer en público, incluidas sus redes sociales. Personalmente creo que todo era porque quería su parte. No soportaba que el niño fuera más famoso que él y ganara más dinero.

—Él, sin embargo, afirma que sus intereses no son de ese tipo, sino que está preocupado por cómo toda esa fama y la exposición pueden pasar factura a su hijo en el futuro.

—Crean lo que quieran. El tema es que, ante la denuncia y las amenazas de quitármelo, tuve que cancelar un montón de contratos, incluido el de Sweet Bunny con la agencia. Aunque les expliqué la situación, insistieron una y otra vez, y les puedo asegurar que es difícil que se conformen con un no. Ahora, después de conocer por todo lo que hemos pasado en esta casa, entenderá lo que ocurrió con mi vecino Alberto, ¿verdad? Cuando han abusado de tu hija, es preferible pasarse de precavida que quedarse corta —dijo tajante.

Después de las palabras de Adriana se hizo un pequeño silencio.

—Si tenía tanto miedo a lo que pudieran hacer a sus hijos, ¿por qué contestó al mensaje de Mimi en Instagram? ¿No le asustaba? —preguntó Mateo.

—Hace ya un par de meses que cesamos la actividad pública de Lucas. No sé si conocen cómo funciona todo este mundo, pero además de que bajan los ingresos se pierde estatus. Desapareces, pasas de moda, y eso no te lo perdonan. Me preocupaba no remontar la situación y haber perdido la oportunidad. Por eso, cuando mencionó en el mensaje de qué trataba la colaboración, me pareció que mandar saludos personalizados no implicaba ningún peligro aparente y que, al fin y al cabo, era dinero fácil que nos vendría muy bien. Pensaba poner la condición de que no se pudieran subir a las redes sociales, y así Néstor no tendría que enterarse. Parecía una buena opción para superar este pequeño bache. El problema vino cuando me dijo que el vídeo de presentación lo tenía que grabar él. Esa parte no me gustó y por eso dejé la conversación.

—¿Piensa que detrás del perfil podría estar alguno de los hombres de la agencia que ha mencionado? El tal Ángel y…

—Zeus. Podría ser… —respondió Adriana.

Candela dio un par de pasos hacia ella.

—Verá, lo que nos ha contado es terrible, pero no dejan de ser conjeturas. Por ahora no tenemos una prueba contundente que nos permita acusar a la agencia no solo de sus actividades, sino de haberse llevado a Lucas.

—Es que aún no les he contado lo peor —respondió Adriana tragando saliva.

44

Las lamas de las ventanas de la cocina estaban abiertas en horizontal. Candela miró un segundo hacia la calle y vio que todavía no había ni rastro de periodistas. Mateo estaba atento a su lado. Adriana se había llenado un vaso de agua del grifo y se lo tomó de un trago, después continuó con su relato.

—Quizá les pueda parecer que exagero, que lo que nos ocurrió podría ser un cúmulo de casualidades fuera de quicio, pero creo que cuando les cuente esto lo van a ver tan claro como yo. —Se sentó en la mesa pequeña que tenían en la cocina y les hizo un gesto con la mano para que hicieran lo mismo. Ambos aceptaron—. Años después de que rompiera mi relación con el señor Urdanegui y su equipo para que Judith no volviera a tener que pasar por todo aquello, la agencia se vio inmersa en un escándalo que seguro que les suena. Fue a raíz del asesinato de una adolescente que apareció descuartizada en un centro comercial, creo que fue en La Vaguada. —Mateo y Candela se miraron, ¿no estaría hablando del mismo caso del vídeo que anunciaba en la Deep Web el personaje anónimo que le había mandado el misterioso mensaje a Lucas por Instagram?—. Tanto el hermano de la víctima como la mujer de un publicista que trabajaba para el señor Urdanegui mantenían que habían descubierto una trama muy turbia que afectaba a menores y en la que podían estar implicado el fundador y algunos de los clientes más importantes de la agencia. El final de la historia es terrible, pero no quiero entrar en eso. Lo importante es que Elvira terminó al mando de todo, negó las acusaciones y amenazó con llevarlos a los tribunales si no paraban de lanzar ese tipo de acusaciones. Cuando me enteré, intenté averiguar todo lo que pude para saber si había alguna similitud con lo que habíamos vivido nosotros. Era la única manera de poder responder por fin a la duda de si el asesinato de mi marido y lo que le hicieron a Judith era o no cosa mía. Así que decidí buscar por mi cuenta, en foros y páginas en las que contaban lo que no se decía en la televisión. En ellas hablaban de una larga lista de chicas del mismo perfil que también habían sido asesinadas salvajemente. Además aseguraban que el asesinato de todas ellas había sido grabado y se comercializaba en la Deep Web. Muchas de ellas habían anunciado productos de los clientes de la agencia, así que es muy probable que hubieran tenido contacto directo con la misma gente con la que hemos tenido que lidiar mis hijos y yo todos estos años.

Al escuchar el relato, Mateo sintió un chute de adrenalina. Conocía gran parte de lo que estaba mencionando Adriana, él podía dar fe de que existían esos vídeos, pero jamás se hubiera imaginado que la agencia de la que hablaban fuese la misma para la que habían trabajado Judith y Lucas. Era mucho mejor de lo que esperaba, ahí estaba su oportunidad para marcarse el gran tanto. El que podría cambiar su suerte. Mientras que Candela, mucho más cauta, se preguntaba cuánto de cierto había en todo eso y si se trataba de una nueva estrategia de Adriana para desviar la atención.

—¿No se dan cuenta? Si eso fuera cierto, podrían haber estado grabando a mi hija y quizá era lo que también pretendían hacer con Lucas. ¿Y si se lo hubieran llevado, no para castigarme por haber interrumpido la actividad de mi hijo por la posible denuncia, sino para hacerle algo así? Los monstruos que consumen ese tipo de cosas pagarían un dineral por ver un vídeo de Lucas.

Adriana empezó a llorar ante la barbaridad que acababa de verbalizar. Mateo, ahora que tenía tanta información nueva que contrastar, deseaba salir pitando y continuar con la tarea que había dejado a medias.

—Después de darme cuenta de que la ropa de mi conejito no está —continuó Adriana, secándose las lágrimas—, estoy convencida de que han sido ellos. No sé ustedes, pero yo a estas alturas de la vida no creo en las casualidades. Si me disculpan, necesito ir al baño.

La mujer salió de la cocina y entró en el baño de cortesía que había en el recibidor, justo al lado. Candela habría querido contestarle «Así es», puesto que, ahora más que nunca, también pensaba que nada ocurría porque sí, pero no quiso echar más leña al fuego. Mateo tampoco dijo nada; sin embargo, no podía estar más en contra. Quizá fuera el destino; fuese lo que fuese, tenía claro que, sin duda, estaba de su parte. Cuando escucharon que Adriana echaba el pestillo, unos pasos retumbaron en la planta de arriba. Candela se preguntó si Judith habría estado atenta a la conversación. Mateo se acercó a ella y le dijo en voz baja:

—Te has dado cuenta de que es la misma agencia, ¿no?

—Sí, pero hay que ser prudentes. No me fío nada de esta mujer, no sé adónde quiere llegar con todo esto. Suena a que quiere escurrir el bulto.

—Por cierto, jefa, entre los churros y esta dando gritos se me olvidó decirte que he localizado al tío con el que sale Judith; respalda lo que ha dicho ella y todo encaja. Comprobado. Esta vez la chica dice la verdad. Ya he avisado a Paula para que se olvide del tema y no se ponga a buscar como loca el coche oscuro. Una cosa menos.

Candela asintió con una media sonrisa. En ese momento Adriana salió del servicio y volvió a la puerta de la cocina, donde esperaban los dos.

—¿Recuerda el apellido de Elvira, para intentar hablar con ella? —preguntó Candela, haciendo un gesto a Mateo para que apuntara en su libreta.

—No. No lo recuerdo; de hecho, creo que nunca lo he sabido. De todas formas, ella sigue al mando de la agencia, así que no les será difícil localizarla. Y, si no se la pasan, Zeus es el vicepresidente, aunque Ángel manda igual o más que él; cualquiera de los dos podrá ayudarlos. Le digo esto porque no sé si ella será muy accesible ahora, su predecesor desde luego no lo era.

—No se preocupe, ya verá como consigo hablar con ella —dijo Mateo con convicción.

Cuando Candela iba a dar por finalizada la conversación, una lluvia de notificaciones en el móvil de Adriana hizo que saltaran todas las alarmas. La mujer empezó a leer el primero de los mensajes de WhatsApp y, antes de poder terminarlo, se cayó redonda al suelo.

45

Adriana yacía sobre la alfombra del recibidor; a su lado Candela la agarraba de las piernas manteniéndolas en alto, por encima del pecho, mientras Mateo volvía del salón con un cojín en la mano que colocó bajo su cabeza. Después cogió el móvil del suelo para ver el motivo por el que se había desmayado de aquella manera, pero la pantalla estaba bloqueada. Al levantar la mirada se encontró con la de Candela, sus ojos parecían huecos, llenos de preocupación. Ambos intuían que algo terrible le había ocurrido a Lucas. En ese momento, el teléfono de Candela empezó a sonar: era Paula.

—¿Lo habéis visto? —preguntó antes de que Candela pudiera decir nada.

—¡No! ¿Lucas? ¿Qué ha pasado? —respondió alarmada Candela, mirando hacia Mateo, que se puso en guardia.

Un grito ensordecedor, que pareció no terminar nunca, se escuchó en lo alto de la escalera. Miraron hacia arriba y vieron cómo Judith bajaba llorando y gritando.

—¡Mamá!

Cuando vio a su madre en el suelo, la adolescente se quedó paralizada, totalmente descompuesta. Miró a los dos agentes muy asustada, sin entender qué podía haberle pasado.

—¡Mamá! —volvió a exclamar mientras terminaba de bajar las escaleras y se ponía de rodillas junto a ella.

Judith arrugó la expresión de la cara y comenzó a llorar emitiendo gemidos más propios de un animal. No había lágrimas, pero era evidente que sentía un profundo dolor.

—Tranquila, solo se ha mareado. El SUMMA está de camino, se pondrá bien —dijo Candela mientras Mateo se apartaba concentrado en su teléfono.

No tuvo más que meter el nombre de Lucas en el navegador y comenzaron a salir enlaces de cadenas de conversaciones de Twitter y los primeros titulares. Judith abrió los ojos y levantó la mirada hacia Candela.

—¿Cree que está muerto?

La pregunta la pilló tan de sorpresa que Candela no supo qué contestar.

—Jefa —dijo Mateo, estirando el brazo para que mirase el móvil.

Candela supo por la expresión de su compañero que lo que vería en esa pantalla la ayudaría a responder a la pregunta de Judith. Se levantó y fue hacia él.

Mateo vio que Judith los miraba preocupada, así que trató de darle la espalda. En la pantalla había una foto de Lucas con los ojos cerrados y la boca semiabierta. Su expresión era de una relajación total, tanto que inevitablemente invitaba a ponerse en lo peor. Tenía puesta en la cabeza la diadema con las orejas del disfraz de conejito que llevaba en todos los anuncios de Sweet Bunny, salvo que en la imagen aparecía descolocada, casi caída, y las orejas estaban dobladas hacia abajo. La duda que planteaba la estampa era de lo más escalofriante: ¿había muerto el niño más famoso de España?

46

andela no pudo aguantar la mirada. Un simple vistazo a la fotografía fue suficiente para que tuviera que ir al baño corriendo a lavarse la cara y a controlar las ganas que tenía de vomitar. Por mucho que supiera que siempre había grandes probabilidades de hallar al niño sin vida, no estaba preparada para enfrentarse a aquella fotografía, que mostraba la más absoluta profanación de la inocencia. Pero es que en el caso de Lucas era aún peor, ni en esas circunstancias el pobre se libraba de la exposición, ¿es que no lo iban a dejar ni morir en paz? El dolor que sentía era tal que tuvo que inclinarse hasta esconder el rostro bajo los antebrazos. Apenas podía contener el llanto. Quería gritar hasta caer al suelo y golpearlo con todas sus fuerzas. La muerte de un niño debería ser algo antinatural. No había nada más doloroso. El llanto de Judith tratando de despertar a su madre la hizo volver a la realidad. Se incorporó y, después de echarse de nuevo agua en la cara, se miró al espejo. No dejaba de repetirse que Lucas podía seguir vivo y que quizá solo se trataba de una broma macabra o una llamada de atención para Adriana. Salió del baño con energía, convencida de que aún no era tarde para encontrarlo con vida. Mateo dio unos pasos hacia ella para hablar bajito, de espaldas a Judith.

—Hay quien pregunta si se trata de un descarte con los ojos cerrados de una de las sesiones o si de verdad le ha ocurrido algo, pero muchos lo dan por supuesto. La gente no es idiota —le dijo Mateo enseñándole la conversación en la pantalla.

Candela se armó de valor y volvió a mirar la fotografía. No era un descarte, estaba pálido, ahí no había ningún filtro ni retoque. La imagen desprendía algo macabro que la empujaba hacia la peor de las premoniciones. Los labios estaban agrietados y sueltos. Detrás de él había mucha vegetación, parecían setos o una enredadera que hubiera cubierto todo el fondo. Se jugaba el cuello a que no tenía que estar muy lejos.

—¡Aquí está! —dijo Mateo en voz baja a Candela, con la mirada pegada a la pantalla de su teléfono—. La foto original fue subida por una cuenta de Twitter con el nombre de @*LucasSadBunny*. Está claro que lo ha puesto con saña. Es un perfil vacío, no hay más contenido que ese. No sigue a nadie y… ¡Hostia!

—¿Qué?

—Tiene más de doscientos mil seguidores en los quince minutos que lleva subida la fotografía.

—Se acabó. Estamos jodidos, ya podemos prepararnos —dijo Candela consciente de que, al haberse hecho público, siendo un caso tan mediático, en las próximas horas la UCO seguramente tomara las riendas de la investigación. Algo que no se podía permitir. Se acercó a la adolescente y le preguntó—: Judith, sé que es muy duro, pero necesito que mires bien esta fotografía y me digas si la vegetación que hay al fondo la identificas con algún lugar cercano donde pudiera haber sido tomada, ¿te suena?

Judith hizo una mueca y negó con la cabeza.

—Qué va…, no sé, ¿creen que está muerto? —preguntó con los ojos llorosos.

—Esperemos que no —respondió Candela con sinceridad.

El teléfono de Adriana, que estaba tirado junto a ella, seguía recibiendo mensajes y notificaciones, pero no volvieron a prestarle atención hasta que sonó el tono de una llamada. Era Néstor. El padre del niño debía haberse enterado y estaría también desesperado. En ese mismo momento el móvil de Candela sonó también: era Paula de nuevo. Candela respondió con la cabeza a punto de explotar.

—Paula, avisa a todas las unidades para que centren la búsqueda por las zonas verdes de las inmediaciones, especialmente en el paraje cercano al embalse. Y que alguien llame al padre para tranquilizarlo —dijo de corrido nada más aceptar la llamada. Cuando estaba a punto de colgar, Paula gritó al otro lado.

—¡Espera! Los del laboratorio están con las muestras del coche familiar; aún no tenemos resultados, pero tengo algo más… importante. Revisando las grabaciones de la cámara de seguridad de la garita, aparece un coche que salió de la urbanización durante el margen de tiempo en el que desapareció Lucas. Estoy pendiente de ver si consigo rastrear el recorrido que hizo, pero ¿a que no te imaginas quién viajaba en él?

—Sorpréndeme.

—Adriana Fernández, la madre. Tenías razón, jefa.

Candela desvió la mirada hacia la mujer que seguía inconsciente en el suelo. El silencio que se produjo fue tan tajante que se podía cortar el aire. Tanto que Mateo y Judith la miraron expectantes.

47

Candela seguía de pie tratando de asimilar la información que acababa de darle Paula. Mientras, Mateo esperaba con ansiedad a que le contara qué era lo que había dicho para que se quedara así.

—¿Qué ocurre? —exclamó Judith.

El timbre del telefonillo interrumpió el momento. Candela se acercó de inmediato: era el equipo del SUMMA. Abrió la puerta y al salir a la entrada, desde donde se veía la calle, comprobó que no hubiera ningún curioso. Los médicos subieron las escaleras a toda prisa.

—Está aquí —dijo Candela, que abrió la puerta del todo y descubrió el cuerpo de Adriana aún tirado en el suelo.

Junto a ella estaba su hija de rodillas. Candela entró tras ellos y, mientras comenzaban a auscultarla, hizo un gesto a Mateo para que se acercara. Ambos salieron fuera y, con la puerta entreabierta, disimuladamente, le contó lo que acababa de decirle Paula. Mateo abrió los ojos como platos. El motor de un coche acercándose les hizo ponerse en guardia: era una furgoneta con el logo de uno de los programas sensacionalistas de moda.

—Ya están aquí... —dijo Mateo emulando la famosa frase de *Poltergeist*.

—Maldita sea —rumió Candela; lo agarró del brazo y se metieron de nuevo en la casa.

Al cerrar la puerta se quedó unos segundos mirando el cuerpo de la mujer, que seguía inerte en el suelo, y trató de decidir si tenía que salir echando leches a buscar al niño o si debería quedarse con la madre hasta que se despertara y exprimirla para que cantara todo lo que sabía de una maldita vez. Aunque, si había sido ella, más le valía no despertarse jamás, porque pensaba encargarse de hacerle pagar por todo. Fue precisamente este pensamiento el que le hizo darse cuenta de que necesitaba salir y participar en la búsqueda, sentirse útil, antes de correr el riesgo de cargar toda su impotencia contra esa mujer.

—Está bien, es solo una bajada de azúcar. La tensión y el no haber comido en horas pueden haberle ocasionado el bajón. Le suministraremos suero y la mantendremos bajo vigilancia durante un rato hasta que mejore. Por el cuadro que presenta no debería tardar mucho —escuchó decir a una de las profesionales del equipo sanitario cuando volvió a entrar al cabo de unos minutos.

—Mateo, acompáñame un momento —dijo Candela dirigiéndose al pasillo que conducía al salón—. Voy a salir a buscar con las unidades antes de que nos quiten de en medio mis colegas de la UCO. Quiero que te quedes con ellas y no las pierdas de vista, ¿de acuerdo? —Mateo asintió—. Ven conmigo a la puerta del jardín y la cierras cuando me vaya.

Salieron los dos de la casa y, mientras avanzaban, continuaron hablando en voz baja.

—Lo más importante: apáñatelas, pero tienes que dar con el usuario de esa cuenta, es muy probable que quien haya subido la fotografía sea el responsable de la desaparición de Lucas. Dependemos de ti —le dijo Candela cariñosamente.

—Eso está hecho.

La teniente abrió la puerta, miró hacia los lados y, al no ver a nadie, justo antes de salir, le pidió:

—Llámame cuando se despierte. Estamos en contacto.

Candela escuchó el sonido del candado cerrándose tras ella. Avanzó un poco y al salir a la esquina caminó calle abajo hasta donde había aparcado el coche. Unos pasos a su espalda la hicieron girarse de golpe. Una reportera, micrófono en mano, corría hacia ella seguida de un cámara. Candela se giró de nuevo y aceleró el paso, pero era tarde, la habían visto y no llevaba demasiada ventaja.

—¿Adriana? ¡Espera, Adriana, por favor! —exclamaba la chica.

Candela se soltó la coleta y siguió avanzando con la cabeza agachada para que el pelo le cubriera la cara. La periodista era tan boba que la confundía con Adriana cuando esta tenía el pelo mucho más claro y un culo la mitad que el suyo. Ni para eso valían. Cuando estaba a punto de llegar al coche, escuchó más jaleo calle arriba. Un reportero y una reportera, él acompañado de otro cámara y ella grabando con su teléfono móvil, también corrían como zombis hacia ella.

—Adriana, solo queremos saber cómo te encuentras. ¿Sabes si Lucas…?

—No soy Adriana —soltó Candela cuando la reportera llegó a su lado.

La chica se quedó desencajada y ella aprovechó para entrar en el coche, pero, antes de arrancar, el cámara se puso frente al vehículo para impedirle el paso.

—¡Adriana! ¿Dónde está Lucas? ¿Está bien? —empezó a gritar el reportero, que se pegó también a la ventanilla.

Candela giró la cabeza hacia él llena de furia y este se quedó en silencio al darse cuenta de que no se trataba de la madre del niño. Ella pitó varias veces y apretó el acelerador hasta que el cámara se apartó a un lado. Arrancó pensando que, dentro de lo malo, había conseguido salir airosa. Entonces ocurrió lo que no esperaba y tanto temía; al pasar junto a la reportera que se había quedado más rezagada, escuchó:

—Candela, ¿cómo te encuentras? ¿Estás llevando tú el caso de Lucas?

En ese momento supo que, si alguien descubría su relación con la familia del niño, estaría perdida.

48

Mateo subió la cuesta del jardín a zancadas, cogió el portátil que había dejado en una de las sillas del porche y se sentó de perfil a la cristalera. Desde ahí vio al equipo del SUMMA junto a Adriana, que permanecía tumbada en el suelo con su hija al lado. La cabeza le iba a mil por hora, se encontraba en lo que él denominaba «un éxtasis creativo»; el día estaba siendo del todo inesperado. Cada paso que daban le sorprendía aún más que el anterior. Estaba disfrutando de lo lindo, no había nada que le gustara más que sentirse en la cuerda floja.

Todavía estaba en shock por lo que había contado Adriana sobre la agencia, toda esa historia que parecía sacada de la más compleja y perversa producción del género y que además confirmaba lo que ya había descubierto por su cuenta. Había visto parte del vídeo en el que Laura García iba a ser atacada por el caníbal que acabaría con su vida, luego no tenía duda de que de verdad existiera ese mercado de depravación que denunciaba el hermano de Laura. Si Elvira y el resto del equipo de la agencia eran tan terribles como señalaba Adriana y estaban detrás de los vídeos de torturas y asesinatos de menores que él había encontrado, tenía que conseguir hablar con ellos, no podía dejarlo pasar. Sus objetivos eran los tres nombres que había mencionado la mujer: Elvira, Zeus y Ángel. Un cosquilleo se apoderó de su estómago; pensaba pasarse horas y horas viendo los vídeos, para intentar averiguar cómo conseguían mantener en secreto esa actividad y la manera en la que se comunicaban entre ellos a través de móviles como el que le dieron a Adriana en su día.

El poder y la perversión implícitos en todo ello despertaban en él el más adictivo de los morbos. «Los monstruos que consumen ese tipo de cosas pagarían un dineral por ver un vídeo de Lucas», había dicho Adriana. Ahí estaba la clave: lo suculento que resultaba para ese perfil de gente la idea de presenciar la muerte del niño más famoso del país. Y luego estaba Mimi, el posible autor del vídeo *snuff,* la persona que se había dirigido a Adriana a través del Instagram de Lucas y que podría ser a quien vio Judith espiando desde la casa de enfrente.

Fuera como fuera, tenía que dar con esa persona, aunque primero buscaría la IP desde donde se había subido la fotografía del famoso conejito con los ojos cerrados si no quería que Candela lo echara del cuerpo. Twitter guarda registros de las direcciones IP de cada usuario. En estos registros se puede encontrar información sobre cuándo se accedió a la plataforma, la dirección IP asociada al usuario y la fecha y la hora en la que usó su cuenta por última vez. Para conseguir que te proporcionen el dato, hay que realizar un requerimiento de divulgación urgente al equipo de la plataforma. Era un procedimiento tedioso pero eficaz. El problema era que había que identificar a la persona que se encontraba en peligro de muerte o lesión física grave, y también la naturaleza de la emergencia, el nombre de usuario de la cuenta y la URL de Twitter, el tuit que debía ser revisado, la información específica solicitada y por qué era necesaria para evitar la emergencia, la firma del funcionario de policía solicitante y todos los demás detalles disponibles o relacionados contextualmente con las circunstancias particulares descritas. Vamos, que en un caso como el de Lucas no podía arriesgarse a poner en peligro la confidencialidad de la operación ni tampoco perder ni un minuto con protocolos y formalismos que llevaran más tiempo del que disponían. Así que tuvo que hacer de las suyas para acelerar el proceso.

Después de las operaciones pertinentes para conseguirlo a su manera, con las uñas a la altura del nacimiento de lo que se las había comido, Mateo obtuvo el lugar desde donde se había subido la fotografía. Cuando vio la dirección, supo que su intuición no le había fallado. No se había equivocado, aunque era aún peor de lo que pensaba. Sintió un enorme escalofrío recorrer su cuerpo al pensar en la clase de mente que urdía algo como aquello. Era horrible. Enfermizo. Fascinante. Con mano temblorosa cogió el móvil para contárselo a Candela, pero la voz de un compañero gritando su nombre hizo que lo dejara justo cuando estaba a punto de llamar.

—¡Mateo! —gritó de nuevo el compañero de camino a su encuentro.

Era Quique, uno de los criminalistas con los que solían currar mano a mano.

—¿Qué pasa? —preguntó Mateo alarmado.

—La madre y la hija no están. Se han marchado.

Mateo frunció el ceño sin poder creer lo que estaba escuchando. Adelantó a su compañero y entró en la casa hacia el recibidor, donde las había dejado.

—Por lo visto se ha despertado y estaba bien. Los del SUMMA me han contado que Adriana le había dicho a su hija que sabía dónde estaba Lucas. Salieron a avisarme y, en el poco tiempo que hemos tardado en volver a entrar, ellas se han escapado.

—Pero ¿cómo? Tienen que estar aquí —dijo Mateo mirando hacia las habitaciones.

—Han podido bajar al garaje y, mientras yo las buscaba por aquí y en las habitaciones, se han ido en el coche. Debía de tener dos mandos, porque uno lo tengo yo, nos lo dio para que tomáramos las muestras.

—¡Mierda! Mierda, mierda, mierda —maldijo Mateo dando vueltas en el descansillo, pensando en qué podía hacer.

49

Candela se había unido a una de las patrullas que rastreaban la zona del embalse. Los agentes aceleraban la operación, conscientes de que no quedaba prácticamente tiempo antes de que anocheciera y que esa circunstancia dificultaría la tarea. Había diseñado un pequeño patrón de búsqueda que terminaba en la orilla del embalse de la que arrancaba el puente que lo atravesaba y unía ambas zonas al tráfico. Empezaba a hacer frío, el viento golpeaba su rostro. Estaba floja de energía, pero fuerte de ánimos. Por fin podría hacer justicia. Su teléfono comenzó a sonar: era Mateo. Lo descolgó rápidamente.

—¿Se ha despertado?

—Sí… Candela, la IP…, ya sé desde dónde se subió la fotografía del niño… —Mateo hizo una pausa, consciente de la que se le venía encima.

—¡Mateo! ¿Desde dónde? ¡Dime!

—Desde aquí. La hora en la que se subió coincide con el momento en que Adriana fue al baño cuando nos estaba contando el rollo de la agencia.

—Nos pidió ir un momento al servicio, subió la foto y después fingió el desmayo al verla —completó Candela cayendo.

—Nos ha estado mintiendo todo el tiempo.

Candela recibió la información con ímpetu. Tenía que dar con el niño y luego encerrar a la madre de por vida.

—No les digas nada, retenlas ahí hasta que llegue —ordenó.

—Me temo que es imposible, jefa. Se han escapado.

—¿Cómo? —preguntó Candela sin salir de su asombro.

Al otro lado de la línea, en casa de Adriana, antes de que Mateo pudiera contestar, Quique estiró el brazo para mostrarle algo en su teléfono.

—Me ha llamado Paula para avisarme porque Candela y tú comunicáis —le dijo.

En la pantalla aparecía una publicación del Instagram de Judith; era un vídeo en el que salía ella en primer plano. Debajo había escrito: «#PrayxLucas».

—¡Mateo! ¿Qué pasa? —Candela estaba impaciente.

Mateo puso el teléfono en altavoz al tiempo que buscaba la publicación de Judith para mandarle el enlace a Candela.

—Un segundo, ya. Mira lo que te acabo de enviar.

Candela se separó el teléfono de la oreja y abrió el enlace. Cuando Judith apareció en la pantalla, enseguida supo que aquella mocosa la había vuelto a cagar. Los dos agentes pulsaron la reproducción del vídeo casi a la par. En él aparecía Judith perfectamente iluminada, con el sol de frente, en un primer plano. De fondo había una pared de ladrillo y un pequeño tramo de barandilla marrón. Era la de la terraza, ambos la identificaron al momento. La chica empezó a hablar: «Es muy difícil hablar en estos momentos, pero sabéis que os adoro y formáis parte de mi vida, sois mi familia y os merecéis que os explique qué está ocurriendo. Lucas, nuestro conejito, ha desaparecido. Tenemos el corazón roto. —Una lágrima comenzó a descender por su mejilla—. Es el alma de la casa y no queremos pensar que le pudiera haber pasado algo. Por favor, si lo habéis visto o sabéis algo, escribidme. Es muy importante. Os prometo que os mantendré informados por aquí, estad atentos. Os quiero. *Pray for Lucas*».

Candela se apartó el teléfono horrorizada. No se lo podía creer; volvió a hablar con Mateo, que también estaba atónito.

—Te das cuenta de que es el vídeo que grababa cuando la sorprendimos en la terraza.

—Obvio —dijo Mateo.

—Lo tenía preparado, sabía lo que iba a pasar.

—No tiene por qué, no da ningún dato que se relacione con la imagen de Lucas. No habla de si está vivo o muerto ni nada concreto. Lo que sí sabía es que en algún momento se sabría públicamente y tenía que aprovechar la tristeza, como nos dijo, por no mencionar la buena luz, para grabarlo. Por loco que parezca, en el mundo de las redes se trata de crear contenido. Este tipo de perfil tiene como mil fotos en el carrete, sesiones y demás, todo preparado para poder subir al menos dos cosas por día. Existe la planificación y creo que este es el caso. Ahora está de moda que todas las celebrities se graben llorando y contando sus desgracias para parecer humanas, se lo marcan sus publicistas. Eso las acerca a sus seguidores. Judith estaba triste, se veía guapa y pensó que, antes de tener que hacerlo por la noche en su habitación con la luz de un flexo, lo haría en ese momento. Por eso no se moja, porque así se garantiza que puede utilizarlo. Es una buena manera de amortizar el drama. No hay drama que por bien no venga —dijo Mateo con ironía.

—¡Qué horror! Pero ¡¿qué se le puede pedir después de todo lo que nos ha contado su madre?! Está enferma, aunque la culpa no es suya, la han hecho así. Es una víctima, en el fondo solo hace lo que le han enseñado: llamar la atención, gustar y agradar a todo el mundo. En los noventa eran anoréxicas, ahora esta es la plaga. Lo peor de todo es que haya sido su madre quien la haya arrastrado a esto al enseñarla a vivir en una realidad paralela de gilipollez continua. Aunque, claro, mejor eso que centrarse en los abusos. Te dejo.

Candela colgó y volvió donde estaba parte del equipo de búsqueda.

—Juan, la madre se ha fugado de la casa con la hija. Avisa a todas las unidades, necesito que las que tengas alrededor de la vivienda bloqueen todas las salidas y busquen por la zona. Vosotros seguid por aquí, pronto anochecerá. No tenemos tiempo. Yo me encargo del acceso al embalse, estad atentos por si pido refuerzos —dijo corriendo hacia su coche.

50

Nada más colgar a Candela, Mateo volvió a salir al porche, donde había dejado su ordenador, después de dar un par de vueltas de reconocimiento por la casa en busca de alguna pista que le ayudara a saber adónde se dirigían Adriana y Judith. A Quique lo habían llamado para que bloqueara el acceso a El Escorial y Mateo estaba completamente solo. Al salir fuera, la temperatura había descendido notablemente y apenas había luz natural. Agarraba el portátil para regresar al interior cuando un chasquido llamó su atención. Un sonido que reconoció al instante.

—Salga fuera un momento —susurró Alberto al otro lado de la valla que separaba las dos parcelas.

Mateo se acercó un poco hacia la verja y descubrió, a través de algunas calvas de las enredaderas, parte del rostro del vecino.

—Tennnn-go que contarle algo que le va a interesar.

Mateo bajó a la puerta trasera, sacó la llave del candado que guardaba en el bolsillo de su pantalón y aprovechó para recordarse que, cuando volviera, debía dejarla en algún sitio visible de la casa y no llevársela consigo.

—Entre —le dijo el vecino invitándolo al jardín de su casa. El guardia civil le hizo caso; pasó al jardín, el hombre cerró la puerta y ahí mismo, en la más absoluta penumbra, rodeados de árboles y setos, le soltó—: Esta vez es con usted con quien debo hablar.

Y como si toda la vegetación que los rodeaba pudiese escucharlo, se arrimó a Mateo y le susurró algo al oído que casi consiguió que soltara el portátil de golpe.

51

El secreto que acababa de contarle aquel viejo había dejado a Mateo en estado de shock. Regresó al jardín de la casa de Lucas como en trance. Daba cada paso de una manera mecánica, sin prestar atención, como si le pesaran las piernas. Trataba de asimilar aquel secreto que por ahora no estaba dispuesto a desvelar. Al menos, no sin comprobar que fuese cierto. Al llegar a la casa, entró al salón porque ya hacía frío y llamó a Paula. Esta tardó menos de dos tonos en responder.

—Estaba a punto de llamaros. Ya me he enterado.

—Se nos ha ido todo un poco de madre.

—Aquí siguen con el análisis de la llamada, pero, vamos, están de acuerdo en que es más que rara. Los gemidos, la actitud de ella diciendo todo el rato lo que tenía que haber ocurrido antes de que nadie pudiera saberlo... Da la impresión de que hubiera pasado mucho más tiempo del que dice que pasó antes de que llamara. En cuanto me den algo más oficial os lo mando. ¿Te ha contado Candela que tenemos a la madre saliendo de la urbanización en la franja de hora en la que desapareció el niño?

—Precisamente te llamaba para ver si me puedes pasar las imágenes de la cámara de seguridad de la garita de esta mañana, solo necesito ver las horas anteriores a la desaparición de Lucas.

—¿Para qué? ¿Te puedo ayudar yo?

—No, bastante tienes ya. Es solo que quiero contrastar un par de cosas. Hay mucho batiburrillo con lo que ha contado Alberto, el vecino, las horas a las que salieron y demás… Sé que tienen coartada, pero me quedo más tranquilo si dejo cerradas un par de cosas que me mosquean. ¡Pero no te quiero entretener, tía, que estamos a tope! Son rayadas mías, lo miro en un segundo mientras sigo con lo mío.

—Okey, la verdad es que no damos abasto, así que te lo agradezco. ¿Quieres que te pase también la grabación de la cámara que recoge la rotonda más cercana a la urbanización?

—Si la tienes a mano…, pero, vamos, que con la otra es suficiente.

—Ahora te mando por mail los links para acceder.

—Gracias, crack.

—Para eso estamos —dijo Paula a modo de despedida.

Mateo abrió la cristalera, se cruzó de brazos y se quedó mirando hacia la casa donde Judith dijo haber visto al fisgón. Hasta el momento estaba convencido de que tenía que ser quien se escondía bajo el seudónimo de Mimi en las redes, pero ya no lo tenía tan claro. Tendría que esperar a ver las grabaciones que le iba a enviar Paula para saber si lo que Alberto le había dicho era cierto y sacar sus propias conclusiones. Entonces tuvo una idea. Entró en el salón y cerró la cristalera. Después de un rápido barrido, se dirigió hacia las escaleras y las subió rumbo a las habitaciones. Adriana había dicho que aún tenía el móvil con el que se ponía en contacto con la agencia. Si era capaz de encontrarlo, tendría un acceso directo a ellos, quizá hasta se llevara una sorpresa y fuera el arma con la que se disparó la fotografía del conejito con los ojos cerrados que había incendiado Twitter. Volvió a registrar en los cajones donde ya había husmeado aquella mañana, debajo de la cama, en la mesilla y en la cómoda llena de ropa y complementos. Nada.

Al girarse, su vista fue a parar al cesto de la ropa sucia que había junto a la puerta, en la esquina de la habitación. Fue hacia él y al abrir la tapa se quedó boquiabierto.

—¡Jo-der! —exclamó, alucinado por lo que había escondido entre la ropa.

52

Lo bueno que tenía estar al mando de un área rural como la que dirigía Candela no era solo la tranquilidad por el menor número de casos complicados, sino que, a la hora de localizar a alguien o tener que perseguirlo, como en ese momento, el hecho de que no hubiera más que un par de accesos principales facilitaba la creación de un embudo en tiempo récord. Si se llegaba a tiempo, claro. Por eso Candela, sentada en su coche, cruzaba los dedos para que así fuera. Había subido lo más rápido posible a la carretera principal que unía la rotonda de acceso a las urbanizaciones de la zona más baja con todo el perímetro del campo y alrededores del embalse. A la mitad del recorrido encontró un camino de tierra que se metía directamente en el bosque. Entró con el coche, dio la vuelta y lo detuvo mirando hacia la carretera. Delante había bastantes árboles que lo ocultaban, solo tenía que apagar las luces y esperar. Tenía puesta la radio; había sintonizado una emisora en la que emitían un programa de actualidad en el que hablaban de la gran incertidumbre que había provocado la fotografía del niño. Hablaba del fenómeno que suponía un caso tan anormal como el de Lucas en nuestro país; de cómo alguien tan pequeño podía reunir tantísimos seguidores y del ejemplo tan significativo que era para una sociedad en la que los niños interactuaban siendo cada vez más pequeños y durante más horas al día con las redes sociales. Candela escuchaba atenta las palabras del presentador:

«… Desde hace unos años se ha acuñado un término que se conoce como "nacimiento digital", ya que muchos niños nacen antes en las redes sociales que en la realidad: se calcula que un veintitrés por ciento de las parejas ya suben fotos de las ecografías de sus hijos. La edad media en la que los niños aparecen por primera vez en una red social es de seis meses, y muchos de ellos tienen su propio perfil en redes sociales, creado por los padres. Y eso que, en una encuesta realizada para un informe de AVG, la empresa checa especializada en software de seguridad y privacidad, en distintos países de la Unión Europea, en la que se preguntó a los padres si pensaban que la publicación de ciertas fotos podría tener consecuencias futuras para sus hijos, fueron los españoles los que se mostraron más concienciados, valorando su grado de preocupación en un tres coma nueve sobre cinco…».

«Pues quizá deberían preocuparse más; mira lo que ha pasado con el pobre Lucas», intervino uno de los comentaristas.

«De momento no sabemos si le ha pasado algo o no —matizó el presentador—, y, además, tampoco puede generalizarse el asunto. Hablamos del niño más famoso de España, no tendría que ser lo normal».

«Pero es que todos los padres que crean perfiles a sus hijos pequeños buscan convertirlos en el nuevo "conejito", y me vas a perdonar, pero es evidente que algo grave ha tenido que ocurrir, ¿no has visto la foto? Y por qué si no saldría de la casa familiar la teniente Candela Rodríguez. Recordemos que es conocida por...».

Los oídos de Candela pitaron al escuchar su nombre. Sentía una gran impotencia, no solo por el peligro que suponía que se conociera su implicación en el caso, sino porque odiaba tener que volver a sufrir en sus propias carnes la cruel presión mediática con el juicio popular que conllevaba. Era consciente de que su vida no importaba nada en boca de toda esa gente, que se permitían hablar y sentenciar sin conocer todos los detalles y sin importarles cómo podría repercutir en la vida de aquellos a los que manejaban como títeres.

Apagó la radio y abrió el navegador de su teléfono para ver si la noticia se había expandido. Así era: a los quince minutos de su encontronazo con los reporteros, los vídeos y los distintos fragmentos extraídos de ellos estaban en la mayoría de los medios digitales. Ahora todos lo sabían, incluido su equipo. Era cuestión de horas que la UCO pasara a encargarse del caso. En un momento, todo lo que se había esforzado en proteger se había ido a la mierda. Se sentía frágil y expuesta. Antes de abrir Twitter y leer los comentarios, Candela se preguntó si de verdad merecía la pena hacerlo, aun sabiendo de antemano que iba a sufrir, pero sobre todo le preocupaba lo más importante: si Adriana también se habría enterado. No pudo aguantarse y entró en la aplicación.

Para su sorpresa, entre los mensajes de preocupación, en los que también aparecían su nombre y diversas teorías absurdas sobre el motivo por el que la habían visto saliendo de la casa de Lucas, se encontró con muchos memes y burlas sobre Judith y el niño. En ellos se cachondeaban diciendo que seguro que estaba de retiro haciéndose selfis o secuestrado en un hotel de cinco estrellas pactado por su madre, por no mencionar los dibujos y las fotografías de conejos muertos. El grado de crueldad y mal gusto de la gente alcanzaba cotas inimaginables. Ni con los niños tenían misericordia. Sobre todo, eran especialmente despiadados con las palabras de Judith en el vídeo que había colgado para hablar de la desaparición de su hermano. Aunque no fuera santa de su devoción, Candela sintió un nudo en el estómago al imaginar la cara de Adriana cuando viera todo aquello. Pero ¿qué esperaba? Por mucho que hubiera gente preocupada por Lucas, una gran parte se lo tomaba a guasa y no le daba importancia. Esto era lo que ocurría cuando no se hablaba más que de gilipolleces superficiales todo el tiempo; no se podía pretender luego que la gente se tomara en serio las historias de Adriana y Judith, porque ya habían perdido toda credibilidad. En ese instante, como si le hubieran leído la mente, vio el coche de Adriana. Conducía ella y Judith estaba sentada a su lado.

—*Voilà* —dijo mientras esperaba unos segundos para ponerse en marcha y seguirlas sin llamar su atención.

Ahora que la habían desenmascarado, había llegado el momento de enfrentarse a Adriana cara a cara.

53

Mateo dejó el tesoro que había dentro del cesto de la ropa sucia tal y como estaba cuando lo encontró. Después bajó en busca de la maleta de Judith con la ropa y los complementos de la sesión de fotos. Al no encontrarla en el vestíbulo ni en el salón, fue a la habitación de la chica. Estaba dentro del armario; volvió a abrirla con cuidado. Cuando terminó la operación, dejó todo como estaba, se quitó los guantes que había utilizado y se propuso continuar con su principal preocupación: encontrar el móvil con el que la agencia se ponía en contacto con Adriana. Estaba convencido de que era la línea directa que necesitaba para poder hablar con ellos y con Mimi. Así mataría dos pájaros de un tiro. Fue a la habitación de Lucas, miró a su alrededor y se vio de nuevo rodeado de decenas de réplicas de todos los tamaños del conejito Sweet Bunny. La habitación no podía ser más bonita, cada detalle estaba perfectamente estudiado, pero aun así se le pusieron los pelos de punta al notar que todos esos muñecos tenían los ojos rasgados clavados en él. Su mirada penetrante le hizo entender el miedo que Adriana había descrito que padecía Lucas, incluso ella y Judith cuando los veían. Parecía el museo de los horrores. Un pensamiento llegó como una flecha. Un extraño presentimiento.

Se levantó y salió de la habitación hacia el pasillo. Subió las escaleras en dirección a la buhardilla que Adriana utilizaba como trastero. Abrió la puerta y echó un primer vistazo, sin éxito. Después siguió buscando detrás de la fila de burros llenos hasta arriba de perchas con ropa colgada y otra tanta puesta por encima de mala manera. Hasta que en una de las esquinas, detrás de un lienzo horroroso de la silueta de Manhattan, con colores rosas y morados, y de una guitarra dentro de su funda al otro lado, vio que asomaban unas enormes orejas de conejo de peluche. Mateo tragó saliva y se acercó poco a poco; por un momento se vio dentro de la clásica película de terror en la que el personaje se encuentra en una situación de peligro inminente, pero, pese a que resulta de lo más obvio, en lugar de huir, se queda y se aproxima a su agresor con la esperanza de que esté muerto. Trató de no pensar más en ello o le iba a dar un infarto antes de alcanzar el jodido conejo. Cuando llegó junto a él, apartó el cuadro y la guitarra y descubrió sus ojos enormes, negros y rasgados, que lo miraban de manera penetrante, como si el muñeco supiera que iba a llegar ese momento y lo estuviera esperando.

El primer impulso que tuvo fue dar un paso hacia atrás, pero desistió y se quedó frente a la réplica del famoso Sweet

Bunny. Las piernas del conejo eran flexibles y podía quedarse sentado, como era el caso. Mateo lo observó con detenimiento, como hipnotizado. Estiró la mano hacia el bolsillo que tenía a la altura de la tripa, justo de donde en el anuncio sacaba las gominolas y galletas de zanahoria. Cuando estaba a punto de introducir los dedos en él, se imaginó que el conejo se despertaba de golpe, le clavaba los enormes dientes y le amputaba la mano. Aunque la visión lo hizo recular, tras coger fuerzas, repitió lentamente la operación. Cuando tuvo dentro toda la mano, palpó hasta dar con lo que esperaba encontrar: el móvil que en su día le dio la agencia a Adriana. Su intuición no le había fallado. Mateo lo sacó y, al mirar a la cara del conejo, le pareció que en su rostro se había dibujado una leve sonrisa. Aquella impresión lo hizo estremecerse. Tenía tal susto en el cuerpo que se quedó paralizado durante unos segundos. Volvió a fijarse rápidamente, pero no notó nada. El conejo seguía mirándolo, pero con la expresión neutra que tenía siempre. La oscuridad que transmitía su mirada hacía un momento había desaparecido; no obstante, Mateo notó que desprendía una fuerza extraña que lo atraía como un imán. Algo tan fuerte que parecía penetrar dentro de él. Por un momento sintió que la situación se le iba de las manos. Estaba demasiado influido por toda la información que había recopilado durante el día. Guardó el teléfono en el bolsillo del pantalón y salió corriendo por miedo a perder el control.

54

El coche de Candela avanzaba por la carretera, con las luces apagadas, a una distancia suficiente del de Adriana como para que no notaran su presencia, pero que tampoco las perdiera de vista. Su objetivo conducía un Mini rosa que se dirigía al embalse, hasta que, al llegar a la altura del siguiente camino de tierra, aminoró la velocidad y se metió por él. Tuvo que frenar para asegurarse de que no la descubrían. Esperó un poco, hasta que su objetivo desapareció de su campo de visión y se acercó a la entrada del camino. Antes de seguir conduciendo, abrió Google Maps en el móvil. Parecía que el sendero por el que se habían desviado era relativamente corto y sin salida. Así que se bajó del coche y sacó su walkie.

—Juan, las he encontrado, necesito refuerzos. Ahora te mando la localización —dijo mientras le enviaba un mensaje con esta.

—Recibido, enseguida vamos.

Candela recorrió el camino a buen paso, intentando no hacer ruido. Ya se había hecho prácticamente de noche y tuvo que ayudarse de la linterna del móvil para no tropezar. Aun así no vio una rama de un árbol que la golpeó de improviso. El efecto fue similar al de un pequeño latigazo en su pómulo derecho. La herida hizo que le ardiera la cara, incluso antes de que fuera consciente de qué había ocurrido. Se tocó y comprobó que tenía un poco de sangre. Se limpió con un clínex del paquete que siempre llevaba en el bolsillo del pantalón y siguió andando. Poco a poco notó cómo el camino se ensanchaba hasta desembocar en un claro de forma circular en mitad del bosque.

Lo primero que vio al fondo fueron los restos de una construcción en ruinas. Apenas dos paredes de piedra: una pequeña, con una altura de unos cuarenta centímetros, y la otra más alta, cubierta completamente por musgo y una especie de enredadera salvaje. Era el fondo que se veía detrás de Lucas en la fotografía que habían subido a Twitter. Candela se dio cuenta enseguida y bajó la mirada. Entonces lo vio: el niño estaba sentado en un tronco pegado a la pared; llevaba puesto el disfraz de peluche blanco y la diadema con las orejas de conejo, que estaban a punto de caerse porque tenía la cabeza totalmente colgando, igual que los brazos, que estaban suspendidos en el aire. Sobre él, y a los lados, había trozos de serpentinas de todos los colores, las mismas que solían salir a modo de atrezo en los anuncios de Sweet Bunny. De pronto Adriana surgió de la oscuridad y se lanzó sobre él para abrazarlo. Al agarrarlo, le subió la cara y Candela vio que Lucas estaba muerto. Su color de piel era blanco azulado, de su labio inferior salía saliva espumosa y no reaccionaba a los esfuerzos de su madre por despertarlo. La mujer, desesperada, se agachó para escuchar el latido del corazón de su hijo.

—¡Nooo! —exclamó al comprobar que había dejado de latir y siguió agarrando al niño, apretándolo contra ella.

—Suéltelo —gritó Candela mientras daba un paso al frente con su arma apuntando hacia Adriana. No se fiaba un pelo, por realista que pareciera su reacción, porque si la mujer había descubierto que la seguía podía estar interpretando un papelón de nuevo para que, una vez más, no sospechara de ella. Adriana levantó la vista, extrañada—. Comprendo su dolor, pero no puede contaminar el escenario del crimen —continuó Candela—. Es importante que no toque nada, por favor.

Adriana la miró tan fijamente que se podía cortar el aire y empezó a negar con la cabeza mientras dejaba al niño en el suelo. Al posarlo del todo, las orejas de conejo terminaron por caerse y se quedaron en el suelo junto a Lucas.

—Mi conejito, mi conejito —sollozaba Adriana.

Candela se acercó hasta ella para impedir que volviera a dejar sus huellas por todos lados, pues después sería imposible saber si alguna era anterior o si procedían de los abrazos que le estaba dando en ese instante. Al ver a Adriana de rodillas en el suelo, rota de dolor, por primera vez Candela se sintió identificada con ella. Si no estaba actuando, tenía que estar arrepentida por lo que había hecho. La mujer perfecta también podía ser vulnerable, y eso la reconfortó. El asesinato de un niño le partía el alma, pero este en concreto podría servir para que muchos padres se pensaran dos veces lo de sobreexponer de manera tan exagerada a sus hijos en las redes, pues podía tener un precio tan alto como la vida del menor. Sería un punto y aparte en la necesaria defensa de los derechos de la infancia. En ese momento Candela notó una luz blanca a su lado; se giró rápidamente y vio que era Judith grabando todo con su móvil. Estaba tan oscuro que no la había visto, y los acontecimientos eran tan terribles que tampoco había caído en localizarla... hasta ese momento. La chica enfocaba hacia su hermano y su madre, le temblaba el pulso.

—Esto es horrible, chicos —decía mientras lloraba.

—Deja de grabar —ordenó Candela, y se puso de frente para impedir que siguiera haciéndolo.

El ruido del motor de un coche acercándose a toda velocidad interrumpió el momento. Enseguida, por el camino casi negro, vieron los destellos de unas linternas apuntándolas. Eran Juan y dos agentes más que no tardarían en descubrir el triste desenlace. Candela mantuvo la mirada de Adriana y después le dijo con aplomo:

—Adriana Fernández, queda usted detenida.

La expresión de la madre cambió por completo, estaba sorprendida, miraba a los agentes sin comprender nada. Candela siguió firme, sin apenas pestañear. Hizo un esfuerzo por mantenerse entera, cuando la realidad era que ambas mujeres estaban sobrepasadas. Judith presenció la escena sin decir nada, estaba perpleja. Juan fue hacia la madre y le puso las esposas.

—Acompáñeme, por favor —le dijo.

Al pasar al lado de Candela, Adriana la miró con los ojos en llamas.

Podría decirse que aquella tarde era la primera vez, en lo que llevaba de curso, que Candela había podido ir a recoger a su hijo al colegio, pero, sobre todo, también la única en la que había conseguido aparcar sin tener que dar vueltas y vueltas hasta que se marchara la tanda de padres que había llegado primero. Constantino, su hijo, llevaba unos meses muy difíciles; debería estar feliz, pero seguía muy raro, comía poco y no explicaba apenas nada de lo que hacía. Tampoco contaba anécdotas ni batallitas, ni tenía planes, excursiones o salidas los fines de semana con amigos. Evitaba el tema cada vez que le preguntaba. Algo no iba bien o al menos esa era la intuición de Candela. Y, aunque estuviera fatal decirlo, esta casi nunca le fallaba. Las madres poseen la capacidad de saber qué les ocurre a sus crías con solo verlas, es un hecho; otra cosa es que algunas no quieran saberlo. Así que había conseguido escaquearse pronto del trabajo para recogerlo por sorpresa y llevarlo a merendar churros, como cuando era pequeño. Había pensado que, con la excusa de que hacía siglos que no lo hacían, sería un buen plan para conseguir averiguar si volvía a tener problemas en el colegio para intentar solucionarlos. Mientras esperaba, buscaba en una aplicación de venta de productos de segunda mano una bicicleta estática para ponerla en el salón y hacer ejercicio al tiempo que veía alguna serie. Empezó a escuchar alboroto y, al levantar la vista, vio que salían ya los primeros niños. En pocos minutos todo estaba lleno de chicos y chicas de distintos cursos charlando, despidiéndose o yendo hacia los coches. Los padres de los más pequeños se cruzaban con ellos cuando se dirigían hacia el interior de las aulas donde esperaban los críos junto a sus profesores. Candela, atenta, se esforzaba en encontrar a Constantino, hasta que por fin lo vio salir por la puerta principal con la cabeza gacha. Los chavales se giraban a su paso y le hacían comentarios que él recibía sin levantar la mirada del suelo. Incluso uno de los mayores lo golpeó con el hombro intencionadamente cuando se cruzó con él. Candela contempló con rabia cómo después este se giraba, sonriendo victorioso hacia alguien. Era una chica rubia muy mona, muy delgada y con la falda extremadamente remangada. Iba a la clase de su hijo desde hacía un par de años, cuando mezclaron los grupos de toda la vida. No recordaba el nombre, pero la había visto en las fotos de la clase que les hacían en Navidad. La chica sacó su móvil, rosa y lleno de accesorios con purpurina, y apuntó en dirección a su hijo, que aguantó quieto como un perrito dócil. Ella fue acercándose cada vez más a él, con *expresión burlona, hasta que pegó la pantalla del teléfono a su cara. Después paró y volvió con su grupo de chicos y chicas, que habían presenciado el momento, para ver el vídeo que acababa de grabar. Todos se rieron exageradamente señalando a Constantino, que parecía acostumbrado a la situación. El corazón de Candela empezó a latir cada vez más fuerte, toda la sangre del cuerpo se le había subido a la cabeza. Quería salir del coche y agarrar a esa estúpida del cuello y después sacar su pistola y apuntar al resto hasta que se mearan en los pantalones, los muy gallitos. Abrió la puerta y gritó a su hijo.*

—*¡Constan!*

El chico, que se alejaba de sus acosadores mirando al suelo y arrastrando los pies, levantó la cabeza de golpe. El resto del grupo, incluida la chica, también miró hacia Candela. Entonces alguien tocó el claxon con insistencia. Al girarse Candela vio que conducía un Mini descapotable de color rosa chillón. La chica del vídeo se despidió con un gesto del resto de los compañeros y se dirigió, contoneándose como si estuviera desfilando en una pasarela profesional, hacia el coche que pitaba, pero, en lugar de ir directa hacia él, se las arregló para pasar por delante de Candela con la cabeza bien alta, marcando territorio, ignorándola, como si estuviera por encima del bien y del mal. Se subió al coche y dio un beso en la mejilla a la mujer que lo conducía, que debía de ser su madre. Una mujer rubia y atractiva, excesivamente morena para la época del año en la que se encontraban, y con unos dientes de un blanco tan artificial que llamaban la atención incluso a la distancia desde donde Candela miraba. Ese instante quedó grabado a fuego en su memoria porque fue la primera vez que vio a la mujer responsable de que su vida cambiara para siempre.

—¿Cómo se llama esa chica? —preguntó Candela a su hijo cuando llegó al coche.

—Judith, Judith Fernández —contestó Constantino avergonzado.

55

En cuanto vio que se alejaba el coche que llevaba a Adriana y a Judith al cuartel, Candela aflojó el cuerpo para soltar toda la tensión acumulada. Miraba a la oscuridad, intentando mantener la calma y preparándose para lo que venía a continuación. Después de unas cuantas respiraciones hondas, cerró los ojos un segundo y volvió a abrirlos para girarse hacia donde estaba Lucas. Por suerte había la suficiente distancia como para no poder verlo en detalle, pero conforme se acercaba fue incapaz de reprimir las ganas de vomitar. La fragilidad del niño, la culpa y el agotamiento emocional la pusieron literalmente enferma. Todas las heridas se abrieron de nuevo, el dolor era tan grande que se volvió insoportable. Juan se acercó rápido a ella y le posó una mano sobre la espalda mientras Candela vomitaba.

—¿Te encuentras bien? —le preguntó cuando acabó.

—Sí, sí. Una nunca termina de acostumbrarse a estas cosas.

Él miró el arañazo que se había hecho con las ramas y Candela se dio cuenta de que seguía sangrando.

—No es nada —dijo limpiándose la sangre con la mano.

—Es increíble que alguien pueda hacer algo así a su propio hijo —dijo Juan mientras le ofrecía un clínex.

—Tengo.

Candela sacó de su bolsillo el pañuelo de papel que ya había usado. Se limpió la herida y la boca en silencio.

—He pedido que envíen refuerzos suficientes para peinar la zona. El equipo de criminalística llegará en diez minutos. El forense y el juez de guardia también están de camino.

—¿Y los de la funeraria?

—Están avisados, vienen para acá.

—Bien hecho. Gracias.

Candela se alejó un poco para tomarse el último chupito de la petaca y notó el cosquilleo de las burbujas resonando en su estómago vacío. Un rato después llegó el equipo forense, que empezó a acordonar la zona y a estudiar la escena y el cuerpo del niño. Desde la distancia observaba atenta el ir y venir de esos profesionales, que estaban haciendo el trabajo con el mayor cuidado posible. Odiaba cuando habían conseguido cerrar un caso y después todo se iba a la mierda porque todo dios había pasado por la escena del crimen y la habían dejado llena de huellas, la habían cagado con alguna prueba contaminada o algo se daba por nulo en el juicio por haber hecho las cosas de la manera más chapucera posible.

Por todo eso se había creado fama de sargento; algunos la llamaban Ripley. A ella le daba igual. Si servía para que a nadie se le ocurriera joderla en el último momento, bienvenido el apodo. Todo tenía que ser ejecutado con el mayor cuidado posible, «como si estuvieseis operando a corazón abierto», les repetía una y otra vez.

La espera hasta que llegó el juez de guardia para el levantamiento del cadáver se le hizo eterna; podría haber ido a comer algo, pero no tenía apetito. El estómago se le había cerrado totalmente. Cuando por fin dio la orden para que se lo llevaran, vio cómo los de la funeraria sacaban del furgón una camilla con una bolsa negra sobre ella. La llevaron adonde se encontraba Lucas, posaron la bolsa en el suelo y, con muchísimo cuidado, metieron el cuerpo del niño dentro de ella. El sonido de la cremallera al cerrarse taladró la cabeza de Candela como si se la estuvieran abriendo con una sierra. Ese era sin duda el peor momento de todos, el más triste. El cuerpo tirado dentro de una bolsa como si fuera basura era la prueba fehaciente de que ya no había marcha atrás. Gregorio, el jefe forense, se acercó a ella.

—El cuerpo no presenta signos de violencia. No tiene marcas aparentes. Hasta que no tenga los resultados de la autopsia y del análisis de sangre no puedo afirmarlo, pero la espuma de la boca puede ser debida a la ingesta de algún fármaco.

—¿Se podrá saber cuál le dieron?

—Por el momento no, pero lo sabremos enseguida.

Candela trató de agarrarse con fuerza a la idea de que los sacrificios después tienen su recompensa. El precio había sido alto, el pobre Lucas tuvo que pagar el pato, pero al menos no sería en balde. Al final la jugada iba a salirle bien. Esta vez Adriana no resultaría vencedora. Cogió el teléfono y llamó a Mateo.

—Habla con Paula y recopilad todo lo que podamos utilizar para enchironar a esa mujer de por vida —dijo Candela sin la menor introducción.

—¿Qué ha pasado?

—Adriana sabía dónde estaba el niño, han venido directas. Las he seguido sin que me vieran y, en cuanto se han sentido descubiertas, han montado un numerito, como si no se esperaran lo que han encontrado.

—¿Está muerto?

—Sí. Van de camino al cuartel. Es posible que utilizara algún fármaco para dormirlo y se le fuera la mano.

—Ufff… Judith nos dijo que le pareció que estaba muy dormido…; si fuera así, es como lo que dicen que podría haberle pasado a la niña Madeleine, ¡te lo dije o no! Luego insistes en que no vea Netflix, ¡si está todo en los *true crimes!*

—Al comprobar que Candela no le seguía la gracia, continuó—: ¿Crees que Judith lo sabía?

—Yo creo que no, probablemente haya vuelto a utilizarla. El lugar es igual que en el que hacían muchas de las fotos del conejito, si no es el mismo. Yo diría que sí, está claro que la escena simula la composición de los anuncios, han puesto hasta las serpentinas de colores.

—¡¿Serpentinas?!— preguntó sorprendido Mateo.

—Sí, las típicas de papel de colorines para los cumpleaños…

—He visto una bolsa de deporte vacía con restos de serpentinas en la casa…

—¿Estás seguro?

—Sí, esta mañana. Me llamó la atención, pero no le di importancia. Estaba en el armario de Adriana.

—Que la analicen cuanto antes.

—¿Crees que lo tenía todo preparado para que fuera igual que en las fotos de la campaña y que, después del rollo que nos ha contado, pensáramos que era cosa de la agencia?

—Bueno, al fin y al cabo es lo que nos viene diciendo desde la llamada al 062… Un relato perfectamente estudiado que habría colado si no hubiera metido la pata en los detalles más tontos. Habla con Paula, yo voy al cuartel. Me gustaría dejarlo zanjado esta misma noche sin que la UCO meta las narices.

—Pues vas a tener suerte. Aún hay más.

—Cuenta.

—Iba a llamarte ahora. He aprovechado que no había nadie para revisar la casa a fondo. Tiene un arsenal de somníferos. Zolpidem; los tenía escondidos en el cesto de la ropa sucia. Encaja con la posible causa de la muerte.

—Podrían ser los mismos que le dio a Lucas —dijo Candela, feliz por la noticia del hallazgo.

—La tenemos, jefa. La tenemos.

Llevaba horas tumbada en el sofá con las cortinas corridas, sin apenas luz, solo la que desprendía la televisión encendida. No llevaba ni un mes de baja y parecía que aquella imperiosa tristeza y la monotonía convivían con ella desde hacía años. No había comido nada, apenas había desayunado, únicamente un café solo cargado de azúcar. Más tarde picaría cualquier cosa para cenar. Había perdido el apetito, era lo que tenía dejar de cocinar para alguien así, de golpe. Tampoco es que Candela fuera una cocinitas, ni mucho menos, pero le gustaba preparar alguno de sus platos estrella y disfrutarlo en compañía. Sola se le hacía cuesta arriba, no tenía energía ni ilusión por preparar nada. Lo único que quería es que pasara ese momento cuanto antes para no tener que verse de nuevo sola en la cocina frente a las sillas vacías. Ya no es que echara de menos charlar o comentar el día, es que mataría por teletrans-

portarse incluso a los momentos habituales en los que se daban cita todo tipo de recriminaciones, gritos y discusiones. Hasta los portazos. Los pasillos sonaban huecos sin ningún porrazo que interrumpiera su perenne calma. La casa estaba vacía y amenazaba con quedar sepultada para siempre bajo esas cuatro paredes que parecían ir a derrumbarse en cualquier momento. Su marido y su hijo ya no estaban y tendría que cargar con esa pena.

Candela miraba la televisión sin prestar atención, con el volumen bajado del todo, casi como si fuera capaz de atravesar la pantalla con la mirada y ver algo más interesante. Sin embargo, un reportero con un micro en la mano apareció en la imagen mientras perseguía a una chica joven. No tenía ni la menor idea de quién era, seguramente la hija o nieta de alguna folclórica. De pronto sintió una presión fuerte en el pecho; se levantó con cuidado y tomó aire para soltarlo intencionadamente, tratando de relajarse. En la pantalla ya no había rastro de la persecución en busca de carnaza. Ahora aparecía un grupo de colaboradores hablando sobre el tema hasta desmenuzarlo como en el matadero. Candela conocía bien esa sensación; cogió el mando y apagó la televisión antes de precipitarse al vacío. Necesitaba calmarse, tenía que dormir. Miró en su mesilla de noche, donde guardaba el arsenal de medicamentos que le habían recetado, pero por más que revolvió no encontró el que le brindaría el sueño inmediato que necesitaba. Fue hacia el cajón donde su marido guardaba las gorras y cogió una beis, con el logo de una conocida marca de tabaco, que él había tenido la consideración de dejar cuando se marchó. Había sido todo un detalle.

En un primer momento, Candela fue a coger el coche, pero después decidió hacer a pie los diez minutos que se tardaba a la farmacia para obligarse a salir de casa. No comía, pero se estaba poniendo como una morsa, y eso que no bebía tanto como le gustaría. Durante el camino se fijó en que tenía una mancha de mahonesa seca en la rodilla derecha del chándal que llevaba puesto y con el que también dormía. Se mojó los dedos con saliva y trató de eliminarla de malas maneras. Al levantar la vista de su pierna, vio cómo se cruzaba en su camino la mujer que le había arrebatado lo que más quería. No se lo podía creer. La culpable de encender la llama que originó el incendio que hizo que su vida se transformara en la más terrible de las pesadillas. Mientras ella estaba completamente hundida, la responsable de todo se paseaba feliz, ajena a su desgracia. Aquella mujer rebosaba energía. Caminaba tan segura de sí misma que resultaba arrogante. Candela la siguió, observando cómo contoneaba sus caderas y cómo los hombres giraban la cabeza a su paso. Era evidente que lo tenía todo, todo menos sentimientos. Aunque ella misma tampoco los tenía; los había perdido por completo. El golpe había sido tan fuerte que vivía anestesiada. Podrían clavarle agujas por todo el cuerpo que ni reaccionaría. Estaba acabada, ya nada tenía sentido. Candela vio que su presa entraba en la farmacia. Esperó unos segundos, entró y se detuvo ante una de las estanterías cercanas a la caja, donde empezó a mirar distintas pastillas y tabletas para adelgazar.

Entonces lo escuchó. Fue cuando la farmacéutica le preguntó a la mujer qué quería. Adriana respondió casi en un susurro: «Zolpidem». A Candela le sonaba mucho, pero no caía en qué podía ser, así que comenzó a repetir el nombre del medicamento en su cabeza una y otra vez. Mientras la farmacéutica fue a buscarlo al almacén, ella aprovechó para salir fuera. Se pegó a la pared y buscó en el navegador de su teléfono: «... Zolpidem Cinfa: se usa para el tratamiento a corto plazo del insomnio en adultos, en situaciones en las que el insomnio está debilitando o causando ansiedad grave. No tome este medicamento durante largo tiempo. El tratamiento debe ser lo más corto posible, porque el riesgo de dependencia aumenta con la duración del tratamiento». En ese momento la puerta de la farmacia se abrió y Adriana salió sin percatarse de que la mujer de la gorra que dejaba atrás era Candela y estaba más unida a ella de lo que imaginaba. Y sin sospechar, por supuesto, que esa falta de sueño que las dos acarreaban no sería más que el comienzo de la batalla. Candela la vio marcharse, esta vez sin sentirse invadida por esa fuerza y seguridad que Adriana se empeñaba en aparentar, porque ahora conocía de qué pie cojeaba y sabía que sería su mejor arma. Sin poder evitarlo, por primera vez en semanas, una sonrisa se dibujó en su rostro.

56

Las pisadas de las botas de Candela resonaban por el pasillo del cuartel. Caminaba firme y decidida, dispuesta a llevar a cabo la jugada maestra con la que tanto había soñado. Un poco antes, después de colgar a Mateo, se alejó del equipo que seguía estudiando la escena del crimen para bajar hasta una de las calas que daban al embalse. Desde ahí contempló con nostalgia el puente que unía la zona con el acceso a Madrid. La noche estaba cerrada, pero podía ver con claridad las pequeñas lucecitas de los coches que lo recorrían. El aire le golpeaba la cara. Candela cerró los ojos y lloró en silencio un largo rato. Cuando soltó todas las lágrimas que necesitaba, volvió a su coche y se dirigió al cuartel, donde la esperaban Adriana y Judith. Al llegar, fue directa a uno de los baños de la planta baja, el que estaba más alejado de la entrada y, por tanto, menos transitado. Allí se lavó la cara para despejarse; cuando terminó, se miró al espejo y se prometió que esa misma noche acabaría con el dolor que la mataba por dentro. Antes de subir a la planta donde se encontraban las distintas salas con ordenadores para tomar declaración, se permitió hacer una miniparada para comer una barrita de cereales de una de las máquinas dispensadoras que había junto a una de las salas de espera. Necesitaba comer algo para tener energía. Subió en el ascensor y, cuando se abrieron las puertas, al fondo, a la entrada de una de las salas, vio a Mateo apoyado en la pared. Al verla comenzó a andar hacia ella para encontrarse a medio camino.

—Se ha filtrado la detención; como sabes la niña hizo un directo en el que se ve perfectamente la estampa de dónde y cómo estaba Lucas cuando lo encontraron. Se ha hecho viral, las imágenes están por todos lados. La gente está poniendo a parir a Adriana; si la soltáramos ahora mismo, la quemarían como en Salem.

—¿Y qué esperaba? Tiene lo que se merece. Está siendo víctima de su propio juego; cuando haces de tu vida un show, este no se puede acabar cuando tú lo decidas. Ya es demasiado tarde, no se van a conformar, ahora quieren saberlo todo. Son insaciables.

Mateo se quedó en silencio mirando a Candela, parecía cortado, como si tratara de encontrar las palabras adecuadas para decirle algo.

—¿Por qué me miras así?

—Candela, me gustaría hablar contigo…

—¡Qué seriedad de pronto! —Candela lo observaba con ternura, no era más que un crío al que adoraba con todo su ser—. Tranquilo que, cuando termine, hablaremos. Vamos a tener en cuenta todos tus logros. Tendrás tu premio, no te preocupes por eso. Pero ahora lo importante... —le dijo orgullosa.

Si algo había aprendido Candela era que a los niños no solo había que decirles cuándo hacían las cosas mal, sino que también necesitaban saber cuándo lo habían hecho bien.

—Aún estamos a la espera de los resultados del laboratorio, de las muestras del coche y de la mochila con confeti, pero tenemos pruebas suficientes. Vamos, blanco y en botella. La cuestión es por qué lo hizo —añadió Mateo de manera profesional.

—Ahora lo descubriremos, vamos a zanjar este asunto. Ve encendiendo la hoguera.

57

Candela entró en la sala y se encontró a Adriana sentada con las manos esposadas y la mirada puesta en el tablero de la mesa que separaba las dos sillas que había a uno y otro lado.

Cuando escuchó el ruido de la puerta, la detenida levantó la vista y, al comprobar que se trataba de Candela, la miró a los ojos. Estaba visiblemente agotada, con la cara hinchada de tanto llorar.

—Yo no lo he matado —dijo sin apenas fuerzas. Parecía algo ida.

—Basta ya de mentiras, estoy muy cansada. Vamos a ver si conseguimos entendernos y terminar rapidito con esta farsa. Confiese: lo mató, hizo la foto, la subió y, cuando consiguió toda la atención, montó el numerito del desmayo para escaparse y deshacerse del cuerpo.

—¡No! Pero qué dice, está loca. Usted ve demasiadas películas. Yo no he matado a mi hijo ni iba a deshacerme de él. Me lo han matado, me lo han matado... —dijo a lágrima viva.

—Entonces ¿por qué nos ha mentido? Salió con el coche fuera de la urbanización, lo llevaba en el maletero...

—No —interrumpió Adriana.

—Tenemos una bolsa de deporte que hemos encontrado en su casa con restos del mismo confeti que había junto al cuerpo, la foto fue subida desde su IP, por no mencionar que sabía perfectamente dónde estaba el cuerpo.

—Ni Judith ni yo sabíamos dónde estaba, pero cuando vi la foto de Lucas con los ojos cerrados reconocí el fondo. Era la pared llena de enredaderas y plantas de las ruinas que hay en el bosque donde hicimos muchos de los posts que nos pedía la agencia. Supe enseguida que era ahí porque me costó mucho encontrar un rincón así. Era el lugar perfecto, había hasta un trozo de tronco tirado igual que el del anuncio oficial. Si ve su Instagram, podrá comprobarlo —relató desesperada.

Candela se propuso ir a saco para que se desmoronara y cantara de una vez. Miró de reojo hacia la cristalera desde donde sabía que la estarían viendo Mateo, Paula, Juan y probablemente alguno de los jefazos.

—¿Murió accidentalmente? Lo dormía para poder hacer sus directos y demás chorradas, ¿o era para obligarlo a hacer algo?

—¡¿Hacer algo?! ¡¿Qué está diciendo?! —exclamó Adriana mientras negaba con la cabeza.

—El niño estaba sedado y usted tenía un arsenal de somníferos en casa; le aseguro que nadie va a cuestionar que no haya sido usted la responsable. Así que ahórrenos tiempo y diga por qué lo mató.

—¿Qué? ¡No! De qué me está hablando, yo no sé nada de todo eso. Yo no tengo ningún arsenal de somníferos. Es verdad que tomo para poder dormir por la noche, pero de ahí a tener un arsenal… En lo único que les he mentido es en que Lucas estuvo mucho más tiempo solo del que les dije. Bastante más. Tenía un directo, luego me entretuve respondiendo a seguidores y líos, y me di cuenta tarde de que ya no estaba. Por eso cogí el coche, para mirar fuera de la urbanización, porque por el tiempo que llevaba sin verlo podría haber llegado mucho más lejos de lo que les dije cuando me preguntaron.

—Déjeme volver a hacerle una pregunta: ¿le había dado algo para dormir?

—¡No! Era muy temprano, qué va.

—Pero sí lo hizo alguna vez.

Adriana bajó la mirada.

—Estoy convencida de que han sido ellos: la agencia. ¡Es una trampa! Lo de la IP tienen que haber sido Elvira y su equipo, son especialistas, se dedican a eso, ¿no lo entiende? Para ellos es pan comido… Mi niño, mi conejito… —No dejaba de llorar.

—Deje ya el numerito de la agencia, por favor. ¿Y la mochila?

—¿Qué mochila?

Candela sacó su móvil y le enseñó la fotografía que le había enviado Mateo en la que se veía la bolsa de deporte color rojo, abierta y con algún resto de confeti de colores.

—Tiene restos del confeti que había en la escena del crimen. Estamos analizando el interior, pero me juego el puesto a que encontramos pruebas de que es donde metió a su hijo para llevarlo hasta el bosque.

—Hacía siglos que no veía esa mochila, no me acordaba ni de que la tenía.

—¿Por qué lo hizo? Ya no le salía rentable, quería darle una lección a su padre. Si usted no podía sacar dinero del niño, tampoco él, claro. Néstor nos contó que ni siquiera quería volver a ser madre. Si no le dejaba subir publicaciones y quería luchar por tener la custodia de Lucas…, ¿era así como se lo pensaba entregar, muerto? El clásico: «Aquí tienes lo que mereces», ¿verdad?

—¿Eh? ¡No! ¡No! Usted delira, jamás le hubiera hecho daño a mi hijo, joder…

—No hay cosa que más asco me dé en el mundo que la violencia vicaria —interrumpió Candela—, y cada vez hay más casos de padres que matan a sus hijos para martirizar al otro progenitor. Así que tenga por seguro que no voy a parar hasta que se pudra en la cárcel.

—Yo no pretendía vengarme de Néstor, ni mucho menos. Solo quería que a mis hijos no les faltara de nada. Lo único malo que he hecho es luchar muchísimo para que consiguieran cumplir sus sueños.

—Los suyos, querrá decir —corrigió Candela—. ¿Sabe la presión social que puede llegar a tener su hija por todo lo que sube sobre ella?

—Lo sube ella solita.

—Porque se lo ha enseñado usted; tiene la presión social fuera y dentro de casa. ¿Sabe cómo afecta eso después a los demás niños? Ustedes están creando un mundo mediocre, lleno de falsedad, y si no perteneces a él estás muerto. En ese mundo paralelo, como alguien se salga de la pauta establecida y sea diferente, lo hunden en la miseria. Utilizando su principal arma: los miles de seguidores en redes para matarlo en vida.

Candela no podía contener la rabia. Tenía los ojos vidriosos. Adriana escuchó atenta sus palabras, hasta que de pronto reconoció esa mirada. La mujer que tenía frente a ella no era ninguna extraña, era alguien que tenía motivos suficientes como para haber organizado todo y, como acababa de amenazar, conseguir que se pudriera en la cárcel de por vida.

De lejos el coche tenía una especie de brillo parecido al efecto de la purpurina, que hacía que el rosa chicle de la carrocería se viera mucho más espectacular. Adriana estaba feliz con la cesión que había conseguido a cambio de los cuatro posts mensuales, uno a la semana, en los que debería aparecer en el Mini descapotable junto a sus dos hijos. Si no aparecía Lucas, no había pacto, era la condición, porque querían potenciar que el coche también fuera comprado para uso familiar. Ella no tenía el menor problema, así que el acuerdo prosperó. Nada más salir del concesionario fue al centro comercial para hacer tiempo hasta la salida del cole. Quería ir a buscar a Judith primero y después a Lucas para que todas las madres se murieran de envidia. Durante un rato, entre una cosa y otra, se entretuvo probándose trapitos y pensó que llegaría tarde, pero al final apareció justo en el momento álgido, en el que coin-

cidía el mayor número de padres esperando. Así que, sin cortarse, dio al claxon varias veces para llamar la atención de todos. Judith, que estaba con su grupo de amigos, la vio y fue hacia ella alucinando con el coche.

Adriana la seguía con la mirada y con una sonrisa triunfal que se vio interrumpida cuando en el camino de su hija se cruzó una niña de la misma edad, con el pelo corto y vestida con uniforme de chico. Judith se subió al coche y le dio un beso fuerte y lleno de entusiasmo en la mejilla.

—¡Es una pasada! Me encanta, mamá, es lo más.

—¿Quién es? —dijo Adriana señalando el coche de enfrente, en el que se subía la niña que acababa de ver.

—Un marimacho.

—Pero eso es un niño o una niña.

—Era una niña, pero se ha cambiado el nombre, ya ves que viene vestida de tío, y tenemos que llamarla Constan.

—Pero ¿va a tu clase? —Judith asintió—. Y en gimnasia, ¿dónde se cambia, con vosotras o en el vestuario de los chicos? —preguntó horrorizada.

A la mañana siguiente se plantó en el despacho de la directora sin avisar, con la excusa de que se trataba de un asunto muy importante que afectaba a su hija y al resto de la clase. La directora la atendió enseguida alarmada por tal premisa. Adriana se sentó y le contó que no le parecía conveniente que una niña fuera vestida de niño y se hiciera llamar por un nombre masculino. Sembraba una mala base para que después cualquiera pudiese hacer lo que le apeteciera. La directora le explicó que era un caso excepcional. Se trataba de una niña que desde muy pequeña actuaba como un niño, todas las profesoras habían notado desde que era una cría que era diferente al resto. La semana anterior la madre había ido a hablar con ella y le explicó que Lorena, su hija, se sentía un chico. Llevaba un tiempo pasándolo mal porque no se sentía aceptada por muchos compañeros. Había decidido cambiarse el nombre por Constantino para ser un chico y que lo trataran como tal.

Adriana la escuchaba con las cejas tan arqueadas que se le iban a salir de la cara.

—Pero si es una cría, ¡qué sabrá! Lo que le hayan metido en su casa... ¿Su madre es psicóloga, acaso?

—No, policía.

—Ahí tiene la respuesta entonces.

—La niña llevaba tiempo en tratamiento, estaba deprimida. Fue precisamente el psicólogo que la trató quien se lo recomendó.

—Mire, yo estoy aquí porque este tipo de cosas va en contra de nosotras mismas. Traiciona a las mujeres, viola todos nuestros derechos. Cualquiera no puede decidir cambiar de sexo así porque sí. Esto supone un retroceso de décadas, por no decir de siglos, vamos. ¿Qué ocurrirá cuando sea al contrario? Cuando un alumno diga que es mujer de la noche a la mañana. Si un chico hiciera lo mismo que la niña esa, no me acuerdo de cómo se llama, ¿se cambiaría con nuestras hijas en los vestuarios? ¿Se ducharía con ellas? —La directora guardó silencio—. Esto es extensible a nuestra sociedad: violadores de mujeres que se consideran mujeres y acaban en cárceles encerrados con mujeres. Deportistas de élite que competirán en equipos femeninos o contra nosotras con las pertinentes ventajas que supone para ellos. Es que no puede ser, hombre. Vivimos en un patriarcado, bastantes dificultades tenemos ya como para minarnos entre nosotras. Es el colmo, vamos, que ahora cualquiera diga que es del sexo contrario y todos tengamos que decir que sí, sin más. —La directora continuaba en silencio, con cara de circunstancias, buscando la manera de frenar a la bestia que Adriana había dejado salir sin filtro alguno—. Mire, que un niño juegue con muñecas no lo convierte en una niña —continuó Adriana—, que una niña juegue al fútbol no la convierte en un niño. Y esos son los patrones que se están tomando para diagnosticar a las personas trans: que no cumplan los roles de género. ¿Dónde está aquí la igualdad?

La directora quiso pararle los pies y dejarle claro que el caso que discutían no era el de una niña, sino el de una adolescente que tenía claro desde muy pequeña quién era y lo que quería ser. Sin embargo, optó por tratar de mediar para calmar los ánimos y no entrar en polémicas.

—Señora Fernández...

—Adriana —interrumpió.

—Adriana. De momento, lo único que puedo hacer es apuntar su queja para hablarlo con todo el claustro de profesores en el próximo consejo.

—Creo que no podrá esperar hasta el siguiente consejo, porque pienso mandar un mensaje al chat que tenemos todos los padres de la clase para que se enteren bien de lo que está pasando con nuestros hijos.

—Haga usted lo que crea conveniente —le respondió la mujer antes de despedirse.

Adriana salió llena de rabia, no le había gustado nada la manera en que le había contestado. Le parecía intolerable que no estuviera acatando sus órdenes cuando se trataba de un problema tan evidente. Volvió a su casa y le estuvo dando vueltas hasta que, cuando llegó la hora de recoger a los niños, hizo lo que tenía que haber hecho desde un primer momento: contarlo todo en un directo. Los mensajes feministas prevalecieron al mencionar el patriarcado, la falta de igualdad y el peligro que suponía que hubiese hombres que fuesen tratados como mujeres de la noche a la mañana y porque sí. La guinda final fue una instantánea del marimacho ese que había conseguido captar mientras Constan bajaba las escaleras a la salida del colegio. El hecho de que la gente pudiese ver su cara y saber de quién se trataba lo cambió todo.

Una semana más tarde, mientras actualizaba las notificaciones de Instagram, vio la noticia. Constantino, el chico trans, se había quitado la vida. El colegio lo comunicaba en sus redes sociales junto con un mensaje de despedida y ánimo para la familia de parte de la directora y el resto de los profesores del chaval. Al leerlo, Adriana por poco dejó caer al suelo el teléfono. Se quedó completamente congelada, no sabía cómo reaccionar. En su mente nunca había estado la idea de que la niña pudiera acabar muerta, ni mucho menos. Encendió la televisión y en un programa de tertulia apareció la madre del chico, con una coleta mal hecha y la cara desencajada. La mujer expresaba una queja sobre lo mal que se había tratado a su hijo en el colegio debido a su condición. Adriana seguía de piedra, no quería pensar en cómo eso podría afectar a su hija y al resto de los niños. Esa tarde, cuando fue a buscar a Judith a la salida, la esperó en el coche preparada para abrazarla en cuanto se subiera en él y se derrumbara. Sin embargo, tenía una expresión normal y, al sentarse junto a ella, lo primero que dijo fue:

—Mamá, estoy fatal. —Cuando Adriana estaba a punto de extender los brazos, continuó—: Tienes que ampliarme los datos... Por favor..., es que no me llegan ni a mitad de mes.

58

Adriana seguía mirando fijamente a Candela.

—Eres tú. Se acabaron las formalidades. —Candela asintió, sus ojos se habían llenado de lágrimas. Por un instante, las dos mujeres se miraron en silencio, conocedoras del drama que ambas compartían.

—¿Tanto te molestaba que fuera feliz? No le hacía daño a nadie —dijo Candela seria mientras las lágrimas corrían a mares por sus mejillas.

—No era por tu hija...

—Mi hijo Constantino. Mi hijo —repitió firme.

—No podemos permitir que cada uno haga lo que quiera, porque las mujeres llevamos sometidas toda la historia y eso daría una clara ventaja al hombre sobre nosotras. Es lo que me faltaba, que en el mundo en el que vivimos, donde el patriarcado...

—¡Cállate! —escupió Candela—. Ahora me vas a escuchar. Yo no tenía una vida de película, no entraba en la talla treinta y ocho ni era la más popular del barrio. Ni siquiera tenía redes sociales. He trabajado siempre como una mula, tengo un sueldo modesto, aunque, por suerte, una cara que compensa los kilos de más. Tuve que luchar mucho para entender y proteger a mi hija, porque ella se sentía un niño y no era feliz. Mi hijo era un ángel, era bueno, demasiado sensible, jamás le hizo daño a nadie. Yo veía que era diferente, porque desde pequeño actuaba como los demás hombrecitos con los que se juntaba. De los juegos de niñas no quería saber nada. Conforme crecía la diferencia se hacía más evidente, aunque mi marido y yo no quisiéramos verlo. Hasta que un día me preguntó: «Mamá, yo siento que soy un niño, ¿por qué me pusiste nombre de niña?». No sabes el miedo que sentí. No entendía lo que estaba pasando. Como madre siempre es difícil adaptarte a una situación nueva, tú lo sabes, pero esto era demasiado. Todo era diferente, nuevo, y no teníamos información.

»Convencí a mi marido para ver a diferentes psicólogos que nos hablaran de la transexualidad en una edad temprana. Nosotros nos fuimos acostumbrando, aprendimos a verlo como él quería, como era en realidad. Pero su entorno no. Lo llamaban «marimacho», «lesbiana de mierda», «bollera» y ese tipo de cosas todo el santo día. Tu hija y su pandilla le hacían fotos y lo grababan en vídeo para hacer memes a cada cual más cruel y reírse de él. Él hacía lo que podía, intentando seguir adelante con la «careta» que lo obligaban a llevar puesta. A mi hijo le estaban destrozando la vida, era un caso de *bullying* de libro y, sin embargo, nadie hacía nada. Al contrario, las represiones siempre eran para él. El psicólogo del colegio estaba igual de desinformado o más que los profesores y el resto de los padres. Pero él era fuerte y fue aguantando. Siguió luchando hasta que por fin nos convenció para dar el paso, amparado por el criterio de varios especialistas.

»Había visto en internet un caso de una chica como ella que se había cambiado el nombre por uno masculino y todo su entorno la trataba como tal. Estaba muy animado. Iniciamos los trámites para el cambio de nombre y dijo que lo llamáramos Constan, como mi padre, al que adoraba. Con ese nombre se presentó a la familia. Mi marido tardó en entenderlo, pero le alivió ver lo feliz que estaba. Con los abuelos costó un poco más, pero siempre se mantuvo firme. Por fin era quien quería ser. Su nueva identidad le hizo ver la luz al final del túnel y comenzó a sentirse mejor. Yo fui al instituto y les dije que mi hija era transexual. Pedí a la dirección y a los profesores que los alumnos supiesen que Lorena era Constantino, un chico, y que lo tratasen como tal. Lo aceptaron perfectamente, aunque tardaron en reaccionar.

»La verdad es que no me puedo quejar de su trato, entendieron siempre todo. Pero los profesores saben quién es quién. Saben quién es líder y quién no. Saben quién es el diferente y quién el que abusa. Saben quién tiene el poder y quién no y sufre por ello. ¿Por qué no preguntan desde infantil a los niños si han visto a algún compañero sufrir por otro? Creo que en el instituto faltó un rastreo, un sondeo de si estaba pasando algo. Porque, aunque él estaba más feliz, los chavales seguían cebándose con su condición. No lo aceptaban, lo ridiculizaban e intimidaban constantemente. A pesar de eso, nosotros estábamos convencidos de que sería cuestión de tiempo, al fin y al cabo siempre podríamos cambiarlo de colegio, aunque fuera un fastidio, y «volver a empezar», como nos aconsejó uno de los psicólogos si se daba el caso. La verdad es que Constan conocía esta opción y aun así se acostumbró de alguna manera a la situación. Desde que oficialmente era un chico vivía de otra forma el acoso. Pero entonces apareciste tú para encargarte de avivar el fuego echando más leña con tus malditos tuits y directos, en los que no te cortaste en sacar fotografías de mi hijo. Hay que tener poca vergüenza para mostrar a un menor en las redes sociales para humillarlo, y no hablo de tu conejito, que en paz descanse. Bastante tenía el pobre ya.

—¿Cómo te atreves? ¡No te consiento que hables así de Lucas! Te lo advierto —exclamó Adriana perdiendo los nervios, rota de dolor.

—Sacaste a un menor sin su consentimiento —continuó Candela pausadamente, con una frialdad imposible para la situación en la que se encontraba—, te reíste de él, lo humillaste… No he tenido manera de recuperar ese vídeo, ni la foto que publicaste en tus stories, porque fuiste tan ruin como para borrarlos. Da gracias a que lo conseguiste, porque te hubiera sacado hasta los ojos para que te quedaras con una mano delante y otra detrás. Para que supieras lo que es tener una vida humilde y perder lo único que quieres. —Adriana se había calmado y escuchaba con la cabeza gacha, con el rostro escondido entre el pelo, emitiendo sonidos como si le costara respirar—. Desde que comenzaste tu cruzada pública contra él, el maltrato fue a peor. Hemos sabido que le daban porrazos contra la pared, lo tiraban por las escaleras, le decían que tenía barriga de mujer y no músculos de hombre, le levantaban la camiseta y le decían que cómo era posible que fuera por la vida de hombre cuando tenía tetas... Lo torturaron en vida de la manera más cruel posible. Esto hizo que no durmiese por las noches, tenía una jaqueca casi crónica, vértigos y malestar. Tenía miedo, mi hijo tenía solo trece años y vivía sumido en el terror por vuestra culpa.

»Le diagnosticaron depresión. La tarde en que se lanzó por el puente al embalse, su padre y yo habíamos decidido sacarlo del colegio, pero al llegar a casa no estaba. Nunca pudimos decírselo. —Candela hizo una pausa y contuvo la emoción que le afloraba desde el fondo del alma—. De verdad que no sabéis el daño que hacéis a la gente con vuestro comportamiento. Cada vez que sentenciáis una idea, una opción que es diferente a la vuestra, la estáis condenando. Os ampáis en la defensa de la libertad y la igualdad y estáis haciendo precisamente todo lo contrario: crucificáis. En realidad la muerte de mi hijo es un delito de odio. Escudadas en vuestras tesis feministas de pacotilla os permitís decir barbaridades que promueven el odio más extremo. ¿Sabes lo que es el feminismo de verdad? En el mundo de hombres en que vivimos, plantarte todos los días a las seis de la mañana frente a un equipo de tíos y tener más huevos que todos ellos, eso es feminismo. ¡Dejad de lamentaros y de adoctrinar al resto de una santa vez! —Adriana escuchaba sin poder reaccionar; Candela volvió a hacer una pausa—. Ni siquiera te importaba tanto la causa, ¿verdad? En el fondo te da todo igual, el feminismo y todo en lo que te escudas. No es más que la fachada bajo la que te escondes para ocultar el vacío tan grande que hay dentro de ti, lo hueca que estás. —Adriana intentó responder, pero Candela no la dejó—. ¿Sabes la cantidad de adolescentes que se suicidan al año por el *bullying* que practican adolescentes como tu hija, entre otras cosas por no pertenecer a ese mundo que tú promueves…, por no encajar en vuestras normas y cánones estereotipados? Porque no hace falta ser transexual para sufrir lo que sufrió mi hijo, por desgracia. Él no soportó la presión a la que lo sometieron; al fin y al cabo, los niños son niños…, pero los adultos no tenéis perdón. Nosotros somos los encargados de educarlos en la tolerancia, no de envenenarlos con odio, superficialidad, consumismo y las enfermedades mentales derivadas de todo esto. Los datos son aterradores y van en aumento. Estamos criando niños infelices, insatisfechos de por vida sin ni siquiera haber empezado a vivirla, porque nunca serán lo suficientemente guapos, exitosos, ricos ni talentosos, ni fuertes ni delgados para el mundo perfecto que os habéis inventado e imponéis a la fuerza. Los hemos lanzado al abismo sin paracaídas, así que, cuando descubren que en el mundo real no existen filtros que los conviertan en todo eso, no son capaces de superarlo y su realidad se va a la mierda.

Sin pretenderlo, las dos mujeres comenzaron a llorar, frente a frente. Ninguna de las dos se ocultó ni se limpió las lágrimas. Estaban ahí con todo su dolor, mirándose a los ojos. Nunca antes se habían sentido tan desnudas, pero no se avergonzaban.

—Yo no soy una asesina. No he matado a mi hijo y tampoco tengo nada que ver con la muerte del tuyo, no me culpes a mí de tu fracaso. —Adriana rompió su silencio.

—¿Cómo que no? ¿Hasta dónde los adultos somos responsables de nuestros actos? Tenemos que ser conscientes del poder de nuestro comportamiento en las redes. Nadie mejor que tú sabe lo influyentes que podemos llegar a ser; por eso hay que cuidar mucho los mensajes que mandamos, sobre todo a nuestros jóvenes. Los chavales que le hicieron *bullying* no son los responsables de su muerte, son sus padres, que lo saben y aun así lo consiente. Somos un ejemplo para nuestros hijos, lo queramos o no. ¿Acaso te parece normal lo que ha hecho Judith con su hermano muerto? ¡Retransmitiéndolo todo en directo! Lo hace porque te ve a ti hacerlo, día y noche.

—Lo hace porque es consciente del privilegio y la responsabilidad que es tener tanta gente que te sigue. Nosotros respondemos a su demanda, nos preguntan y nos debemos a ellos. Estoy segura de que le habían suplicado que les informara en cuanto supiéramos algo de Lucas y ella…

—No digas tonterías. Es mentira, como tantas otras cosas que dices a tus malditos seguidores. Me encanta la coletilla «muchos me preguntan» como truco barato para hablar de lo que os interesa sin ningún reparo. Como si la gente fuera gilipollas…

Adriana la miró con firmeza, dispuesta a contraatacar.

59

En cuanto Candela terminó la frase que estaba diciendo, Adriana irguió la cabeza y con voz temblorosa dijo:

—Ya has terminado tu historia, deja que te cuente la mía…

—La conozco perfectamente. Si es que no te la has inventado, para variar —interrumpió Candela.

—Yo también he trabajado mucho para que mis hijos tuvieran una oportunidad, para conseguir que fueran mejores que yo. Moví cielo y tierra para que pudieran hacer los castings y con todo lo que ocurrió después con la agencia, que sabes que es cierto, intenté por todos los medios que no les afectara. A ellos les gustaba salir en los anuncios y que los viera la gente. —Tuvo que hacer una pausa para reprimir las lágrimas—. Si fuera algo tan terrible, no habría más de un millón de personas siguiendo la cuenta de mi hijo. También lo hice por mantenerlos, era viuda, me sentía sola, no vivíamos en las condiciones que quería para ellos…

—Si estabas tan mal, ya puestos, ¿por qué, en lugar de alardear, no hablaste de ello en las redes? ¿Por qué no compartiste la cruda realidad? Al mostrarla hubieras podido ayudar a gente que se sintiera identificada por estar pasando por una situación similar. Quizá se hubieran sentido menos marginados por no ser exitosos. Así lo único que has hecho es condenarlos.

—¡Porque no me da la gana! Ya está bien. Además, siento decirte que el mundo no funciona así.

—Por desgracia.

—Qué manía con la sobreexposición y el maldito *sharenting* ese. De toda la vida se han enseñado las fotos de los niños a los amigos, nunca ha estado prohibido.

—Pero ¡es que esos miles de seguidores que tienes no son amigos tuyos! ¿De verdad crees que les has hecho un favor a tus hijos, que tu hija va a ser mejor de lo que hubiera sido el mío, que será más feliz? ¿No te has parado a pensar que quizá ella nunca hubiera elegido esa exposición constante que ha determinado su vida? Quizá lo que le pasaba era solo eso… y no todas las paranoias y cuentos que te has montado sobre la agencia, para quitarte el muerto de encima y sentirte menos culpable. Como si ellos fueran los malos. Aquí la única responsable eres tú, que eres la madre, y si toda esa historia fuera cierta, como insistes, aún peor: si permitiste que le hicieran eso a Judith, no tienes perdón. Te tendría que caer una doble condena.

Adriana no pudo contener las lágrimas y Candela aprovechó su fragilidad para venirse arriba.

—Solo te digo que, aunque te libraras de esta, vete preparando, porque a los «instapapis» se os va a acabar el negocio. Ya hay muchos países que están poniendo sanciones a los padres por publicar fotos de sus hijos menores de edad en las redes sociales, porque se considera, con razón, que los menores tienen el mismo derecho a la intimidad que los adultos. Sabes lo que va a pasar, ¿no? Que de aquí a unos años, en cuanto Judith se haga mayor de edad, como un día se gire o quiera un bolso de firma de dos mil euros y no se lo compres después de haberla acostumbrado a tener todo lo que pide, te podrá denunciar por un delito contra la intimidad, previsto en el artículo 197.7 del Código Penal.

Adriana volvió a resucitar hecha una furia.

—Pero vamos a ver, tú hablas de los problemas de los niños que se adaptan a su tiempo, pero ¿qué ocurre con los que se quedan obsoletos, en la prehistoria, por culpa de sus padres? ¡Eh! Los que los convertís en bichos raros, inadaptados y paletos sois vosotros, no el resto. Que se os meta en la cabeza que los tiempos cambian y que por mucho que os empeñéis y os disguste todo avanza. Vivimos en una época en que la gente utiliza las redes sociales. Ya está. Punto. —Y como si hubiera cogido carrerilla, continuó—: Y el que no las utiliza se convierte en un bicho raro, un acomplejado, como tu hijo. Tú eres la única culpable de la muerte de Constan. Fuiste tú la que no estuviste ahí, no yo.

Al escuchar estas palabras, Candela tuvo que agarrarse con fuerza a la mesa. Estaba completamente roja y las venas del cuello parecía que iban a salir disparadas en cualquier momento.

—Mi hijo no se suicidó porque sí, fue víctima de un crimen social. Una cadena de gente se rio de él a lo largo de su vida. Es la lacra del acoso que persigue al diferente. Y mi hijo lo era. Tú fuiste cómplice, tú lo mataste. Tú lo mataste —repitió.

Adriana se quedó mirándola como si por primera vez la viera con claridad.

—Has sido tú. Tú has matado a Lucas —dijo encajando las piezas.

Candela se quedó de piedra. Con el rabillo del ojo, disimuladamente, miró hacia la pared lateral de cristal ahumado, consciente de que su equipo estaría viendo el show desde el otro lado.

—No me ofendas o haré que te caigan veinte años más. Te lo advierto. Solo quiero saber una cosa más, ¿tu hija sabía algo?

—¡Por Dios! ¡¿Qué estás diciendo?!

—Escúchame: pase lo que pase, no olvides nunca que aquí Lucas no es la única víctima, piensa en Judith. —Las palabras de Candela sonaron de lo más cercanas, incluso cálidas.

—Puedes creer lo que quieras, pero, por favor, solo te pido una cosa: déjame ver a mi hija, te lo suplico. Aunque sea un segundo, déjame decirle que yo no fui. Como madre tienes que entenderlo, por favor —le rogó Adriana entre lágrimas.

Candela dudó unos minutos, pero finalmente apretó el botón para comunicarse con el exterior de la sala.

—Traed a Judith.

Las dos mujeres se miraron con los ojos todavía vidriosos. Candela tenía tal remolino de emociones que necesitaba huir de allí y tomar aire. Se levantó y salió al pasillo. Mateo, que había salido también de la pecera, la esperaba en guardia, con cierta incomodidad en la mirada.

—Lo has escuchado todo, ¿no? —le preguntó Candela sin mirarlo a los ojos.

—Sí. Acaban de llamar de la unidad que está volviendo a registrar la casa: han encontrado el pijama del niño arrugado en el armario donde encontré la bolsa. —No sabía cómo evitar comentar el suicidio de su hijo, ni qué decirle ni cómo actuar. Eso no lo enseñan en la academia—. Es muy probable que fuera el que llevaba puesto antes de que lo desnudaran para ponerle el disfraz de conejo; van a analizarlo.

Candela hizo un gesto, satisfecha. Sin embargo, sabía que sucedía algo más. No reconocía el gesto de Mateo y eso la descolocaba por completo.

—Lo que tenía que decirte antes es que… —Candela se fijó en que la mirada y el tono de su compañero eran mucho más asertivos de lo normal. Lo conocía muy bien, era como si buscara refugiarse detrás de una autoridad impostada, como si solo así fuera capaz de abordar algo que evidentemente lo incomodaba y que evidenciaba que algo importante no iba bien. Solo esperaba que no fuera lo que sospechaba. Mateo miró hacia los lados y, cuando comprobó que nadie los observaba, bajando la voz, le dijo:

—Sé lo que has hecho.

«Mi hijo está muerto y no va a volver». Aquel pensamiento recurrente vino de nuevo a su mente como una bala. Sin embargo, por primera vez en mucho tiempo, esta era rápida, pero no mortal. Candela no estaba dolida, sino más fría que otra cosa, como un robot. Ya no iba y venía buscando por todos los rincones de la casa, llamándolo a gritos. Aquel niño, su hijo Constan, era su debilidad. Pese a que en lo más profundo de su corazón sabía que lo había perdido para siempre, había sufrido tanto que ya no lograba sentir la menor emoción. Estaba anestesiada anímicamente. Por eso, aprovechando ese momento de sequía emocional, entre tanta lágrima y noches de insomnio, decidió que había pasado el tiempo suficiente como para tomar cartas en el asunto. La mujer que le había dado la cornada final tendría su merecido. Ella misma se encargaría de pagarle con la misma moneda. Al fin y al cabo,

ya no tenía nada que perder, se había rendido cuando su marido se fue de casa. Oficialmente él la abandonó, pero en realidad ella lo había propiciado. Era incapaz de convivir con un testigo de sus miserias, no tenía fuerzas para levantar lo que la muerte había destruido. Hay matrimonios que se unen ante las desgracias, pero no fue su caso.

Cuando ese sábado por la mañana recibió una llamada de Mateo, no se podía creer lo que estaba escuchando al otro lado del teléfono. Siempre pensó que las casualidades no existían, pero ahora estaba más que convencida de que nada ocurría porque sí. Siempre hay un motivo, una causa mayor que hace que las piezas se vayan moviendo, aunque en ocasiones resulte demasiado lento, hasta encajar, y cuando lo hacen todo cobra sentido. El tiempo pone a cada uno en su sitio, justicia divina o karma, lo llaman, ella lo denominaba tesón y constancia... Y esa mañana el destino, nada casual, provocó que, al escuchar el nombre de la denunciante a la que tenía que visitar, el corazón estuviera a punto de salírsele del pecho. Después de tanto tiempo había llegado el momento de enfrentarse a ella, cara a cara. Mirarla a los ojos y saborear la venganza. Por un momento su mandíbula tembló, como un acto reflejo incontrolable. Eso demostraba que no estaba bien, algo que por otro lado no era muy difícil de imaginar. Resultaba evidente, pese a que hubiera desarrollado la capacidad de levantar una coraza que impedía apreciar cualquier mínima recaída. Pero ahora su dolor iba a quedar en un segundo plano, porque el placer que sentiría al ver la desesperación en los ojos de esa mujer haría que se desvaneciese y, solo por ese momento, habría merecido la pena todo el trabajo hecho.

Las horas que parecían perdidas, escondida frente a su casa, ahora se daba cuenta de que se traducían en energía, en una fuerza capaz de cambiar el curso de los acontecimientos para que hubiera justicia. Su cabeza se hundió de lleno en los pensamientos que la asaltaban desde hacía tiempo. Ya no escuchaba a su compañero; además, no necesitaba apuntar la dirección, conocía el destino de sobra. Nadie, mucho menos su equipo, sabía que ella ya había estado allí y precisamente durante toda la mañana de ese mismo día, cuando oficialmente había desaparecido el niño que ahora tenían que buscar. Era gracioso que la llamaran a ella para encontrar a Lucas, aún no se lo podía creer. No necesitaba buscar y eso en parte también le dolía. El sufrimiento de un menor le destrozaba el alma, la mataba por dentro, pero su corazón y su cabeza llevaban tiempo sin dejarla caer en el más mínimo sentimentalismo. Ya no había marcha atrás, tenía que aprovechar todo el esfuerzo hecho. Esta era su gran oportunidad y llevaba mucho tiempo luchando por ella. El partido había comenzado por fin y la siguiente jugada era enfrentarse a su adversario sin que nadie descubriera la estrategia que tenía preparada.

Pasado el primer susto, empapada de sudor frío ante la posibilidad de que Adriana pudiera identificarla cuando se presentó ante ella, se fue relajando para disfrutar y lograr hacer bien su trabajo. Conforme escuchaba a la mujer que tenía enfrente, supo que no iba a decepcionarla. Era tan sumamente absurda que se lo estaba poniendo en bandeja. Su relato sobre lo que había ocurrido esa misma mañana no se correspondía con lo que ella sabía de primera mano, y eso fa-

cilitaría mucho las cosas. Ella era la persona que espiaba des-
de el jardín de la casa de enfrente, la persona que Judith afir-
maba haber visto. Había pasado dos horas vigilando la casa,
desde las ocho de la mañana. En todo ese tiempo no había
visto al niño, solo a Adriana, la persona que más odiaba en
el mundo. La puerta de la cristalera que daba al jardín esta-
ba abierta, la tele encendida, ¿cuánto tiempo puede estar solo
un niño frente a la tele? ¿Para qué había tenido hijos si no se
iba a ocupar de ellos y cuando lo hacía era para estropearlos?

Odiaba ser testigo de lo que le hacía a esa criatura, no
se merecía tener ese tipo de educación, y ella lo iba a solucio-
nar. Como tantas mañanas, había aguardado pacientemente
a la caza de algún detalle que le facilitara la tarea. Pero esa
vez tuvo suerte. La «madre perfecta» había estado haciendo
el bobo en la hierba al terminar el directo, que a ratos Can-
dela había seguido desde su escondite. Después, al pregun-
tarle cuándo había entrado en la casa, Adriana les contestó
que estuvo pendiente del niño, pero no fue así. Candela la
había observado mientras hacía selfis y bailes de retrasada
mental sin parar, propios de una niña de la edad de su hija, y
en todo ese tiempo el niño no estaba con ella. No fue hasta
pasadas las once cuando volvió a entrar en la casa, y en todo
ese rato no había supervisado qué hacía su hijo. Candela es-
peró en guardia, no había cerrado la cristalera del salón y la
televisión seguía encendida. ¿Podía estar por fin ante la opor-
tunidad que tanto esperaba? Pero a los pocos minutos la mu-
jer salió de pronto y lanzó una mirada furtiva al exterior que
hizo que Candela se sobresaltara. Se agachó rápidamente y
tuvo que respirar hondo para convencerse de que no la había

visto. A los pocos minutos, a eso de las once y media, un coche pasó a su lado a toda velocidad calle abajo y eso volvió a ponerla en guardia. Era el de Adriana, que acababa de marcharse a toda prisa, dejando la casa abierta de par en par. Candela habría jurado que el niño no iba en el asiento de atrás. La televisión seguía encendida, ¿llevaba a su hijo con ella o se había quedado solo viendo la televisión? Definitivamente ese era su día de suerte. Candela se preguntaba adónde iría Adriana con tanta prisa. La llamada al 062 fue posterior a que ella la viera salir en el coche, ¿por qué estaba mintiendo? ¿Qué ocultaba?

Mejor para ella: para condenarla no tendría nada más que demostrar que había salido, aunque no iba a ser fácil, no podía decir que había estado allí porque podría ser ella quien acabara en la cárcel. Tenía que ser muy rápida, estaría expuesta y podía ser peligroso, pero había llegado el momento de aprovechar la oportunidad de hacer la jugada maestra que facilitaría el jaque mate que tanto ansiaba. Candela salió disimuladamente de la parcela de enfrente para cruzar la calle, se pegó a la puerta trasera y con una ganzúa, hecha con un alambre fuerte doblado por uno de sus extremos, consiguió abrir sin dificultad el pequeño candado. Cerró la puerta sin apartar la mirada de su objetivo. Subió decidida la cuesta del jardín hasta llegar a la cristalera abierta del salón. Después entró en la casa mientras se ajustaba los guantes de látex.

60

Mateo atravesó con la mirada a Candela, que cada vez se sentía más incómoda. La conversación con Adriana había sido devastadora, no le quedaban fuerzas para seguir en pie, y eso que todavía faltaba tomarle la declaración oficial con su abogado. Lo único que quería era evaporarse y salir de ahí. Nunca pensó que tuviera que dar explicaciones al que consideraba su propio hijo, lo único por lo que merecía la pena mantenerse en pie y luchar. Se había esforzado tanto en impresionarlo para que se sintiera orgulloso y poder influir en él de la mejor de las maneras que pensar en decepcionarlo la destrozaba por dentro.

—Lo sé todo. Alberto, el vecino, me ha contado que había visto varias veces a una mujer con el pelo largo tapándole el rostro merodeando por la zona y que justo esta mañana a primera hora, cuando desapareció Lucas, la había descubierto entrando por la parte de atrás de la casa de Adriana. Al principio, cuando nos vio hablando después con ella y Judith en el jardín de su casa, no estaba seguro. No había visto bien la cara de la mujer y le parecía una locura que pudiera ser una «agente de la autoridad», palabras textuales. Pero más tarde, al verte en la tele huyendo de los reporteros, con la cabeza gacha y el pelo suelto sobre la cara, tuvo claro que no se había equivocado. —Candela fue a decir algo, pero Mateo no la dejó—. No hace falta que te esfuerces en desmentirlo, no hagas el ridículo. Tienes que dar las gracias de que tengamos suficientes pruebas para incriminar a Adriana, porque, si no, ahora mismo serías tú la que ocuparía su lugar. Tus huellas están por todas partes y tengo imágenes que prueban que estabas en la zona mucho antes de la llamada que ella hizo al 062. Es tu coche, se ve la matrícula.

Mateo mostró en su móvil una imagen congelada del vídeo que le había mandado Paula, en el que la cámara de seguridad de la garita captaba el coche de Candela entrando a la urbanización. La hora que aparecía en una de las esquinas era las 07.55.

—Escúchame...

—No, escúchame tú, déjame hablar —susurró—. Por eso, la primera vez que habló conmigo, el vecino me dijo que solo a ti te contaría lo de Adriana. Era la manera que tenía de verte de cerca y salir de dudas, pero, al sospechar de él por todo lo que pasó con Judith, apartó de su mente la idea. Me lo ha contado todo esta tarde.

—Tiene una explicación. Esa mujer mató a mi hijo, fue la culpable de que lapidaran a Constan hasta que ya no pudo más.

—Lo sé, después he ido atando cabos y al escucharte hablar con ella me lo has confirmado.

Candela lo miró con cariño, orgullosa del trabajo que estaba haciendo y del gran profesional en el que se había convertido. Se aseguró de que nadie los escuchaba y bajó la voz.

—Al principio iba allí para observarlos desde el jardín de la casa de enfrente a través de la ventana del salón. Me pasaba las horas espiando, sumida en la pena, en la rabia y el bloqueo que me impedían seguir hacia delante. Nunca me encontré a un vecino ni a nadie que me dijera nada, aunque supongo que el que me viera pensaría que era del barrio. Eso fue fundamental a la hora de elaborar mi plan. Me di cuenta de que la vida de Adriana no era tan perfecta como se esforzaba en aparentar: los niños pasaban mucho tiempo solos, desde fuera se escuchaban gritos cada vez que Lucas hacía algo propio de un niño pequeño, todo era una farsa. Nada era como lo vendía en sus publicaciones. Así que me propuse recopilar material suficiente que mostrara la cara B de lo que tanto presumía, poniendo el foco principalmente en que no era una buena madre. Tenía que estar a la caza de cualquier descuido que me ayudara a demostrar que no era más que una farsante, por eso intensifiqué las guardias. Siempre que el asunto que estuviéramos llevando me lo permitiera, claro. Cuando lo tuviera todo, iba a crearme un perfil para subir el material. Estaba convencida de que se haría viral. Por eso, esta mañana, cuando vi que se iba y dejaba todo abierto, me pareció que por fin era mi oportunidad…

—Para endosarle el arsenal de somníferos, no me mientas —concluyó Mateo con dureza.

Candela palideció y miró hacia la puerta de la pecera, como si alguien hubiera podido escucharlo.

—¿Cómo lo has sabido?

—En uno de los botes estaba la etiqueta con el código del almacén. Con eso ha *estao tirao* verificar que pertenecía al arsenal de drogas, tranquilizantes y somníferos que incautamos en la redada en el narcopiso de las afueras hace un par de meses. —Mateo hablaba con la seguridad del que es consciente de que se sabe la lección a la perfección.

—Los puse ahí para que le quitaran a los niños. No es una buena madre, está envenenada. Quería que sintiera el mismo dolor que tengo yo, que supiera lo que es que te arrebaten a tu hijo, que viviera la humillación que se siente cuando todo el mundo te juzga porque eres cuestionada en los medios por ser una mala madre, después de haberte sacado en la tele hasta arriba de tranquilizantes y culparte de la muerte de tu hijo por haberlo convertido en «una niña rara». Por eso le coloqué los somníferos: sabía que Adriana también los tomaba asiduamente, y que, por su vida pública con tantísima exposición, se la pondría, incluso más que a mí, en tela de juicio. Iba a ser la bomba, estaba convencida de que hundiría todo su negocio. Pero te juro que nunca deseé la muerte de Lucas. De verdad que solo quería protegerlos, sobre todo al niño. Tenía que evitar que se convirtiera en el bicho enfermo que es su hermana. Cuando escondí los somníferos, pensaba llamar para denunciarlo; no me podía imaginar lo que pasó después. —Candela empezó a llorar a lágrima viva—. No pensé, ni por asomo, que Lucas moriría así, es terrible. Casi como una premonición. Me siento culpable, yo no quería que le pasara eso al niño, te lo prometo.

Mateo la abrazó con fuerza para calmarla.

—Has hecho bien. Aunque haya sido una casualidad, si los somníferos son los mismos...

—Puse los mismos que consume ella.

—Pues será la prueba irrefutable de que ella lo hizo. Las casualidades no existen, es el destino quien quiere que esa infanticida pague por lo que ha hecho. Así que no te culpes. Has cometido un delito, sí, pero no quita para que la sobredosis de Lucas fuera real. La única pena es que no pudieras incriminarla antes, porque quizá habrías evitado la muerte del niño. Has ayudado mucho a Lucas y a todos los niños que son víctimas de la violencia vicaria. Constan estaría muy orgulloso de ti, estoy seguro.

Como el resto de sus compañeros, Mateo conocía la historia de Candela. Sin embargo, nunca le había preguntado por los detalles y mucho menos por su hijo. Esa era la primera vez que mencionaba a Constantino. Candela no se esperaba en absoluto que lo fuera a hacer y se le puso un nudo en la garganta. La emoción era tal que se le quedó atragantada y no fue capaz de manifestarla. Al fondo del pasillo aparecieron Juan y Judith.

—Quería hablar de todo esto contigo para que sepas que me la he jugado para salvarte el culo. He mentido a Paula y a todos, y más vale que, cuando acabe todo esto, lo repasemos bien, no vaya a ser que la termines de cagar —le dijo rápidamente Mateo, disimulando.

Al terminar le guiñó un ojo. Candela sonrió agradecida; de pronto, las tornas habían cambiado. Las palabras de Mateo no sonaban a reproche, sino casi a declaración. Le estaba expresando lo mucho que le importaba. Candela miró orgullosa al hombre comprometido y trabajador en que se había convertido. No podía quererlo más.

Juan y Judith llegaron junto a ellos. La adolescente los miró. Candela abrió la puerta y la dejó pasar. Adriana se incorporó inmediatamente al ver a su hija, parecía haber visto una aparición.

—Un minuto —ordenó Candela.

—¡Mamá!

—Cariño, yo no he matado a Lucas, tienes que creerme —dijo la mujer mientras se lanzaba a abrazar a la niña entre lágrimas.

—Lo sé. —Judith pegó la boca a la oreja de su madre y añadió muy bajito—: Pensé que se despertaría, como cuando se los dabas tú. Yo no quería que se muriera.

Al escuchar estas palabras, Adriana abrió los ojos como platos y se soltó de golpe, tratando de discernir si lo que acababa de oír había sido real. Entonces, por un momento, pudo ver a su hija más allá del maquillaje, las extensiones y los filtros. Judith tenía los ojos desorbitados y una sonrisa desencajada.

—Pero, mamá, lo he conseguido, ¡tengo un millón de seguidores! ¿Estás orgullosa? —preguntó con la inocencia e ilusión de una niña pequeña.

Adriana miró a su hija y se dio cuenta, por primera vez, de que había creado un monstruo.

61

Adriana se separó aún más de Judith para poder observarla bien a distancia. Como si desconfiara de que esa persona pudiera ser su hija.

—¿Qué has hecho, hija?

—Mamá, yo no quería —repitió.

Los dos agentes observaban todo desde el otro lado del cristal, impactados por lo que estaba sucediendo. Era aún peor de lo que pensaba Candela. Esa mujer había destrozado la vida a los dos: a su hijo muerto y a su hija, quien lo había matado.

—¿Por qué? —murmuró la madre, como si por el tono, sin apenas volumen, nada de todo aquello pudiera ser cierto.

—No quería que muriese, de verdad. Solo quería dormirlo para llevarlo hasta allí, dejarlo todo organizado y después encontrarlo sano y salvo, nada más. No quería que le ocurriera nada, te lo juro. Lo necesitábamos. Era la única manera de salir del bache. —Adriana negaba con la cabeza, incapaz de creer lo que estaba escuchando—. No podíamos seguir dependiendo de él. No podemos depender de los hombres, tú misma me lo has enseñado. Yo solo quería que pareciera un secuestro para que todo el mundo estuviera pendiente y conseguir los seguidores que necesitamos para ser libres. Ha surtido efecto, ¡más de un millón, mamá, y solo es el principio!

A Adriana se le cayó el alma a los pies, se derrumbó por completo. Ella era la culpable de todo. La mujercita que tenía frente a ella, la que había terminado con la vida de su bebé, de su propio hermano, era su pequeña. La niña a la que había abandonado con hombres extraños, a quienes se la ofreció sin reparos para conseguir sus objetivos. La que sangraba y se caía a plomo por todas las mierdas que le daban, las mismas que incluso ella le había hecho tomar más de una vez para que no se enterara de lo que le hacían. Judith seguía explicándose, pero Adriana había dejado de escucharla, solamente veía cómo sus labios se movían. No podía más. Miró hacia el cristal donde sabía que estaría escuchando Candela. Abrió la boca y gritó con todas sus fuerzas desesperada.

La mañana en la que ocurrieron los hechos

Lucas nunca se levantaba más tarde de las ocho de la mañana; como solía explicar su madre, el niño se había acostumbrado al horario de infantil y no había manera de que se despertara más tarde. Por eso, ese sábado, Judith tuvo que madrugar más de lo normal. Se levantó de la cama y del primer cajón del escritorio de su habitación sacó una tableta de Zolpidem que había cogido la tarde anterior del neceser lleno de medicinas y somníferos que tenía su madre en el cuarto de baño. La partió por la mitad, tomó un vaso de agua que ya tenía preparado y salió al pasillo en dirección a la habitación de su hermano. Siempre que entraba en ella, Judith sentía un escalofrío y un pequeño pinchazo se instalaba en su estómago. Ese conejo le daba verdadero terror, lo odiaba, pero no tanto como que su hermano, y no ella, hubiera conseguido ser la imagen de la marca por la que tanto había luchado desde tan pequeña. Por mucho que disimulara, sobre todo cuando estaban en público o hacían directos y fotos, sentía unos celos terribles de Lucas, porque era evidente que su madre lo valoraba mucho más que a ella y que todo el mundo se daba cuenta. Judith la había decepcionado, ambas lo sabían aunque no lo mencionaran, y era una realidad que las dos dependían de él para todo. Si el «conejito» no salía en la foto, no había cesiones, ni colaboraciones ni, por supuesto, dinero, y esto la reventaba. Por eso, ahora que él estaba de capa caída y no podía aparecer en redes por la presión de su padre, Judith vio la oportunidad de «empoderarse», como siempre la animaba su madre, y demostrar que no lo necesitaban en absoluto. Había maquinado la manera de poner a todos los seguidores de Lucas en alerta para que después fuese ella la que captara toda la atención. Si salía bien, sus seguidores como poco se triplicarían.

Intentó ignorar a los conejos, que invadían la habitación y que tan malos recuerdos le traían, y mirar solo a Lucas, que dormía plácidamente en su cama. Se acercó a él y con mucho cuidado le levantó la cabeza por la nuca e introdujo la mitad de la tableta en su boca. El niño hizo un gesto de extrañeza, pero ella enseguida le ofreció el vaso de agua para que diera un sorbo y Lucas se calmó. Luego dejó la cabeza de su hermano sobre la almohada, se dirigió a la ventana y abrió las cortinas para que entrara la luz de la mañana. Lucas empezó a despertarse, molesto por la claridad. Judith volvió a su cuarto y se vistió. A los pocos minutos el pequeño de la casa estaba en pie y, como la mayoría de los días, fue a despertar a su madre. Después de unos cuantos mimos bajaron a desayunar a la cocina.

—Uy, pero qué sueñito tienes —le dijo Adriana cuando vio que el niño no paraba de bostezar y en lugar de desperezarse parecía que se volvía a quedar dormido.

Una vez preparada, Judith sacó de su armario la maleta pequeña de viaje con su ropa dentro y una bolsita de complementos. Comprobó que estuvieran también las orejas y el disfraz de Sweet Bunny con el que todo el mundo conocía a Lucas, y la bolsa de deporte roja vintage, donde había guardado confeti del que usaban para las fotos con el conejo. Después bajó a la cocina.

—Venga, hijo, que mamá tiene el directo y aún se tiene que arreglar.

—No te preocupes, se lo doy yo. Pero a menos diez o así me voy, que tengo fotos antes de que la localización se llene de gente. Lo dejo viendo la tele, si quieres —dijo Judith.

—Gracias.

Adriana subió a vestirse y preparar su imagen para recibir los pertinentes halagos de sus seguidores de Instagram, mientras Judith se quedaba dando de desayunar a su hermano. Lucas actuaba de manera ralentizada, pero seguía despierto. Esto la hizo dudar; sabía que su madre le daba el somnífero en alguna ocasión, cuando no podía ocuparse de él, pero no estaba segura de en qué cantidad, y, ante la posibilidad de que Lucas todavía no se hubiese dormido cuando Adriana empezara el directo, decidió darle la otra mitad de la tableta. Lucas se la tragó sin rechistar, estaba tan embobado que ni se enteró. Judith tiró lo que quedaba de la leche con cereales por la taza del váter. Sacó a su hermano de la trona, lo sentó en el sofá delante del televisor y lo encendió. Eran las nueve menos cinco.

—¡Mamá, me voy, dejo a Lucas viendo la tele!

—¡Vale!

Judith fue a la puerta de la calle, la abrió y la cerró fuerte para que hiciera ruido. Luego se quitó las zapatillas y fue sigilosamente hasta el garaje, donde esperó escondida hasta las nueve y dos minutos, cuando vio en su móvil que su madre comenzaba el directo. Ya desde el pasillo se dio cuenta de que Lucas estaba completamente dormido. Desde el set de césped artificial que había creado su madre para los directos no se veía el interior de la casa, pero, por si acaso, Judith cogió rápidamente a Lucas en brazos y lo llevó al descansillo. Ahí, una vez que le quitó el pijama, lo metió en la bolsa de deporte roja sin cerrar la cremallera del todo y la colocó en la maleta, rodeada de la ropa y los complementos. Se aseguró también de no cerrar la maleta del todo y de que la apertura del lateral fuese suficiente para que entrara aire. Cuando terminó, salió por la puerta principal.

Mateo había llegado puntual. Por norma, cuando iba a recogerla, nunca entraba siquiera en la urbanización, solían quedar fuera, en la parada de autobús que había cerca de la garita. Pero la noche anterior Judith lo había convencido con la excusa de que un sábado tan temprano no los iba a ver nadie y menos su madre, que tenía un directo en el jardín trasero de la casa. Aun así esperaba con una gorra puesta, aparcado casi en la esquina de la calle. Llevaban un par de meses saliendo a escondidas, pero no podía gustarle más; los dos eran igual de frikis con la tecnología, las redes sociales y todo lo que tuviera que ver con documentales sobre crímenes y hechos reales. Se podían pasar horas comentando o discutiendo sobre las andanzas de los gamers, influencers de moda o asesinos en serie. Además, el sexo era genial entre ellos, se notaba que él tenía experiencia. Esa era otra de las ventajas de que fuera bastante mayor que ella. Judith caminó hacia el coche y dejó la maleta en el suelo del asiento trasero.

—Holaaa —le dijo él, muy acaramelado, nada más entrar.

Judith le dio un beso rápido.

—Venga, arranca. ¿Te importa que paremos un segundo para pillar un zumo? Porfa, porfa, porfa —preguntó pestañeando exageradamente.

Mateo no pudo negarse. Pararon en el súper, pero solo bajó ella. A los pocos minutos la vio salir con un zumo de fresa y kiwi, su favorito. Se acercó al coche y le hizo un gesto para que bajase la ventanilla.

—Hazme una foto, porfa, que necesito subir algo.

—¿No prefieres luego, cuando lleguemos al embalse?

—No, una aquí, va.

—Es que no sé si puedo esperar —le dijo sacando la mano y agarrándola por la cintura.

Judith se pasó todo el camino editando la fotografía, que subió al rato, después de avanzar por el camino a una de las zonas más apartadas de acceso al embalse, en donde solían aparcar en busca de algo de intimidad. A esas horas y rodeados de la abundante vegetación, no era complicado follar a lo bestia el tiempo que quisieran sin temor a que alguien los viera. Sin embargo, en cuanto pararon, ella se sentó encima de Mateo y cabalgó sobre él como sabía que le gustaba. Le jodía perderse los preliminares, pero cuando se movía así le era imposible parar. En cuanto se corrió, Judith abrió la puerta y salió para abrir el maletero.

—Qué prisas tenemos, ¿no? —le recriminó mientras se limpiaba el miembro con un pañuelo de papel.

—Pues sí, porque luego esto se peta y es un coñazo. Si alguien hace la foto de la foto, estoy jodida. Mi post pierde todo el valor. Quiero asegurarme al menos unas pocas y luego hacemos lo que quieras, ¿vale?

Judith abrió la maleta casi de espaldas a él y con cuidado sacó un par de cambios de ropa.

—¡Hostia! Esa bolsa roja la tenía yo cuando era pequeño. Estoy flipando, exactamente la misma —exclamó él, acercándose a la bolsa para verla bien.

A Judith por poco le dio un ataque al corazón.

—Eh, eh, eh. Quieto ahí, que te estoy viendo. —Y se plantó delante, juguetona—. Que aquí hay un montón de bisutería buena y rollos con piedrecitas que cuestan una pasta, y con esas manazas tuyas te lo vas a cargar.

—Pues bien que te gustan.

—Y tanto. Va, déjame un segundo, que cuanto antes terminemos antes podremos repetir.

El chico recibió con entusiasmo la sonrisa con la que su novia terminó la frase. Se dio la vuelta obediente y atravesó los setos hacia el otro lado, desde donde se veía el embalse y donde solía hacerle fotos, sin saber que, mientras tanto, Judith había abierto corriendo la bolsa para comprobar que Lucas siguiera dormido y respirara con normalidad.

Se puso el primer estilismo, agarró un par de prendas que, bien combinadas, darían bastante juego para varios looks diferentes, y se unió a él. Tenía tan estudiado el sitio que sabía perfectamente las posiciones y los tiros de cámara para garantizarse un buen material en tiempo récord. Mientras posaba no quitaba ojo a la maleta, que se veía desde donde estaban. Un tictac interno la mantenía alerta y le recordaba que no podía perder mucho más tiempo si no quería estropearlo después con las prisas. Cuando se aseguró de que tenía fotos suficientes para justificar su coartada, Judith volvió al coche.

—Voy a por más ropa, pero acabamos ya, te lo prometo.

Él le sonrió y aprovechó la pausa para mear en unos hierbajos. Cuando se estaba subiendo la cremallera, Judith volvía caminando hasta él con el móvil en la mano.

—No te lo vas a creer, tengo que irme —dijo con la respiración agitada—. Me ha llamado mi madre, dice que mi hermano no está.

—¿Cómo que no está? Estará por el jardín o en casa de algún amigo...

—Que no, que no. Mi hermano es enano. Está muy nerviosa. Voy para allá, te llamo luego.

—Espera, mujer, ¿cómo te vas a ir sola? Te acerco yo.

—Que no, que no quiero que nos vean. Si no se tarda nada, prefiero volver andando yo y así lo busco de camino.

—¿No quieres que te ayude?

—Si no hace falta, seguro que aparece enseguida. Es solo que, como me ha llamado, no quiero que después mi madre me eche en cara no haber ido.

Pese a que Judith había puesto todo su empeño en resultar lo más creíble posible, Mateo no la creyó. Le parecía todo muy extraño: la llamada que no había escuchado y que quisiera volver ella sola, sin ayuda, encima yendo cargada, hicieron que saltaran todas las alarmas. ¿Y si había quedado con otro y no era su madre quien la demandaba? Por eso estaba tan esquiva, lo había despachado rápidamente y ahora se largaba. Se estaba viendo con otro tío, seguro que con alguno de su edad. Algún payaso con miles de seguidores. Pues, si pensaba tangarlo de esa manera, como si fuera gilipollas, lo llevaba claro. Se estaba columpiando, la niñata.

—Como quieras; cuéntame luego cuando sepas algo —dijo de camino al coche.

Judith agarró la maleta y, cuando vio que arrancaba, gritó:

—¡Mateo! Gracias. —Y le lanzó un beso con la mano.

—Llevas la maleta abierta —le respondió antes de apretar el acelerador y volver a la carretera principal por el camino de arena.

Judith lo vio alejarse y atravesó la abundante vegetación en dirección al set improvisado desde donde siempre hacían las fotos de Lucas vestido de Sweet Bunny. Recorrió el camino lo más rápido que pudo, pero las ruedas de la maleta se iban golpeando con todo tipo de obstáculos que dificultaban su cometido. Una vez allí, observó la enredadera y las plantas silvestres que cubrían la pared, así como el tronco tirado en el suelo y rodeado de hojas. Seguía siendo el lugar perfecto. Dejó la maleta junto al tronco, la abrió del todo y sacó la bolsa roja tirando de ella con toda su fuerza. La abrió con cuidado y vio el rostro angelical de Lucas, que continuaba inconsciente. Aunque estaba nerviosa, porque sabía que no podía perder el tiempo, la alivió comprobar que respiraba. Se puso los guantes que llevaba en uno de los bolsillos exteriores de la bolsa, lo cogió en brazos y lo sentó en el tronco, con la espalda apoyada en la pared. El niño estaba tan dormido que no se le sujetaba bien el cuello y se quedó con la cabeza ladeada y la diadema de orejas de conejo a punto de caérsele. Judith cogió el confeti y lo fue esparciendo alrededor de su hermano. Cuando todo estaba en su sitio, revisó la estampa. Era tal y como se la había imaginado: la versión opuesta a la empalagosa imagen que conocía toda España. Había conseguido que por primera vez el conejito no les fuera a resultar nada dulce. Era el reclamo perfecto para captar su atención. Judith sacó su teléfono satisfecha y le hizo un par de fotos buscando el mejor encuadre. Después guardó la bolsa en la maleta y se fue a toda prisa, sin imaginarse que, escondido entre los arbustos, Mateo había visto todo lo que acababa de hacer.

Los celos enfermizos lo habían hecho desconfiar y había aparcado el coche en uno de los caminos de tierra cercanos, para regresar a pie adonde había dejado a Judith y seguirla después al lugar donde, estaba convencido, tendría lugar su otra cita. Por suerte, la maleta entorpecía la marcha de la chica y pudo alcanzarla con facilidad. Lo que descubrió después escapaba a su imaginación. En un primer momento, cuando vio al niño inconsciente, pensó que estaba muerto, pero enseguida vio que respiraba. Quiso intervenir de inmediato, pero el espectáculo era tan bizarro que fue incapaz de no esperar un poco más hasta descubrir qué pretendía Judith con todo eso. ¿Para qué quería esas fotografías de su hermano vestido como en el anuncio y colocado de aquella manera tan estudiada? Estaba claro que pensaba sacar una buena tajada de todo eso, la conocía bien y sabía que detrás tenía que haber un negocio importante. Estaba convencido. Por eso se controlaba mucho cuando elaboraba sus teorías sobre los *true crimes* que veían juntos y después debatían. No podía explayarse a gusto, no fuera a cantar a la legua a qué se dedicaba. No quería que lo averiguara; siendo menor y tal y como estaba el patio, no se quería arriesgar a que luego le saliera con alguna movida de que la había violado o algo similar.

Mateo salió de su escondite y se acercó al niño para comprobar si continuaba respirando. Sintió un tremendo alivio al confirmar que no estaba muerto, pero entonces, de manera inesperada, el famoso conejito abrió los ojos lentamente y los clavó en él. El chico dio un brinco y se quedó bloqueado, como si a los ojos del niño él fuese el culpable de que estuviera en ese estado. Por una milésima de segundo sus pupilas cristalinas parecieron pedir ayuda, pero al momento se quedaron en blanco y empezó a tener espasmos. Sin pensarlo dos veces, Mateo sacó su móvil, consciente del valor que tenía captar ese momento, y empezó a grabar. El famoso conejito agitaba su cuerpo casi sin fuerza, sus ojos se fueron cerrando lentamente y un reguero de baba descendió por su boca cuando su cabeza se desplomó de golpe.

62

Mateo llegó a su casa casi de madrugada. Estaba agotado, el día no podía haber sido más intenso. Aún no podía creerse que pudiera ser cierto todo lo que había ocurrido. Era mejor que cualquiera de los sucesos y crímenes que había leído en todas esas páginas plagadas de asesinatos. Había conseguido sortear todos los inconvenientes y salir impune de manera magistral. Estaba hecho un auténtico profesional. Se había esforzado en disimular su relación con Judith, poniéndola verde en cuanto tenía ocasión y mostrando siempre el máximo desinterés. Cuando se encontró con ella en la casa por primera vez, casi le da un infarto; había intentado escaquearse para no coincidir con ella, pero Candela había insistido en que se quedara. La mirada de la chica dejó ver la enorme sorpresa que se llevó al verlo. Le había hablado de todas sus pasiones, pero no le había dicho que era miembro de la Guardia Civil. Por suerte, en cuanto se quedaron solos pudo convencerla de que mantuviera la calma y no dijera nada, entre los dos conseguirían que su relación siguiera en secreto. Las fotos en el embalse con los mil estilismos diferentes eran la garantía que necesitaban para que Candela no sospechara. Lo que no se podían imaginar es que fuera a darse cuenta de que habían sido tomadas otro día y, mucho menos, que Alberto, el vecino pirado, hubiera visto su coche esperándola en la calle. Por suerte había sido rápido y se pudo encargar de todo antes de que Paula descubriera que era él quien lo conducía. Además, el tal Álvaro, su supuesto novio y *alter ego*, había sido la coartada perfecta para que nadie sospechara de él. Había tenido mucha suerte cuando Candela le encargó que investigara todo el asunto; si no, habría tenido que dar más de una explicación que lo habría puesto en el ojo del huracán. Aunque tampoco podía decirse que hubiera disfrutado mintiendo a sus compañeras. Sobre todo a Candela, que siempre se había portado tan bien con él. Quería a su mentora, no podía negarlo, era lo más cercano a una figura materna que había tenido en muchos años, pero, sin planearlo, todo el asunto se había convertido en un tema de causa mayor. Un reto trepidante. Y es que, aun sabiendo que era Judith quien se había llevado a su hermano, cuando se enteró de que Adriana había salido con el coche fuera de la urbanización, por un momento, pensó que estaba compinchada con su hija y hasta se planteó que la foto de Lucas la hubiera subido ella desde el móvil de la agencia y no Judith.

Ahora, después de haber pasado el ciclón, le quedaba la mejor parte. Sacó el teléfono con el que la agencia se ponía en contacto con Adriana. Miró la lista de llamadas, que se remontaban a un par de meses atrás, y vio que solo había un número que se repetía. Dio a la opción de enviar un mensaje. No escribió nada en él, tan solo adjuntó un pequeño clip del vídeo que había hecho con los últimos segundos de vida de Lucas. Al enviarlo sintió un enorme vértigo, una excitación absoluta que lo llenaba por dentro. Después se quedó despierto más de tres horas, a la espera de recibir alguna respuesta, pero finalmente no aguantó más y se quedó dormido. El sonido del timbre lo despertó a la mañana siguiente. Cuando abrió, encontró a un repartidor con una caja grande anudada con un enorme lazo rosa.

—¿Mateo Jiménez?

—Sí, soy yo —respondió extrañado al ver que no se trataba de un paquete de Amazon.

—Tengo esto para usted, ¿me firma aquí?

Mateo hizo un garabato y cogió la caja. Nada más cerrar la puerta, la apoyó sobre la barra de la cocina y deshizo el lazo para descubrir qué había en su interior. Lo que encontró lo dejó de piedra: estaba llena de las famosas galletas y gominolas en forma de conejo. Encima del todo había un sobre cerrado. Al abrirlo se encontró con una nota escrita a mano: «Creo que tienes algo para mí, querido. Espero que disfrutes de las golosinas. Hasta el niño más travieso merece un premio. Ya sabes dónde encontrarnos. Con cariño, Elvira». En la parte baja del tarjetón venía la dirección de la agencia: «Torre Iberdrola / Plaza Euskadi, 5 (última planta) / 48009, Bilbao / Bizkaia».

Un escalofrío recorrió todo su cuerpo. A su mente vinieron una batería de imágenes de todos los vídeos que había visto colgados por ellos: la chica descuartizada, el hombre con la máscara de perro sangrando a punto de atacarla, las otras adolescentes muertas en el suelo o tiradas en la cama después de haber sido violadas y asesinadas... Mateo miró de nuevo la caja y entonces descubrió algo en lo que no se había fijado. Al fondo, entre las galletas y gominolas, sobresalía un trozo de peluche blanco. Apartó los dulces con la mano y se encontró con el rostro de Sweet Bunny. Era la misma máscara del anuncio, la que tenía el muñeco de tamaño real que había en la buhardilla de la casa de Lucas, de peluche blanco y con los enormes ojos negros y profundos. Mateo metió las manos con sumo cuidado y la sacó como si fuera una reliquia, totalmente fascinado. Después fue al baño. Allí se puso la máscara lentamente y se quedó un rato largo mirándose al espejo, saboreando el momento.

63

Dos semanas después

La mujer estaba sentada con la espalda muy recta y las piernas muy juntas, tanto que sus rodillas chocaban debido al temblor constante. En su voz se notaban los nervios, que, sumados al enorme dolor, provocaban en su comportamiento el efecto contrario: cuando hablaba podía resultar algo fría, incluso robótica.

—Se estaba portando muy bien, estaba muy contenta chupando la piruleta que le había dado la pediatra. Estaba feliz, le encanta ayudarme y hacer cosas de mayores. Hicimos la compra como si fuera un juego, le iba contando de dónde venía cada cosa… Le gustan las historias, la hemos acostumbrado desde bebé y es que se queda hipnotizada, presta muchísima atención, es maravilloso. Se portó tan bien que de premio le dejé coger un huevo de chocolate para que se lo tomara después de la cena. Pagamos y bajamos con el carro en el ascensor hasta el aparcamiento, la planta menos dos, donde había dejado el coche. Yo no soy nada miedosa, no tengo tiempo para serlo, voy siempre como loca de un lado para otro y no me puedo parar a pensar en si algo me asusta o no. Lo hago sin pensar. Pero cuando se abrieron las puertas tuve una sensación muy rara. No me había pasado nunca, no sé si fue porque el garaje estaba especialmente vacío…, pero había un silencio extraño que me puso hasta mal cuerpo. No lo pensé más y aceleré el paso para dejar la compra en el maletero. Lo hice a toda pastilla, sin evitar girarme un par de veces, porque me daba cosa que pudiera seguirnos alguien y que no me diera cuenta. Dejé el carro en la fila y cogí a Blanca en brazos. Me agarró del cuello con todas sus fuerzas. —Sol tuvo que parar unos segundos para no romper a llorar—. Volvimos al coche, abrí la puerta del asiento donde tengo la silla de la niña y la senté. No sé explicar bien lo que me pasó, pero sentí una especie de vértigo, miedo de estar de espaldas a alguien que pudiera venir por detrás. Siempre me lío al poner las correas, hay que encajarlas para que queden bien sujetas, y, entre que tengo una hernia y me cuesta agacharme y que Blanca siempre se pone nerviosa…, no atino y tardo más de la cuenta. Ese fue el caso; por querer acabar rápido, tardé más de lo normal. Al final estaba pillando la ropa de la niña y por eso no podía engancharlas bien. Cuando estaba a punto de encajar los cierres, escuché un ruido detrás de mí y supe que había alguien. Fue solo un segundo, pero me di cuenta enseguida. Me erguí un poco para darme la vuelta cuanto antes, segura de que había alguien parado justo a mi espalda. Al hacerlo vi su reflejo en el coche:

era alguien con una máscara de conejo blanco de peluche, como Sweet Bunny, el del anuncio. Me llamó la atención sobre todo cómo me miraba, sus ojos negros… Era horrible, pensé que iba a matarme. Todo fue muy rápido. Noté un ardor en la cabeza, un golpe seco y ya no recuerdo más. Perdí el conocimiento y me caí al suelo redonda.

La mujer se calló y miró hacia sus rodillas, donde posó sus manos. Parecía buscar las fuerzas que necesitaba para afrontar lo que había ocurrido a continuación. El calor de los focos y la presión del directo tampoco ayudaban. Frente a ella estaba la presentadora del programa, que la miraba con gesto de aprensión.

—Cuéntenos, por favor, qué ocurrió cuando se despertó, Marisol —dijo en el tono amable del que quiere demostrar mucho tacto.

La mujer levantó la mirada y siguió hablando, dirigiéndose al vacío. Parecía que pudiera ver lo sucedido en una pantalla que nadie más veía.

—Cuando abrí los ojos, estaba tirada en el suelo. Los primeros segundos no sabía dónde estaba ni qué había pasado. Lo primero que noté fue el olor a gasolina y a sangre. La boca me sabía a hierro, entonces me di cuenta. Me levanté corriendo y me encontré con que la puerta del coche estaba abierta y mi hija no estaba en su silla. Me puse muy nerviosa, imagínese. La busqué como loca, gritaba su nombre… Hay partes que tengo muy recientes, sé que me metí debajo de algunos coches en la zona más oscura por si se hubiera podido escapar y esconderse para que no se la llevaran, pero luego tengo ráfagas de recuerdos y poco más. No sabría decir el tiempo exacto que estuve buscándola. Llamé a mi marido, a la policía, vino un hombre que justo aparcaba su coche y sé que me ayudó, llamó al 112, porque yo no estaba bien... Lo demás ya lo saben. No hemos vuelto a ver a Blanca, ni sabemos quién se la ha llevado.

—Lo que cuenta es terrible, pero estamos seguros de que pronto tendrán noticias de ella. Esperemos que este programa sirva para que quizá alguien que nos esté viendo en estos momentos, que sepa algo o caiga en la cuenta, llame para ayudar a encontrarla. Nada nos gustaría más. —En ese momento apareció en la pantalla una imagen de la niña, con su pelo y ojos oscuros, y un teléfono al que llamar—. Ahora, centrémonos en el conejo que vio. Dice usted que era una persona que llevaba puesta una máscara —dijo la presentadora.

—Eso me pareció, sí.

—La del famoso anuncio.

—Sí, la misma cara, pero no transmitía lo mismo, su rostro era de pura maldad.

—Insisto en esto porque es inevitable pensar en el pequeño Lucas cuando lo escuchamos. Justo hoy se cumplen dos semanas de su muerte, y, pese a que la hermana confesara que había simulado el secuestro, pero que no pretendía matarlo, no deja de ser una macabra coincidencia que desde entonces ya sean tres los casos de desapariciones de menores en circunstancias muy similares a las que usted nos está contando. Incluso en una de ellas, el caso de Nacho Fernández, el niño que desapareció en un parque mientras jugaba, el padre nos contó que había visto a un hombre con la máscara de conejo minutos antes, pero que pensó que sería un disfraz para alguna fiesta o alguien que se estuviera haciendo fotos o algo así. Entiendo que la policía ya lo estará investigando, pero ¿podríamos estar hablando de un tipo de homenaje de alguno de los millones de seguidores del pequeño Lucas o simplemente de una mera coincidencia? Para respondernos a esta y otras cuestiones, esta noche está con nosotros Jacinto Nieto, criminólogo y experto en infancia y adolescencia en riesgo, pero será después de la publicidad. Por el momento, lo único que podemos decirles es que, cuando vayan a sentar a sus hijos en la sillita del coche, tengan presente que esta podría ser la última vez que los vean.

Una mano cogió el mando a distancia y apagó la televisión. Adriana se quedó pensativa mirando la pantalla en negro. No podía seguir escuchando todas esas barbaridades. ¿Acaso su hijo era el culpable de todo lo que les ocurriera a los otros? No quería pensar en si era una casualidad o no, en si era cierto lo de los conejos o era una estrategia para ganar audiencia. Esos padres tenían que estar tan desesperados que veían lo que necesitaban ver con tal de encontrar una explicación a lo que les había sucedido a sus hijos. Quería pensar eso, no quería que volviera la pesadilla. Bastante tenía con su realidad. Se incorporó y recorrió el camino hasta llegar a las escaleras lentamente. No tenía fuerzas, el vacío era infinito. Subió los peldaños sin ningún ímpetu. Siguió caminando por el pasillo de la planta de arriba, tratando de no mirar hacia las habitaciones de sus hijos. No verlas, aunque supiera que estaban ahí, la ayudaba a no caer de nuevo en la culpa. Llegó a su cuarto, entró y cerró la puerta sin darse cuenta de que detrás de ella había un hombre vestido de negro y con una máscara de Sweet Bunny, esperándola pegado a la pared, muy quieto. La mujer dio un par de pasos hacia la cama sin notar que el conejo se estaba acercando a ella sigilosamente, con los enormes ojos negros clavados en su nuca. Cuando estaba casi a su altura, alzó una de sus manos y empezó a grabar a la mujer con el móvil. En la otra tenía un hacha. Por fin Adriana iba a dar su ansiado salto a la fama.

Agradecimientos

Quiero agradecer en primer lugar a la inspectora de la Policía Nacional y jefa del Grupo 2 de Protección al Menor, Sandra Martínez-Azpiazu Fernández, su generosidad y ayuda en la supervisión de los tecnicismos y procesos de la investigación. Sin ella hubiera caído en muchos de los tópicos que alejan la ficción policiaca de la realidad. Aun así he tenido que recurrir a alguno para crear las atmósferas o efectos que he creído pertinentes para enfatizar determinados momentos de la narración. Aparte de esto, tienes mi admiración absoluta y agradecimiento por la labor tan importante que haces en tu día a día. Gracias.

La idea de este libro viene de unos seis años atrás, cuando empecé a utilizar las redes sociales con mayor asiduidad y me di cuenta de la dedicación que conlleva. Era el auge de los blogs e influencers y la idea de hasta dónde se puede llegar para conseguir seguidores fue el motor de arranque. Algo tan común como terrorífico.

Quiero agradecer a mi familia la paciencia, comprensión y colaboración cada vez que el hombre pegado al ordenador les pedía opinión sobre algo de lo que estaba tramando en ese momento.

Por supuesto, quiero dar las gracias a todo el equipo de Penguin Random House, en especial al de Suma de Letras, por su trato y su confianza. Gonzalo, compañero de viaje, crítico pero un apoyo constante, gracias. Gracias, Ana y Pilar, por vuestra dedicación extrema y vuestro cariño. Marta, Leticia, Pablo y Carlos, es un privilegio poder seguir trabajando con vosotros mano a mano. Romero de Luque, gracias por captar mi esencia y por tu generosidad.

Pero quiero hacer una mención especial a las madres de niños transexuales que, por desgracia, acabaron con su vida. Casi la totalidad del testimonio de Candela en la última parte está extraído de sus historias. Aún hoy soy incapaz de leer sus palabras sin que se me parta el alma. Ojalá libros como este sirvan para que nunca más ocurra algo así. Para que antes de ser abanderados de alguna causa, por buena que consideremos que sea, nos paremos un segundo y pensemos si con esa batalla nos estamos llevando por delante a alguien, sobre todo niños y personas vulnerables.

La cría no pretende ser una lección de nada, es un *thriller* y los personajes muchas veces están llevados al extremo. Pido disculpas si alguien se ha sentido atacado; como digo, no pretendo señalar un tipo de maternidad, de mujer o feminismo como el apropiado. Mi intención es poner el tema sobre la mesa y que cada uno haga sus valoraciones. Me doy con un canto en los dientes si al menos hago a los padres pensar en ello y estar alerta cuando detecten algún peligro para sus hijos.

Por último, gracias a mis lectores, que, con respeto y cariño, me hacen partícipe de la ilusión con la que leen mis libros. Saber que hay gente que espera mis historias me llena de energía e ilusión para seguir escribiendo. Gracias.